KB153213

The
Hitchhiker's
Guide
to the Galaxy

은하수를 여행하는 히치하이커를 위한 안내서 1

안내서에 대한 안내Introduction: A Guide to the Guide
은하수를 여행하는 히치하이커를 위한 안내서The Hichihiker's Guide to the Galaxy

초판 1쇄 발행 2004년 12월 20일
초판 22쇄 발행 2024년 12월 31일

지은이 더글러스 애덤스
옮긴이 김선형·권진아

펴낸이 김준성
펴낸곳 책세상
등록 1975년 5월 21일 제2017-000226호
주소 서울시 마포구 동교로23길 27, 3층 (03992)
전화 02-704-1251 팩스 02-719-1258
이메일 editor@chaeksesang.com
광고·제휴 문의 creator@chaeksesang.com
홈페이지 chaeksesang.com
페이스북 /chaeksesang 트위터 @chaeksesang
인스타그램 @chaeksesang 네이버포스트 bkworldpub

ISBN 978-89-7013-479-6 04840
      978-89-7013-343-0 (세트)

* 잘못되거나 파손된 책은 구입하신 서점에서 교환해드립니다.
* 책값은 뒤표지에 있습니다.

안내서에 대한 안내 | 은하수를 여행하는 히치하이커를 위한 안내서

Introduction : A Guide to the Guide | The Hitchhiker's Guide to the Galaxy

더글러스 애덤스 지음 | 김선형 · 권진아 옮김

책세상

옮긴이 **김선형**은 영문학 박사 과정을 수료한 뒤 강의와 번역을 하고 있다. 스스로가 책을 읽고 글을 쓰는 일 외에는 별로 쓸모가 없는 사람이라는 걸 어느 날 깨달은 뒤로 그나마 최대한 잘해보려고 꽤나 노력한 덕분에 그간 토니 모리슨의 《파라다이스》, 《재즈》, 《빌러비드》, 그리고 실비아 플라스의 《실비아 플라스의 일기》 등 엄청나게 훌륭한 책들을 번역하는 행운을 누렸다. 특히 그중에서도 《은하수를 여행하는 히치하이커를 위한 안내서》를 만나게 된 건 제발 무지무지하게 재미있는 책을 번역하게 해달라는 간절한 기도가 응답을 받은 거라 믿어 의심치 않는다. 더글러스 애덤스는 지극히 우주적이면서도 지극히 영국적인 작가인지라, 영국 땅에 체류하는 인생의 짧은 시간 동안 이 책을 작업하게 된 것 또한 잊지 못할 추억이다. 이젠 안녕히, 아서 덴트, 삶과 우주, 그리고 모든 것, 정말 고마웠어요.

옮긴이 **권진아**는 영문학 박사 과정을 수료한 뒤 강의와 번역을 하고 있다. 소위 말하는 사이언스 픽션 마니아라고는 감히 말할 수 없지만 이 장르에 대한 애정을 적잖이 가진 그는, 과거와 현재, 미래가 정신없이 뒤섞인 은하계를 종횡무진하며 우주와 인류의 창조, 진화, 종말 전체를 거대한 농담으로 만들고 마는 '히치하이커' 시리즈야말로 코미디와 사이언스 픽션의 최고의 결합이라고 생각한다. 이 황당무계한 시리즈의 우주적 인기를 뒷받침하는 것은, 과학적 근거는 고사하고 이야기의 개연성과 일관성까지 가차없이 무시하며 모든 거대한 것들을 무심한 듯 신랄하게 희화화하는 더글러스 애덤스의 발군의 유머 감각이다. 하지만 독서란 무릇 진지한 것이라고 고집하는 분들이라도 염려할 것 없다. 정신없이 웃다 보면, 은하계에는 발도 디뎌보지 못하고 국지적 삶을 시들시들 살아가는 원숭이의 후손에게도 어느새 삶과 우주, 그리고 모든 것에 대한 나름대로의 해답이 어렴풋이 떠오르게 될 테니까.

| 차례 |

안내서에 대한 안내 — 작가가 말하는 별 도움 안 되는 이야기들   6
Introduction : A Guide to the Guide

은하수를 여행하는 히치하이커를 위한 안내서   19
The Hitchhiker's Guide to the Galaxy

작가가 말하는 별 도움 안 되는 이야기들

《은하수를 여행하는 히치하이커를 위한 안내서》의 역사는 이제 너무나 복잡해져서 나 자신조차 말할 때마다 앞뒤가 안 맞는 이야기를 하게 된다. 또 그것을 바로잡으려고 작정하고 한마디 하면 그때마다 내 말은 엉뚱하게 인용된다. 그래서 이 옴니버스 판의 출판은 이야기를 제대로 바로잡을——아니면 적어도 확실하게 비틀어버릴——좋은 기회인 것 같다. 이 판본에 잘못 적힌 게 있다면, 내가 아는 한 그 잘못들은 그걸로 영영 끝이다.

이 책의 제목에 대한 착상은 1971년 오스트리아 인스브루크의 한 들판에 술에 취해 누워 있을 때 처음으로 문득 떠올랐다. 특별히 많이 취한 건 아니었다. 그저, 돈 한 푼 없는 히치하이커인지라 이틀 동안 내리 아무것도 못 먹은 상태에서 독한 괴서Gosser주(酒)를 두어 잔 마셨을 때 취하는, 뭐 그런 정도였을 뿐이다. 우리는 일어나기가 좀 힘드네 따위의 이야기를 하고 있었다.

나는 켄 월시가 쓴 《유럽을 여행하는 히치하이커를 위한 안내서》를 가지고 여행하고 있었다. 누군가에게서 빌린 닳아빠진 책이었다. 십 년도 넘은 일이고, 그 책은 아직도 내가 가지고 있으니 이젠 훔쳤다고 봐야 옳다. 나는 《하루 오 달러로 유럽 여행하기》(그때는 그랬다)는 가지고 있지 않았다. 나는 그런 재계 인사가 아니었기 때문이다.

들판은 내 몸 아래서 굼벵이처럼 천천히 빙빙 돌아갔고, 그 위로 밤이 찾아들기 시작하고 있었다. 나는 인스브루크보다 싸고, 덜 빙빙 돌고, 인스부루크가 그날 오후 내게 저지른 짓 같은 건 저지르지 않을 곳이 어디 있을까 궁리하고 있었다. 그날 내게 일어난 일은 다음과 같다. 나는 어떤 주소를 찾느라 마을을 이리저리 걷고 있었다. 그러다가 완전히 길을 잃어서 걸음을 멈추고는 지나가던 사람에게 길을 물었다. 나는 독일어를 못하기 때문에 이게 쉬운 일이 아니리라는 걸 알고는 있었다. 하지만 이 특정인과 대화를 하는 게 얼마나 힘든 일인지를 깨닫고 나는 깜짝 놀라고야 말았다. 서로가 하는 말을 이해해보려고 속절없이 애쓰다가 나는 서서히 진실을 파악할 수 있었다. 인스브루크의 길거리에서 붙잡고 길을 물어볼 수 있었던 그 하고많은 사람들 중에 내가 고른 사람이 하필이면 영어도 못하고 프랑스어도 못하는데다가 청각 장애자였던 것이다. 정말로 미안하다는 손짓을 연거푸 하고서야 나는 겨우 빠져나올 수 있었다. 그리고 몇 분 후 다른 길에서 다른 사람을 붙잡고 길을 물어봤는데, 그 사람 역시 알고 보니 청각 장애자였다. 그 길로 나는 맥주를 사서 마셨다.

나는 큰맘 먹고 다시 길로 나와서 재시도했다.

내가 길을 물어본 세 번째 사람 역시 청각 장애자이며 게다가 시각 장애자이기까지 한 걸 알게 되자, 무시무시한 납덩이가 어깨를 짓누르는 듯한 기분이 들기 시작했다. 어디를 둘러봐도 나무와 건물들은 어둡고 위협적인 모습을 띠고 있었다. 나는 코트를 단단히 여미고 갑작스러운 돌풍을 맞으며 비틀거리면서 길을 달려 내려갔다. 그러다가 어떤 사람과 부딪혀 미안하다고 더듬더듬 말했는데, 그 사람도 청각 장애자여서 내 말을 이해하지 못했다. 하늘이 갑자기 노래졌다. 도로가 기울어지며 빙빙 도는 것 같았다. 만일 그때 내가 옆골목으로 홱 피해 들어가 청각 장애자 총회가 열리고 있던 호텔 앞을 지나가지 않았다면, 나는 완전히 미쳐버렸을 것이다. 그랬으면 카프카를 유명 인사로 만들고 침을 흘리게 만들었던 그런 종류의 책들을 쓰면서 남은 생을 보냈을 가능성이 농후하다.

그래서 나는 《유럽을 여행하는 히치하이커를 위한 안내서》를 가지고 들판에 가서 누웠다. 하늘에 별이 뜨자 문득 이런 생각이 떠올랐다. 누군가 '은하수를 여행하는 히치하이커를 위한 안내서'를 쓴다면 내가 먼저 총알같이 떠날 텐데. 이런 생각을 하고 나서 나는 곧바로 잠이 들었고, 육 년 동안 그 일을 까맣게 잊고 있었다.

나는 케임브리지 대학에 갔다. 여러 번 목욕을 했고, 그리고 영문학 학위를 땄다. 나는 여자 문제와 내 자전거에 생긴 일들로 속을 많이 태웠다. 나중에 나는 작가가 됐고 많은 글을 썼다. 그 글들은 거의 믿을 수 없을 정도로 성공적이었지만 사실 세상의 빛을 보지는 못했다. 작가들이라면 내 말이 무슨 뜻인지 알 것이다.

내가 하고 싶었던 일은 코미디와 사이언스 픽션을 합친 이야기를 쓰는 것이었다. 그리고 이 망상 때문에 나는 빛과 절망에 허덕였다. 아무도 흥미를 보이지 않았다. 하지만 예외적으로 마침내 한 사람이 나타났다. 사이먼 브렛이라는 BBC의 라디오 프로듀서였는데, 그도 코미디와 사이언스 픽션이라는 똑같은 생각을 하고 있었다. 비록 사이먼은 첫 번째 에피소드만 제작하고 BBC를 떠나 자기 작품(그는 뛰어난 찰스 패리스 탐정 소설로 미국에서 잘 알려져 있다)을 쓰는 데 몰두했지만, 나는 처음 그 일을 가능하게 해준 그에게 무한히 감사한다. 그의 후임으로 온 사람이 전설적인 제프리 퍼킨스다.

원래 그 쇼는 모양새가 좀 다를 예정이었다. 당시 나는 세상에 불만이 좀 있어서 여섯 개의 다른 줄거리를 만들었는데, 방식도 이유도 각각 다르지만 그 결말은 모두 세상이 끝장나는 내용이었다. 제목은 '세상의 종말'이라고 붙일 셈이었다.

첫 번째 줄거리——이 이야기에서 지구는 새로운 초공간 고속도로를 내기 위해 파괴됐다——의 세부 사항들을 채워 넣다가, 다른 행성에서 온 인물을 하나 만들어서 독자들에게 무슨 일이 일어나고 있는지를 설명해주고 이야기에 필요한 문맥을 제공해야겠다는 생각을 하게 되었다. 그래서 그가 누구이며 지구에서 무엇을 하고 있는지를 설정해야 했다.

나는 그를 포드 프리펙트Ford Prefect(Prefect는 '제독 혹은 영국 공립학교의 반장'을 뜻하는 단어이지만, 포드 프리펙트란 이름이 예상과는 달리 튀는 이름이 되어버린 주된 이유는 그것이 포드자동차의 영국 다겐험 공장에서 1938년 이래 약 20년간 내놓은 일련의 자동차 모델의 이름이었기 때문이다─옮긴이주)라고 부르기로 했다. (이 농담은 물론 미국 독자들에게는 전혀 먹히지 않았는데, 왜냐하면 미국 독자들은 이 괴상한 이름의 소형차에 대해 들어보지 못했기 때문이다. 그래서 많은 사람들은 그게 퍼펙트Perfect의 오타라고 생각했다.) 나는 이야기에서, 나의 외계인 인물이 이 행성에 오기 전에 연구를 미진하게 한 탓에 이 이름이 "그다지 사람들의 주목을 끌지 않을 것"이라고 생각했다고 설명했다. 그가 지구의 생명체에 대해 잘못 생각했던 것뿐이었다.

그렇다면 왜 그런 실수가 발생할까? 유럽을 히치하이크할 당시, 내가 얻어들은 정보나 충고가 이미 시효가 지났거나 틀린 경우가 종종 있었다. 물론 대부분은 다른 사람들의 여행 경험담에서 나온 것들이었다.

그 순간, '은하수를 여행하는 히치하이커를 위한 안내서'라는 제목이 문득 떠올랐다. 그 세월 내내 그게 내 머릿속 어느 구석에 숨어 있었는지 모르겠지만 말이다. 포드는 안내서에 들어갈 자료들을 모으는 연구원으로 설정하는 것이 좋겠다고 결정했다. 이 아이디어를 발전시키기 시작하자마자 그것은 이야기의 중심에 확고부동하게 자리 잡았고 나머지는, 오리지널 포드 프리펙트를 만들어낸 창조자로서 말하건대, 전부 허풍이다.

사람들이 알면 놀라겠지만, 이야기는 상상할 수 없을 정도로 복잡하게 쌓여나갔다. 에피소드별로 이야기를 쓴다는 것은, 하나의 에피소드를 마치고 나면 다음 회가 어떻게 될지는 나 자신도 모른다는 의미다. 줄거리가 종잡을 수 없이 꼬여가다가 어느 순간 어떤 사건이 이전에 일어났던 일에 뭔가 실마리를 제공해주는 듯이 보이면 나 스스로도 다른 사람들과 마찬가지로 놀랐다.

이 쇼가 제작되는 동안 BBC의 태도는 맥베스가 사람들을 살해하며 가졌던 태도와 매우 비슷했던 것 같다. 처음에는 회의하다가, 다음에는 조심스레 열광하고, 그러다가 이 일의 규모가 얼마나 엄청난지 깨닫고 점점 더 놀라게 되지만, 여전히 끝은 보이지 않는 것이다. 제프리와 나, 음향 엔지니어들이 지하 스튜디오에 몇 주씩이고 계속 처박혀 다른 사람들이 시리즈 하나를 몽땅 다 만들 동안 달랑 효과와 음향 하나를 만들고 있었다는 (또한 그 짓을 하느라 다른 사람들의 스튜디오 사용 시간을 빼앗고 있었다는) 소문은 강력하게 부인되었지만 전적으로 사실이다.

이 시리즈의 예산은 점점 치솟아, 마침내는 〈달라스〉를 몇 초 분량 만들 수 있을 정도까지 이르렀다. 이 쇼가 성공하지 못했으면, 정말이지…….

첫 번째 에피소드는 1978년 3월 8일 수요일 저녁 10시 30분에 BBC 라디오 4채널에서 방송되었다. 휘황찬란한 광고 따위는 전혀 없었다. 박쥐들이 이 방송을 들었다. 이상한 개가 울부짖었다.

몇 주가 지나자 편지들이 한두 통 찔끔찔끔 날아들었다. 그러니, 저 바깥의 누군가가 듣기는 했던 것이다. 나와 이야기를 나눈 사람들은 편집증 환자 안드로이드인 마빈 같았다. 마빈은 그냥 한 장면을 재미있게 해보려고 집어넣었다가 제프리가 고집을 피워서 더 발전시킨 인물이다.

그러다가 몇몇 출판사가 흥미를 가지게 됐고, 나는 이 시리즈를 책으로 써달라는 청탁을 영국 팬 북스Pan Books에게서 받게 됐다. 엄청나게 꾸물대고 숨고 변명거리들을 꾸며대고 목욕을 한 후에야 삼분의 이 정도를 겨우겨우 마칠 수 있었다. 그 시점에 그 사람들은 매우 쾌활하고도 공손하게 말했다. 이미 내가 마감을 열 번이나 어겼으니 지금 쓰고 있는 페이지나 마저 쓰고 그 빌어먹을 것을 내놓으라고.

그러는 동안 나는 또 다른 시리즈를 하나 구상하느라 바빴고, 또 텔레비전 시리즈 〈닥터 후〉를 쓰고 스크립트 편집을 하고 있었다. 자신의 라디오 시리즈, 특히 누군가가 편지를 보내 자기가 들었다고 말하는 그런 시리즈를 갖는다는 건 매우 기분 좋은 일이기는 하지만, 그게 딱히 밥을 먹여주는 건 아니기 때문이었다.

《은하수를 여행하는 히치하이커를 위한 안내서》가 1979년 9월에 영국에서 출간되었을 때의 상황은 대충 이랬다. 이 책은 《선데이 타임스》 베스트셀러 목록에서 1위를 차지하더니, 그냥 그 자리에 계속 눌러 있었다. 분명 누군가가 라디오를 듣고 있었다.

일이 복잡해지기 시작한 것은 바로 이 시점이었다. 그리고 이 서

문을 쓰면서 내가 설명을 부탁받은 것도 바로 이 부분이다. '안내서'는 너무나 많은 형태로 나왔다. 책, 라디오, 텔레비전 시리즈, 레코드로 나왔고, 조만간 메이저 영화로도 나오게 된다. 그런데 매번 줄거리가 조금씩 달라져서 심지어 가장 열렬한 독자도 헷갈리기 일쑤였다.

그러니 여기서 각각의 버전들을 분석하도록 하겠다. 단, 여러 가지 연극 버전은 포함시키지 않겠다. 이 연극들은 미국에서는 상연되지 않은 만큼 괜히 문제만 더 복잡하게 만들 뿐이니까.

라디오 시리즈는 영국에서 1978년 3월에 시작됐다. 첫 번째 시리즈는 여섯 개 프로그램, 혹은 소위 여섯 개 이야기로 구성되었다. 이야기 1에서 6까지. 이건 쉽다. 그해 말에 에피소드 하나가 더 녹음되어 방송되었는데, 그게 이른바 크리스마스 에피소드다. 크리스마스 에피소드라고 불리는 것은 처음 방송된 날이 12월 24일이었기 때문인데, 사실 그날은 크리스마스가 아니다. 그 후 상황은 점점 더 복잡해지기 시작했다.

1979년 가을에 첫 번째 《안내서》가 영국에서 출판되었고, '은하수를 여행하는 히치하이커를 위한 안내서'라고 불렸다. 이 책은 라디오 시리즈의 첫 번째 에피소드 네 개를 상당히 확장시킨 버전인데, 여기서 어떤 인물들은 완전히 다른 식으로 행동하고, 또 어떤 인물들은 전혀 다른 이유로 똑같은 행동을 한다. 사실 결과야 마찬가지지만 대화를 다시 쓰는 수고는 덜 수 있었다.

거의 비슷한 시기에 더블 레코드 앨범이 출시됐는데, 이것은 책과 반대로 라디오 시리즈의 첫 번째 에피소드 네 개를 약간 축약한 버전이다. 이 앨범들은 원래의 방송을 녹음한 것이 아니라 실질적으로 똑같은 스크립트를 완전히 새로 녹음한 것이었다. 그렇게 한 것은, 우리가 라디오 시리즈의 임시 음악으로 사용한 음악이 축음기 레코드에서 녹음한 것이어서, 라디오에서야 괜찮았지만 상업적 발매용으로는 쓸 만한 것이 못 되었기 때문이다.

1980년 1월에 〈은하수를 여행하는 히치하이커를 위한 안내서〉의 새 에피소드 다섯 개가 한 주 동안 BBC 라디오에서 더 방송되었고, 이제 전체 에피소드는 열두 개로 늘어났다.

1980년 가을에 두 번째 《안내서》가 영국에서 출간되었다. 하모니 북스Hormony Books가 미국에서 첫 번째 책을 출간한 것과 거의 비슷한 시기였다. 이 책은 〈은하수를 여행하는 히치하이커를 위한 안내서〉의 라디오 시리즈 7, 8, 9, 10, 11, 12, 5, 6 에피소드(이 순서대로다)를 대부분 새로 쓰고, 새로 편집하고, 축약한 버전이었다. 그게 너무 간단한 일처럼 보일까 봐, 책 제목을 '우주의 끝에 있는 레스토랑'이라고 붙였다. 여기에는 〈은하수를 여행하는 히치하이커를 위한 안내서〉 라디오 에피소드 5편에 나오는 이야기가 포함되어 있는데, 이는 밀리웨이스, 다른 이름으로는 '우주의 끝에 있는 레스토랑'이라고 알려진 레스토랑을 배경으로 하고 있기 때문이었다.

거의 같은 시기에 두 번째 레코드 앨범이 라디오 시리즈의 에피소드 5, 6을 엄청나게 새로 쓰고 확장한 버전으로 만들어졌다. 이

레코드 앨범의 제목 역시 '우주의 끝에 있는 레스토랑'이었다.

그러는 동안, 〈은하수를 여행하는 히치하이커를 위한 안내서〉의 텔레비전 시리즈 에피소드 여섯 개가 BBC에서 만들어져 1981년 1월에 방송됐다. 이것은 대부분 라디오 시리즈의 처음 여섯 개 에피소드를 토대로 한 것이었다. 다시 말해서 여기에는 《은하수를 여행하는 히치하이커를 위한 안내서》의 대부분과 《우주의 끝에 있는 레스토랑》의 뒷부분 절반 정도가 합쳐져 있다. 그런 관계로 이 텔레비전 시리즈는 라디오 시리즈의 기본 구조를 따르고 있기는 하지만, 라디오 시리즈의 기본 구조를 따르지 않은 출판본의 개정 내용도 흡수한 셈이다.

1982년 1월에 하모니 북스는 《우주의 끝에 있는 레스토랑》을 미국에서 출판했다.

1982년 여름, 히치하이커 시리즈 제3권이 영국과 미국에서 동시에 출판되었다. 제목은 '삶, 우주 그리고 모든 것'이었다. 이 책은 라디오나 텔레비전에서 이미 듣거나 본 어떤 이야기도 토대로 하고 있지 않았다. 사실 이 책은 라디오 시리즈의 7, 8, 9, 10, 11, 12 에피소드와는 완전히 상반되는 이야기였다. 기억하겠지만, 〈은하수를 여행하는 히치하이커를 위한 안내서〉의 이 에피소드들은 이미 《우주의 끝에 있는 레스토랑》이라는 책에 개정된 형태로 섞여 들어갔다.

이 시점에 나는 미국에 가서 영화 대본을 썼는데, 그 대본은 그때까지 나온 이야기와는 앞뒤가 거의 맞지 않는 것이었다. 게다가 영화 제작이 연기되었기 때문에(현재 소문에 의하면, 영화 촬영은 최후의 심판일 직전에 시작될 것이라고 한다), 나는 삼부작에 추가되어 마지막이자 네 번째 책을 이루게 되는 《안녕히, 그리고 물고기는 고마웠어요》를 썼다(히치하이커 시리즈에 대한 최종적인 안내임을 자처하는 이 글의 설명과는 달리, 애덤스는 이후 《대체로 무해함》 한 권을 더 보태 총 다섯 권짜리로 시리즈를 마감했다. 물론 그의 갑작스러운 사망이 아니었다면 여섯 권이 되었을 가능성도 배제할 수는 없지만 말이다 —옮긴이주). 이 책은 영국과 미국에서 1984년 가을에 출판되었는데, 그 내용은 이 책 자체를 포함해 그때까지 나온 모든 것과 사실상 배치되는 것이었다.

이 모든 일로도 아직 성이 차지 않는다는 듯, 나는 인포컴Infocom이라는 회사를 위해 '은하수를 여행하는 히치하이커를 위한 안내서'라는 제목의 컴퓨터 게임을 썼는데, 그 내용은 이제까지 이 제목으로 나온 모든 것들과는 스쳐 지나가는 정도의 유사성밖에 없다. 그리고 제프리 퍼킨스와 같이 정리해 《은하수를 여행하는 히치하이커를 위한 안내서 : 라디오 스크립트 원본》을 냈다(영국과 미국에서 1985년에 출판). 이 일은 흥미로운 모험이었다. 이 책은 제목이 시사하듯 방송된 라디오 스크립트 전체를 모아 수록한 것이며, 따라서 히치하이커 출판본 중에서 또 다른 히치하이커 출판본을 정확하고 일관성 있게 반영하는 유일한 예다. 나는 이 점이 좀 마음에 걸렸다. 바로 그런 이유로 해서 그 책의 서문은 여러분이 지금 읽고 있는 최종적이고 결정적인 책이 나온 '이후에' 쓰였으며, 그것과는 완전히 다른 소리를 하고 있는 것이다.

사람들은 종종 내게 어떻게 하면 이 행성을 떠날 수 있느냐고 묻는다. 그래서 간략한 정보를 준비했다.

이 행성을 떠나는 법

1. 나사NASA에 전화하라. 전화번호는 (713) 483-3111이다. 당신이 지금 당장 떠나는 게 굉장히 중요한 일이라고 설명하라.

2. 그 사람들이 협조하지 않으면, 백악관—(202) 456-1414—에 있는 아무 친구에게나 전화해서, 나사에 있는 사람들에게 말 좀 해달라고 하라.

3. 백악관에 친구가 하나도 없으면, 크렘린에 전화하라(0107-095-295-9051로 전화해 국제 교환수에게 크렘린을 대달라고 하라). 그 사람들도 백악관에 친구가 없기는 마찬가지지만(적어도 남들한테 대놓고 말할 수 있는 친구는 없다), 영향력은 좀 있는 것 같다. 그러니까 시도해볼 만하다.

4. 그것도 안 되면, 교황에게 전화해 어떻게 하면 좋겠느냐고 물어보라. 교황의 전화번호는 011-39-6-6982다. 내가 듣기에 교황의 교환수는 절대로 잘못하는 일이 없다고 한다〔가톨릭에서 교황은 '절대 무류(無謬) infallible'라고 간주되는데 이를 두고 장난을 치고 있다—옮긴이주〕.

5. 이 시도가 모두 실패로 돌아가면, 신호를 해서 지나가는 비행접시를 정지시킨 다음, 전화 요금 청구서가 날아들기 전에 이 행성을 벗어

나는 게 엄청나게 중요한 일이라고 설명하라.

더글러스 애덤스

1983년 로스앤젤레스, 그리고 1985/1986년 런던

은하수를 여행하는
히치하이커를 위한 안내서

The Hitchhiker's Guide to the Galaxy

자니 브락과 클레어 고스트, 그리고 그 밖의 모든 알링턴 사람들을 위해

홍차와 공감, 그리고 어떤 소파를 위해

저 멀리 시대에 뒤처진 은하계 서쪽 소용돌이의 끝, 지도에도 나와 있지 않은 그 변두리 지역에 아무도 주목하지 않는 작은 노란색 항성이 하나 있다.

이 항성에서 대략 구천팔백만 마일 떨어진 곳에 시시하기 그지없는 작은 청록색 행성이 공전하고 있는데, 이 행성에 사는 원숭이 후손인 생명체들은 어찌나 원시적인지 아직도 전자 시계가 꽤나 대단한 아이디어라고 생각하고 있을 정도다.

이 행성에는 문제가 하나 있는데──아니, 있었는데──, 이 행성에 사는 사람들 대다수가 대부분의 시간 동안 불행했다는 것이다. 이 문제에 대해 수많은 해결책이 제시되었는데, 이 해결책들 대부분은 주로 작은 녹색 종잇조각들의 움직임과 관련된 것이었다. 그건 좀 이상한 일이다. 왜냐하면, 대체로 볼 때, 불행한 것은 그 작은 녹색 종잇조각들이 아니었기 때문이다.

그래서 그 문제는 해결되지 않고 그냥 남아 있었다. 많은 사람들이 비열했고, 그들 대다수는 비참하게 살았다. 심지어 전자 시계를 차고 있는 사람들까지도 말이다.

애당초 사람들이 나무에서 내려온 것 자체가 엄청난 실수였다는 의견이 점점 더 확산되었다. 게다가 어떤 사람들은 심지어 나무에 올라간 것조차 잘못된 일이었으며, 아무도 바다에서 나오지 말았어야 했다고도 말했다.

그러던 중 어느 목요일, 그러니까 한 남자가 기분 전환도 할 겸 이제는 사람들끼리 좀 잘해주면 얼마나 좋겠냐고 말했다는 이유로 나무에 못 박힌 지 약 이천 년의 세월이 흐른 뒤의 어느 목요일, 한 여자가 영국 릭맨스워스라는 마을의 조그만 카페에 혼자 앉아 있다가 이 오랜 세월 내내 도대체 무엇이 잘못되고 있었는지를 문득 깨달았다. 그리고 그녀는 마침내, 어떻게 하면 이 세상이 멋지고 행복한 곳이 될 수 있는지를 알게 되었다. 이번에는 정말 옳았다. 이번에는 일이 제대로 풀릴 수 있을 것이고, 아무도 어딘가에 못 박히지 않아도 될 터였다.

하지만 슬프게도, 그녀가 누군가에게 전화를 걸어 그 이야기를 하기도 전에 끔찍하고도 바보 같은 대참사가 일어났고, 그 아이디어는 영영 빛을 보지 못하게 되었다.

그런데 이 이야기는 그녀에 관한 이야기가 아니다. 이 이야기는 그 끔찍하고도 바보 같은 대참사와 그 결과로 일어난 일들에 관한 이야기다.

또 이 이야기는 어떤 책에 관한 이야기이기도 하다. '은하수를 여행하는 히치하이커를 위한 안내서'라는 제목의 그 책은 지구의 책이 아니고, 지구에서 출판된 적도 없으며, 그 끔찍한 참사가 발생하기 전까지는 어떤 지구인도 보거나 들어본 적이 없는 것이었다.

그럼에도 그것은 굉장히 훌륭한 책이다.

사실 그것은 어사 마이너라는 행성에 있는 대단한 출판사들이 내놓은 책들 중에서 아마 최고로 훌륭한 책이었다. 물론 이 행성의 이름 역시 어떤 지구인도 들어본 적이 없다.

그 책은 전적으로 대단한 책일 뿐만 아니라, 매우 성공적이기까지 하다. 그 책은 《천공(天空)의 집 관리법 옴니버스》보다 더 인기 있고, 《무중력 상태에서 할 수 있는 또 다른 쉰세 가지 일들》보다 더 잘 팔리고 있으며, 울론 콜루피드의 블록버스터 철학 삼부작인 《신의 실수》, 《신이 저지른 가장 엄청난 실수 몇 개 더》, 《도대체 이 신이란 작자는 누구인가》보다 더 큰 논쟁거리가 되고 있다.

은하계의 동쪽 바깥 가장자리에 있는 여유로운 문명계에서는, 모든 지식과 지혜의 표준적인 보고(寶庫)로서 위대한 《은하대백과사전》(아이작 아시모프의 '파운데이션' 시리즈에 등장하는 대백과사전—옮긴이주)이 차지했던 지위를 이미 《히치하이커를 위한 안내서》가 빼앗고 있다. 이 책은 비록 많은 것이 누락되어 있고 출처가 미심쩍은 내용도 많이 담고 있으며, 그게 아니더라도 적어도 터무니없이 부정확했지만, 그럼에도 불구하고 더 유서 깊고 단조로운 《은하대백과사전》을 두 가지 중요한 점에서 앞서 나가고 있기 때문이다.

첫째로, 이 책의 가격이 조금 더 싸다. 둘째로, 이 책의 표지에는 크고 친근한 서체로 '겁먹지 마세요'라는 말이 적혀 있다.

하지만 이 끔찍하고도 바보 같은 목요일의 이야기와, 그 결과로 벌어진 괴상한 사건들에 관한 이야기, 그리고 이 사건들이 어떻게 해서 이 대단한 책과 떼려야 뗄 수 없이 복잡하게 얽혀 있는지에 관한 이야기는 무척 단순하게 시작된다.

이야기는 어떤 집에서 시작된다.

1

그집은 마을 가장자리에 있는 나지막한 언덕 위에
서 있었다. 거기 홀로 서서 넓게 펼쳐진 웨스트 컨트리의 농장 지
대를 굽어보고 있었다. 아무리 잘 봐주려 해도 멋들어진 집은 아니
었다. 지은 지 삼십 년 정도 된 납작하고 네모반듯한 벽돌집으로,
정면에 네 개의 창문이 나 있는데 그 크기와 비율이 정말이지 볼썽
사나웠다.

그럼에도 어쨌든 이 집에 특별한 애정을 품고 있는 사람이 한 명
있었으니, 바로 아서 덴트다. 어쩌다가 그가 이 집의 거주자가 된
것이 그 이유의 전부이지만 말이다. 그는 이 집에서 삼 년여를 살
았다. 불안하고 초조한 런던 생활을 청산한 뒤 그는 곧장 이 집으
로 이사를 왔다. 그는 그의 집과 마찬가지로 서른 살 정도였고, 큰
키에 짙은 색깔의 머리를 가졌으며, 한순간도 마음 편해본 적이 없
는 사람이었다. 그의 가장 큰 걱정거리는 사람들이 항상 그에게 무

슨 걱정거리가 있냐고 물어대는 것이었다. 그는 지방 라디오 방송국에서 일했는데, 친구들에게는 항상 너희가 생각하는 것보다는 훨씬 재미있는 일이라고 말하곤 했다. 사실 그랬다. 그의 친구들 대부분은 광고계에서 일했기 때문이다.

수요일 밤에 엄청난 폭우가 내려서 골목길이 질척거렸지만 목요일 아침에는 태양이 밝고 화창하게 아서 덴트의 집을 비추었다. 하지만 그것도 이제는 마지막이 될 터였다.

지방 의회가 이 집을 철거하고 거기에 우회로를 건설하려 한다는 것이 아직까지 아서의 머릿속에는 제대로 새겨지지 않고 있었다.

목요일 오전 여덟 시, 아서는 그다지 기분이 좋지 않았다. 흐릿한 눈으로 잠이 깬 그는 일어나 방 안을 어슬렁거리다가 창문을 열고 불도저를 보았고, 슬리퍼를 찾아 신은 다음 쿵쿵거리며 화장실에 세수를 하러 갔다.

칫솔에 치약을 짜고──그렇지. 양치질을 시작했다.

면도 거울이──천장을 보고 있군. 그는 거울을 바로잡았다. 한순간 거울은 화장실 창문 너머의 두 번째 불도저를 비추었다. 제대로 각도를 조종하니 거울은 아서 덴트의 뻣뻣한 수염을 비췄다. 그는 면도를 하고 얼굴을 씻고 물기를 닦은 다음, 쿵쿵거리며 부엌으로 가서 맛있는 게 뭐 없나 살폈다.

주전자, 플러그, 냉장고, 우유, 커피. 하품.

'불도저'라는 단어가 뭔가 연결 고리를 찾아서 잠시 동안 그의 머릿속을 휘젓고 다녔다.

부엌 창밖에 있는 불도저는 꽤나 덩치가 큰 녀석이었다.

그는 그것을 물끄러미 바라보았다.

'노란색이군.' 그는 생각했다. 그리고 옷을 입기 위해 다시 침실 쪽으로 쿵쿵거리며 걸어갔다.

화장실 앞을 지나가다가 그는 멈춰 서서 큰 컵 가득 물을 마시고는 다시 한 컵 더 마셨다. 자신이 숙취에 시달리고 있는 것이 아닌가 하는 의심이 들기 시작했다. 왜 숙취에 시달리지? 간밤에 술을 마셨나? 아마 틀림없이 그랬을 거라고 그는 생각했다. 면도 거울에 무엇인가 반사되어 반짝거리는 것이 그의 눈에 들어왔다. '노란색이군.' 그는 생각했다. 그리고 쿵쿵거리며 침실로 걸어갔다.

그는 걸음을 멈추고 생각했다. 그 술집, 그렇지, 그 술집. 그는 자신이 어떤 중요해 보이는 문제를 놓고 화를 냈던 사실을 희미하게 떠올렸다. 그는 사람들에게 그 문제에 대해 이야기하고 있었다. 굉장히 주절주절 떠들어댄 것 같은데. 그는 생각했다. 분명히 기억나는 것은 다른 사람들의 멍한 표정뿐이었다. 그것은 그가 막 알게 된 새 우회로에 관한 이야기였다. 지난 몇 달 동안 그 우회로와 관련된 일이 진행된 모양인데, 문제는 그 일에 대해 알고 있었던 사람이 아무도 없는 것 같다는 것이었다. 웃기는 일이야. 그는 물을 벌컥벌컥 들이켰다. 저절로 해결되겠지. 그는 결론지었다. 아무도 우회로를 원하지 않아. 의회가 우길 만한 근거가 없는 거지. 그래, 저절로 해결될 거야.

제길, 덕분에 숙취만 지독하잖아. 그는 옷장 거울에 비친 자신의 모습을 들여다봤다. 그러다가 혀를 쑥 내밀어봤다. '노란색이군.' 그는 생각했다. '노란색'이라는 단어가 뭔가 연결고리를 찾아서 그의 머릿속을 휘젓고 다녔다.

십오 초 뒤, 그는 집 밖으로 나와 자기 집 정원 오솔길로 밀고 들어오는 커다란 노란색 불도저 앞에 누워 있었다.

L. 프로서 씨는 사람들 말마따나 그저 인간일 뿐이었다. 다시 말해서, 원숭이에서 진화한, 탄소화합물에 기초한, 두 발 달린 생물이었다. 좀더 구체적으로 말하자면, 그는 마흔 살의 뚱뚱하고 허름한 지방 의회 직원이었다. 그 자신은 모르고 있었지만, 대단히 흥미롭게도 그는 부계 쪽으로 칭기즈칸의 직계 후손이기도 했다. 하지만 세대가 수없이 바뀌고 여러 인종의 피가 섞이면서 그의 유전자에 요술 같은 일이 벌어져, 겉으로 볼 때 그에게는 몽골 인종의 특징이 전혀 없었다. 그의 위대한 선조가 L. 프로서 씨에게 남겨준 유일한 흔적은 눈에 띄게 두둑한 뱃살과 작은 털모자에 대한 과도한 애정뿐이었다.

그는 결코 위대한 전사가 아니었다. 사실 그는 소심하고 안달복달하는 사람이었다. 오늘 그는 특히 안절부절 걱정이 많았는데, 왜냐하면 그가 하는 일이 무엇인가 크게 잘못되었기 때문이었다. 그 일이란 그날이 다 가기 전에 아서 덴트의 집을 길에서 말끔히 쓸어내어 버리는 것이었다.

"비키십시오, 덴트 씨." 그가 말했다. "이길 수 없다는 걸 잘 아시잖습니까? 불도저 앞에 언제까지나 누워 있을 순 없다고요."

그는 사나운 눈빛을 내보려고 애썼지만, 그 눈은 도무지 그렇게 되지 않았다.

아서는 진흙탕에 누워서 그를 협박했다.

"난 그럴 작정입니다." 아서가 말했다. "누가 먼저 녹이 스는지 봅시다."

"받아들이실 수밖에 없게 될 텐데요." 프로서 씨는 털모자를 잡고 머리 둘레를 따라 빙빙 돌리며 말했다. "이 우회로는 건설되어야 하고 꼭 건설될 겁니다!"

"그 말은 벌써 들었어요. 왜 그걸 만들어야 하는 겁니까?" 아서가 말했다.

프로서 씨는 아서를 향해 손가락을 잠깐 흔들다가 멈추고는 손을 거두었다.

"왜 만들어야 하느냐니, 그게 무슨 말입니까? 우회로라고요. 우회로는 만들어야 하는 겁니다."

우회로란 어떤 사람들에게 A지점에서 B지점으로 매우 빨리 갈 수 있게 해주고 다른 어떤 사람들에게는 B지점에서 A지점으로 매우 빨리 갈 수 있게 해주는 장치다. 두 지점의 정중앙에 위치한 C지점에 사는 사람들로서는 도대체 A지점에 무슨 대단한 게 있어서 B지점에 있는 수많은 사람들이 거기 가고 싶어 몸살을 하는지, 또 B지점에는 무슨 대단한 게 있어서 A지점에 있는 수많은 사람들이 거기 가고 싶어 몸살을 하는지 종종 궁금해진다. 이들은 사람들이 자신이 있고자 하는 그 빌어먹을 장소를 한번 결정하고 나면 영원히 그 자리에 좀 있었으면 좋겠다고 간혹 바라기도 한다.

프로서 씨는 D지점에 있고 싶었다. D지점은 어떤 특정 장소가 아니었다. 그저 A, B, C지점 모두에서 아주 멀찍이 떨어진 지점이면 아무 곳이나 좋았다. 그는 그 D지점에다 문 앞에 도끼들이 걸려 있는 아담한 오두막을 하나 짓고는, D지점에서 가장 가까운 술집인 E지점에서 즐거운 시간들을 보내고 싶었다. 물론 그의 아내는 덩굴장미를 원했지만, 그는 도끼가 더 좋았다. 그 이유는 자신도 모르지만, 그는 그저 도끼가 좋았다. 불도저 기사들의 조롱 섞인 미소에 그의 얼굴은 뜨겁게 달아올랐다.

그는 몸무게를 이쪽 발에 실었다 저쪽 발에 실었다 해보았지만, 어느 쪽도 불편하긴 마찬가지였다. 분명 누군가가 지독하게 무능하게 굴고 있었고, 그는 그게 다만 자신이 아니기를 간절하게 빌었다.

프로서 씨가 말했다. "아시겠지만, 선생님한테는 적절한 시기에 제안이나 항의를 할 수 있는 권리가 있었습니다."

"적절한 시기?" 아서가 소리를 빽 질렀다. "적절한 시기라고요? 내가 이 일에 대해 처음 알게 된 것은 어제 어떤 인부가 우리 집에 왔을 땝니다. 내가 그 사람에게 창문 청소를 하러 왔느냐고 물었더니 아니라고 하더군요. 집을 부수러 왔다는 겁니다. 처음부터 딱 대놓고 그렇게 말한 것도 아니에요. 아니고 말고. 처음에는 창문을 두어 개 닦더니 오 파운드를 청구합디다. 그러고 나서야 그 이야기를 하더군요."

"하지만 덴트 씨, 그 계획안은 지난 구 개월 동안 지방 계획과 사무실에 있었습니다."

"아, 물론 그렇겠지요. 그 얘기를 듣자마자 곧장 그 계획안이라는 걸 보러 달려갔습니다. 어제 오후에요. 당신들은 굳이 사람들의 관심을 끌려고 애쓰지 않았더군요. 안 그래요? 실제로 사람들에게 말을 한다거나 아니면 공고를 한다거나 하는 식으로 말입니다."

"하지만 그 계획안은 게시판에……."

"게시판이라고요? 나는 결국 그걸 보러 지하실까지 내려가야 했다 이 말입니다."

"거기가 바로 게시국이니까요."

"손전등까지 가지고요."

"아, 음, 아마 전등이 나갔었나 보군요."

"계단도 나갔더군요."

"하지만, 저, 공지를 보시긴 한 거죠?"

"그럼요, 예, 보긴 봤죠. 그 공지는 '표범 조심'이라는 표지판이 문 앞에 걸려 있는 사용 중지된 화장실 구석에 처박힌, 자물쇠로 잠긴 캐비닛 바닥에 게시되어 있더군요."

머리 위로 구름 한 조각이 지나갔다. 구름은 차가운 진흙 속에 팔꿈치를 받치고 누워 있는 아서 덴트 위에 그림자를 드리웠다. 아서 덴트의 집 위에도 그림자를 드리웠다. 프로서 씨는 집을 보며 얼굴을 찌푸렸다.

"이 집이 뭐 대단하게 좋은 집도 아니잖습니까?" 그가 말했다.

"미안하지만, 난 이 집을 좋아하게 됐습니다."

"우회로도 마음에 드실 겁니다."

"아, 입 좀 닥쳐요." 아서 덴트가 말했다. "입 닥치고 꺼져버려요. 당신네 그 빌어먹을 우회로도 가지고요. 말도 안 되는 소리란 거 당신도 알잖아요."

프로서 씨는 입을 뻐끔뻐끔하며 서 있었다. 그사이 그의 머릿속에는, 아서 덴트의 집이 훨훨 불타고 아서가 묵직한 불꽃 줄기를 적어도 세 개는 등에 단 채 불타는 잔해에서 비명을 지르며 뛰쳐나오는, 설명할 수는 없지만 지독하게 매혹적인 영상이 일순 떠올랐다. 프로서 씨는 종종 이런 환영에 시달렸고, 그럴 때마다 안절부절못했다. 그는 잠시 더듬거리다가 겨우 마음을 가다듬었다.

"덴트 씨." 그가 말했다.

"왜요?" 아서가 대답했다.

"사실에 입각한 정보를 하나 드리죠. 만일 제가 저 불도저를 당신 위로 그냥 지나가게 하면 저 불도저가 어느 정도나 손상을 입을까요?"

"어느 정도죠?" 아서가 되물었다.

"전혀요." 프로서 씨는 이렇게 말하고는, 왜 머릿속에서 천 명의 털북숭이 기수(騎手)들이 자신을 향해 소리를 질러대고 있는 건지 영문을 몰라 하며 소심하게 그 자리에서 허둥지둥 내뺐다.

흥미로운 우연의 일치지만, '전혀'라는 말은, 원숭이의 후손인 아서 덴트가 자신의 가장 친한 친구들 중 하나가 원숭이의 후손이 아니며, 사실은 그가 평소에 주장하듯 길퍼드 출신이 아니라 베텔게우스 근방의 작은 행성에서 왔을지도 모른다는 의혹을 얼마나 가져보았을지, 그 양을 정확하게 표시하는 말이기도 했다.

아서 덴트는 절대로, 한 번도 이런 의심을 해본 적이 없었다.

이 친구는 지구 시간으로 약 십오 년 전에 이 지구라는 행성에 처음으로 발을 디뎠으며, 지구 사회에 융화되기 위해 열심히 노력했다. 그의 노력은 어느 정도 성공적이었다고 인정해줄 만하다. 예를 들어, 그는 그 십오 년을 일자리 없는 배우 행세를 하며 보냈는데, 그건 꽤나 그럴 듯했다.

하지만 그는 한 가지 부주의한 실수를 했는데, 그건 사전 조사를 약간 날림으로 한 탓이었다. 자신이 모은 정보에 기반해 그는 '포드 프리펙트'라는 이름이 그다지 사람들의 주목을 끌지 않을 것이라고 생각하고 이 이름을 선택했던 것이다.

그는 눈에 띌 정도로 키가 크지도 않았고, 인상적인 용모이긴 하지만 빼어나게 잘생긴 것도 아니었다. 머리카락은 철사처럼 뻣뻣하고 붉은색이었으며, 양쪽 관자놀이에서부터 뒤로 넘겨져 있었다. 그의 피부는 코에서부터 뒤로 당겨져 있는 것처럼 보였다. 그에게는 뭔가 아주 미묘하고 이상야릇한 구석이 있었는데, 딱 부러지게 무어라고 말하기는 어려웠다. 어쩌면 그건 그가 남들처럼 자주 눈을 깜빡이지 않는 것처럼 보이기 때문인지도 몰랐다. 그 때문에 사람들은 그와 얼마 동안 이야기를 하고 있다 보면 자기도 모르게 그를 대신해서 눈에 눈물이 고이기 시작하는 것이었다. 어쩌면 그건 그가 다소 너무 활짝 웃기 때문인지도 몰랐다. 그러면 사람들은 그가 자기 목을 덥석 물려고 하는 것이 아닐까 하는 불안한 기분을 느끼게 된다.

그는 지구에서 사귄 대부분의 친구들에게 괴상하지만 해로울 것은 없는 친구, 좀 괴상한 버릇들을 가진 종잡을 수 없는 술꾼이라는 인상을 주었다. 예를 들어, 그는 종종 대학가의 파티에 초대도 안 받고 쳐들어가서 인사불성으로 취한 뒤, 거기서 만난 천체물리학자들을 무차별적으로 놀려대기 시작하다가 쫓겨나곤 했다.

때로는 이상하게 울적한 기분에 사로잡혀서, 최면에라도 걸린 듯이 하늘을 올려다보곤 했다. 그러다가 누군가가 뭘 하고 있느냐고 물으면 무슨 죄라도 지은 것처럼 잠시 깜짝 놀랐다가 마음을 가다듬고 씩 웃는 것이었다.

"아, 그냥 비행접시라도 날아가나 싶어 보고 있던 참이야." 그는 이렇게 농담을 했고, 그러면 사람들은 모두 웃으면서 어떤 비행접시를 찾고 있느냐고 물었다.

"녹색 비행접시들이지!" 그는 장난기 어린 미소를 띠며 이렇게 대답하고는, 잠시 미친 듯이 웃어대다가 돌연 가장 가까운 술집으로 달려 들어가 사람들에게 술을 무진장 돌리곤 했다.

이런 식의 저녁은 흔히 끝이 좋지 않았다. 포드는 위스키에 만취해 제정신이 아닌 상태로 여자를 데리고 구석에 처박혀서는, 솔직히 말하면 비행접시의 색깔 따위는 그다지 문제 되지 않는다고 혀 꼬인 소리로 설명해대곤 했다.

그러고 나서는 중풍 환자처럼 휘청거리며 밤거리를 걸어가다가, 지나가는 경찰관을 붙들고 베텔게우스 가는 길을 아느냐고 묻곤 했다. 경찰관은 대개 이런 식으로 대꾸했다. "이봐요, 이제 댁으로 돌아가야 할 시간 아닙니까?"

"저도 그러려고 노력 중이랍니다, 노력하고 있다고요." 포드는 늘 이렇게 대답했다.

사실 그가 심란하게 하늘을 올려다보며 진짜로 찾고 있었던 것은 종류를 가릴 것 없이 그냥 비행접시였다. 그가 녹색이라고 대답한 것은 녹색이 전통적으로 베텔게우스 무역선의 색깔이기 때문이었다.

포드 프리펙트는 어떤 비행접시라도 좋으니 좀 빨리 왔으면 하고 간절하게 바랐다. 좌초해서 오도 가도 못하는 상황에서 십오 년을 보낸다는 것은 그곳이 어디든 너무 긴 세월이기 때문이었다. 지구처럼 정신이 아득해질 정도로 지루하기 짝이 없는 곳이라면 더더욱 그랬다.

포드는 비행접시가 곧 나타나기를 바랐다. 그는 비행접시를 세워서 얻어 타는 법을 알고 있기 때문이었다. 그는 어떻게 하면 알타이리아 달러로 하루 삼십 불의 비용도 들이지 않고 우주 곳곳의 경이를 구경할 수 있는지 알고 있었다.

사실 포드 프리펙트는 그 전적으로 대단한 책인 《은하수를 여행하는 히치하이커를 위한 안내서》의 이동 조사원이었다.

　인간의 적응력은 참으로 대단해서, 점심시간 무렵이 되자 아서의 집 주변 환경은 이미 안정된 일상으로 자리를 잡아버렸다. 이 일상 속에서 아서가 받아들인 역할은 진흙 속에 누워 때때로 변호사나 어머니, 혹은 재미있는 책을 보게 해달라고 요구하는 것이었다. 프로서 씨의 역할은 '공익을 위해서'라든지 '진보를 향한 행진', 혹은 '저도 집이 철거당하는 일을 겪어봤지만 절대로 그 일에 연연하지 않았답니다' 식의 이야기와 다양한 감언이설, 협박 같은 술책들을 들고 나와 아서를 공략해보는 것이었다. 불도저 기사들이 수락한 역할은 둘러앉아 커피를 홀짝이며 어떻게 하면 이 상황을 자신들에게 득이 되게 만들 수 있을 것인지 노조 법규를 놓고 이러쿵저러쿵해보는 것이었다.

　지구는 천천히 자전하고 있었다.

　태양빛에 아서가 누워 있는 진흙이 말라가기 시작했다.

　그림자 하나가 또다시 그의 위에 드리워졌다.

　"아서, 잘 있었어?" 그림자가 말했다.

　아서는 위를 올려다보며 햇살을 피해 곁눈질을 하다가 포드 프리펙트가 서 있는 것을 보고 깜짝 놀랐다.

　"포드 아냐? 잘 지냈어?"

　"응. 이봐, 지금 바빠?"

　"바쁘냐고?" 아서가 냅다 소리를 질렀다. "글쎄, 나는 지금 이 불도저들이니 뭐니 하는 것들 앞에 누워 있어야만 할 판이지. 안 그러면 이것들이 내 집을 부숴버릴 거거든. 하지만 그것만 빼면……음, 뭐, 특별히 바쁜 일은 없는데, 왜?"

베텔게우스 행성에는 빈정대는 말이 존재하지 않기 때문에 포드 프리펙트는 아주 주의를 집중하지 않으면 비꼬는 말을 종종 잘 알아채지 못했다. 그가 말했다.

"좋아, 그럼 어디 가서 얘기 좀 할까?"

"뭐라고?"

잠깐 동안 포드는 아서의 존재를 잊은 듯했다. 그는 마치 차에 치이려고 기를 쓰는 토끼처럼 하늘을 뚫어져라 쳐다봤다. 그러더니 갑자기 아서 옆에 쪼그리고 앉았다.

"우리 얘기 좀 해." 그가 절박하게 말했다.

"좋아, 얘기해." 아서가 말했다.

"그리고 술도 마셔야 해. 술을 마시면서 얘기하는 게 굉장히 중요하거든. 지금 당장 말이야. 동네 술집으로 가자."

다시 한번 그는 안절부절못하면서 무언가 기다리는 듯한 태도로 하늘을 쳐다봤다.

"이봐, 모르겠어?" 아서가 외쳤다. 그리고 프로서를 가리키며 말했다. "저자가 내 집을 때려 부수고 싶어하거든."

포드가 어리둥절해하며 그를 쳐다봤다.

"어, 네가 자리를 비운 사이에 부수면 되잖아, 안 그래?"

"하지만 난 안 그랬으면 좋겠거든!"

"아아."

"이봐, 도대체 무슨 일이야, 포드?" 아서가 말했다.

"아무것도 아니야. 아무 문제 없어. 있잖아, 난 이제껏 네가 들어본 그 어떤 이야기보다 더 중요한 이야기를 해야 해. 지금 당장 말이야. 그리고 그 이야기는 호스 앤드 그룸(말과 마부라는 뜻—옮긴이주) 술집에서 해야 된다고."

"그건 왜?"

"왜냐하면 너한테 굉장히 독한 술이 필요할 테니까."

포드가 아서를 똑바로 쳐다보자 놀랍게도 아서는 의지가 약해지기 시작했다. 그는 이것이 포드가 오리온 베타 성단의 마드라나이트 광산 지대의 우주 정거장에서 배운 오래된 음주 게임 탓이라는 것을 몰랐다.

그 게임은 지구에서 하는 인디언 레슬링이라는 게임과 그다지 다르지 않았으며, 그 진행 방식은 다음과 같았다.

참가자 두 명이 테이블 양쪽 끝에 각각 잔을 하나씩 앞에 놓고 마주 앉는다.

두 사람 사이에 쟁크스 스피릿 병이 하나 놓인다(이 술은 오리온 광산에서 즐겨 부르는 옛 노래 속에서 이미 불멸의 존재가 되어 있다. "아, 그 올드 쟁크스 스피릿은 이제 그만 / 안 돼요, 그 올드 쟁크스 스피릿은 이제 그만 / 내 머리는 빙빙 돌고 혀는 꼬이고 눈에서는 불이 나요. 난 죽을 것만 같아요 / 그 지독한 올드 쟁크스 스피릿을 더는 따르지 마세요").

참가자들은 그 병에 자신의 의지를 집중시켜서, 의지로 병을 기울여 상대방의 잔에 술을 따른다. 그러면 상대방은 그 술을 마셔야 한다.

그런 다음 다시 병을 채운다. 다시 게임이 시작된다. 그리고 다시.

게임에 한번 지기 시작하면 계속해서 질 공산이 크다. 쟁크스 스피릿의 효과 중 하나는 염력을 약하게 만드는 것이기 때문이다.

정해진 양이 다 소진되면 최종 패배자는 벌을 받아야 하는데, 그 벌은 대개 음란하게 생물학적이다.

포드 프리펙트는 보통 지기 위해서 이 게임을 했다.

포드는 아서를 똑바로 쳐다보았고, 아서는 호스 앤드 그룸 술집에 가고 싶어한 사람은 어쩌면 애당초 자신이었는지도 모른다고 생각하기 시작했다.

"하지만 내 집은 어쩌고……?" 그가 애처롭게 물었다.

포드는 프로서 씨를 돌아보다가 갑자기 사악한 아이디어를 하나 떠올렸다.

"저 사람이 네 집을 때려 부수고 싶어한다 이거지?"

"응, 허물고 그 자리에다가……."

"그런데 네가 불도저 앞에 누워 있기 때문에 못 부수고 있다는 거지?"

"응, 그리고……."

"내 생각엔 타협을 볼 수 있을 것 같은데." 포드가 말했다. "실례합니다!" 그가 외쳤다.

(아서 덴트가 정신 건강상 위험 인물로 판정될 수 있을지 없을지, 그리고 그 경우 불도저 기사들이 보수를 얼마나 받아야 할지를 놓고 그들의 대표와 설전을 벌이고 있던) 프로서 씨가 뒤를 돌아보았다. 그는 아서 덴트에게 동지가 생긴 것을 보고 놀라서 다소 경계했다.

"왜요? 이제 덴트 씨가 제정신을 차리셨나요?" 그가 외쳤다.

"우선, 그가 아직 제정신을 못 차렸다고 가정해도 될까요?" 포드가 대답했다.

"그래요?" 프로서 씨가 한숨을 내쉬며 말했다.

"그리고 또, 아서가 여기 하루 종일 누워 있을 거라고 가정해보면 어떨까요?" 포드가 말했다.

"그래서요?"

"그러면 댁들은 모두 하루 종일 아무것도 안 하고 둘러서 있게 되는 겁니다."

"그럴 수도 있겠죠, 그럴 수도……."

"그래서 말인데요, 댁들이 어쨌건 그런 식으로 하루를 보내게 되어 있는 판국이라면, 사실 이 친구가 내내 여기 누워 있을 필요도 없지 않겠어요?"

"뭐라고요?"

"사실, 아서가 여기 있을 필요도 없다고요." 포드가 참을성 있게 말했다.

프로서 씨는 이 문제에 대해 생각해봤다.

"음, 아니죠, 그런 건 아니죠…… 꼭 그럴 필요는……."

프로서 씨는 걱정이 되었다. 그는 둘 중 하나는 뭔가 말이 안 되는 소리를 하고 있다고 생각했다.

포드가 말했다. "그러니까 선생께서 아서가 실제로 여기 있는 것처럼 생각해주시면, 아서와 나는 삼십 분 동안 슬쩍 술집에 갔다 올 수 있는 거지요. 제 제안이 어떻습니까?"

프로서 씨는 철두철미하게 미친 소리라고 생각했다.

"전적으로 타당한 말씀입니다……." 그는 누군가를 안심시키려는 듯한 목소리로 대답했는데, 도대체 누구를 안심시키려는 것인지는 자신도 알 수 없었다.

"나중에 만일 선생이 잠깐 자리를 비우고 술 한잔 하고 싶으시면, 보답하는 차원에서 그때는 저희가 선생 자리를 봐드리죠." 포드가 말했다.

"대단히 감사합니다." 프로서 씨가 대답했다. 그는 이 게임을 도대체 어떻게 해야 하는 건지 더 이상 감을 잡을 수가 없었다. "대단히 감사합니다, 예, 정말 친절하시군요……." 그는 얼굴을 찌푸렸다가 미소를 지었다. 그러고 나서 동시에 두 가지를 다 하려다가 실패하자, 털모자를 획 잡더니 머리 둘레를 따라 발작적으로 돌려댔다. 자신이 이겼다고 가정할 수밖에 없었다.

"그럼 이쪽으로 와서 누워주시면……." 포드 프리펙트가 말했다.

"뭐라고요?" 프로서 씨가 물었다.

"아, 죄송합니다." 포드가 말했다. "제가 정확하게 말씀을 못 드린 것 같군요. 누군가는 저 불도저 앞에 누워야 하지 않겠습니까? 안 그러면 저것들이 덴트 씨 집으로 밀고 들어가는 것을 막을 게 아무것도 없지 않겠어요?"

"뭐라고요?" 프로서 씨가 다시 한번 물었다.

"아주 간단한 얘깁니다." 포드가 말했다. "제 의뢰인인 덴트 씨는 단 한 가지 조건하에서만 여기 진흙 바닥에 누워 있기를 그만두겠다고 합니다. 당신이 와서 그 자리를 대신하는 거죠."

"무슨 소리를 하는 거야?" 아서가 말했지만, 포드가 구두로 그를 슬쩍 찔러 입을 막았다.

"그러니까 댁은 저한테, 저기로 가서 누워 있으라는……." 프로서 씨가 포드의 말을 하나하나 되짚어보며 말했다.

"네."

"불도저 앞에요?"

"네."

"덴트 씨를 대신해서 말이죠."

"네."

"진흙 바닥에요."

"말씀하시는 대로, 진흙 바닥에요."

결국 실질적으로 자신이 졌다는 것을 깨닫는 순간, 프로서 씨는 마치 어깨에서 짐을 내려놓은 듯한 느낌이 들었다. 그에게는 이런 세상이 더 익숙했다. 그는 한숨을 내쉬었다.

"그 대신 당신은 덴트 씨를 데리고 술집에 가겠다는 거죠?"

"바로 그겁니다." 포드가 말했다. "정확해요."

프로서 씨는 불안하게 앞으로 몇 발자국 내딛다가 멈춰 섰다.

"약속하시는 거죠?" 그가 물었다.

"약속합니다." 포드는 이렇게 말하고 아서에게 돌아섰다.

"이봐, 일어나서 저 사람에게 누울 자리를 주라고."

아서는 마치 꿈을 꾸는 듯한 기분으로 자리에서 일어났다.

포드는 프로서 씨에게 손짓했고, 그는 슬프고도 엉거주춤한 자세로 진흙탕에 앉았다. 자기 인생 전체가 무슨 꿈만 같았다. 때로는 그게 누구의 꿈인지, 그 사람들은 이 꿈을 재미있어하는지 궁금하기도 했다. 진흙이 그의 엉덩이와 팔을 둘러싸고 신발 속으로 스며들었다.

포드는 엄한 표정으로 그를 쳐다보며 말했다.

"덴트 씨가 없는 사이에 몰래 집을 허물기 없깁니다, 아시죠?"

"그런 생각은 꿈에도 해보지 않았습니다." 프로서 씨가 투덜거리며 말했다. 그리고 몸을 누이면서 말을 이었다. "마음속에 스쳐 지나간 적조차 없다고요."

그는 불도저 기사 노조 대표가 걸어오는 것을 바라보면서 머리를 뒤로 눕히고 눈을 감아버렸다. 그는 이제 자신이 정신 건강상 위험 인물이 아니라는 것을 입증하기 위한 주장들을 펼치려고 애쓰고 있었다. 그는 이 문제에 대해 전혀 자신이 없었다. 머릿속이 시끌벅적한 소리와 말[馬]들, 연기, 피비린내로 가득 차 있는 것만 같았다. 비참한 기분이 들거나 놀림을 받을 때면 항상 이런 일이 일어났는데, 자기 자신도 도무지 설명할 수 없는 일이었다. 우리가 전혀 알지 못하는 저 높은 차원에서는 천하무적 칸이 분노에 차서 으르렁거렸지만, 프로서 씨는 다만 몸을 부르르 떨면서 애처롭게 투덜거릴 뿐이었다. 눈꺼풀 뒤에서 따끔거리며 눈물이 찔끔 나는 느낌이 들었다. 관료의 실수들, 진흙탕에 누워 있는 분노한 사람들, 알 수 없는 낯선 이들이 내미는 설명할 수 없는 모욕들, 머릿속에서 자신을 비웃는 정체를 알 수 없는 말 탄 사람들——도대체 뭐 이런 날이 다 있담.

도대체 뭐 이런 날이 다 있어. 포드 프리펙트는 지금 아서의 집이 때려 부숴지건 말건 그건 개뼈다귀만큼도 중요하지 않다는 것을 알고 있었다.

아서는 걱정이 되어 죽겠다는 표정이었다.

"하지만 저 사람을 믿을 수 있을까?" 그가 말했다.

"나라면 지구가 끝장나는 순간까지 믿을 거야." 포드가 대답했다.

"오, 그렇군." 아서가 말했다. "그때까지 시간이 얼마나 남았는데?"

"한 이십 분 남았어." 포드가 말했다. "서둘러, 난 술이 필요해."

2

《은하대백과사전》은 술에 대해 다음과 같이 말하고 있다. 술은 설탕의 발효를 통해 형성된 휘발성의 무색 액체이며, 탄소화합물로 이루어진 특정 생명체에 대해 도취 효과를 낸다.

《은하수를 여행하는 히치하이커를 위한 안내서》도 술에 대해 언급하고 있다. 이 책에는 현존하는 최고의 술은 팬 갤랙틱 가글 블래스터Pan Galactic Gargle Blaster라고 적혀 있다.

팬 갤랙틱 가글 블래스터를 마셨을 때의 효과는 레몬 한 조각으로 싼 커다란 황금 벽돌로 머리를 한 대 강타당하는 것과 같다고 한다.

《안내서》에는 또한 팬 갤랙틱 가글 블래스터를 가장 잘 만드는 행성과 그 한 잔에 지불해야 하는 가격, 그 술을 마시고 난 뒤의 재활 과정을 도와주는 자원 봉사 조직들에 대해서도 적혀 있다.

《안내서》에는 심지어 이 술을 직접 만드는 법도 나와 있다.

《안내서》에 따르면, 먼저 올드 쟁크스 스피릿 한 병에서 진액을 따른다.

거기에다가 산트라기누스 5호 행성의 바닷물을 한 컵 따른다——"아, 그 산트라기누스의 바닷물! 아, 그 산트라기누스의 물고기들!"이라고 《안내서》는 적고 있다.

그 혼합물에다 아크투란 행성의 메가 진 얼음 세 조각을 넣어서 녹인다 (제대로 얼리지 않으면 벤진 향이 날아갈 수 있음).

거기에 팔리아 행성의 늪지대 가스를 사 리터 넣어 가스가 부글부글 차오르게 한다. 이는 팔리아 행성의 늪지대에서 기쁨을 이기지 못해 죽어간 그 모든 행복한 히치하이커들을 추모하기 위함이다.

어두운 콸락틴 행성 지대의 그 아찔한 냄새, 미묘하면서도 달콤하고 신비스러운 그 냄새를 상기시키는 콸락틴 하이퍼민트 추출액을 은수저의 볼록한 부분에 얹어 술잔 안에 띄운다.

알골리아 행성의 태양 호랑이 이빨을 그 안에 떨어뜨린다. 이빨이 녹으면서 알골리아 태양들의 불꽃이 칵테일의 심장부 깊은 곳까지 퍼져나가는 것을 감상한다.

잠푸어를 몇 방울 뿌린다.

올리브를 한 알 넣는다.

이제 마신다……단……매우 조심해서…….

《은하수를 여행하는 히치하이커를 위한 안내서》는 《은하대백과사전》보다 좀더 잘 팔린다.

"쓴 맥주 육 파인트요." 포드 프리펙트가 호스 앤드 그룹의 바텐더에게 말했다. "빨리 좀 줘요. 세상이 막 끝장나려는 참이니까."

호스 앤드 그룸의 바텐더는 이런 식의 대접을 받을 만한 사람이 아니었다. 그는 점잖은 노인이었다. 그는 안경을 콧잔등 위로 치켜올리며 포드 프리펙트를 힐끗 쳐다봤다. 그런데 포드가 그를 무시하고 창밖을 쳐다보자, 바텐더는 대신 아서에게 눈길을 던졌다. 아서는 어쩔 줄 몰라 어깨를 으쓱할 뿐 아무 말도 하지 않았다.

그러자 바텐더는 "아, 그런가요, 손님? 그러기에 좋은 날씨죠"라고 말하며 파인트를 따르기 시작했다.

그는 한 번 더 대화를 시도했다. "그럼 오늘 오후에 경기를 보러 가실 겁니까?"

포드가 고개를 돌려 그를 쳐다보았다.

"아니요, 그럴 이유가 없죠." 이렇게 말하고 그는 다시 창밖으로 눈길을 돌렸다.

"뭡니까? 그럼 처음부터 결과가 정해져 있다는 말씀입니까, 손님?" 바텐더가 말했다. "아스날(영국의 축구팀—옮긴이주)에게 승산이 없다는 건가요?"

"아닙니다, 아니에요. 그냥 세상이 곧 끝장날 거라는 말입니다." 포드가 대답했다.

"아, 예, 그렇게 말씀하셨죠." 바텐더는 이번에는 안경 너머로 아서를 바라보며 말했다. "세상이 끝장난다면 아스날 입장에서야 운 좋게 빠져나가는 셈이죠."

포드는 정말로 놀라서 바텐더를 다시 쳐다봤다.

"아닙니다, 딱히 그런 건 아니에요." 그는 이렇게 말하며 눈살을 찌푸렸다.

바텐더가 크게 심호흡을 하며 말했다. "여기 있습니다, 손님. 맥주 육 파인트요."

아서는 그에게 희미하게 미소를 짓고는 다시 어깨를 으쓱했다. 그는 술집에 있는 다른 손님들 중 누군가가 이 대화를 들었을까 봐 사람들을 돌아보며 희미하게 미소 지었다.

사실 아무도 이 대화를 듣지 못했기 때문에 왜 아서가 자신들을 향해 미소 짓는지 아무도 이해하지 못했다.

포드 옆 자리에 앉아 있던 한 남자가 두 사람을 쳐다보고 맥주 육 파인트를 쳐다보더니, 머릿속으로 재빨리 셈을 하고 자기 마음에 드는 결론을 내린 뒤, 그들에게 뭔가 바라는 듯한 멍청한 웃음을 지었다.

"저리 꺼져요. 이건 우리 거예요." 포드가 말했다. 그는 알골리아의 태양 호랑이까지도 하던 짓을 멈추게 할 만한 표정을 그에게 지어 보였다.

포드는 오 파운드짜리 지폐를 바에 턱 내려놓고 말했다. "잔돈은 필요 없습니다."

"예? 오 파운드짜린데요? 감사합니다, 손님."

"그 돈을 십 분 안에 쓰셔야 할 겁니다."

바텐더는 그냥 잠시 그 자리를 피하는 게 좋겠다고 생각했다.

"포드, 도대체 무슨 일인지 말 좀 해봐." 아서가 말했다.

"마셔." 포드가 말했다. "네 몫 삼 파인트는 다 마셔야지."

"삼 파인트나?" 아서가 말했다. "점심시간에?"

포드 옆에 앉은 남자가 씩 웃으면서 행복한 표정으로 머리를 끄덕였다. 포드는 그를 무시하고 말했다. "시간은 환영(幻影)이야. 점심시간은 두 배로 더 그렇지."

"대단히 심오하군." 아서가 말했다. "그걸 《리더스 다이제스트》에나 보내지 그래. 거기에는 너 같은 사람을 위한 난이 있으니까."

"쭉 들이켜."

"왜 갑자기 삼 파인트를 마시라는 거야?"

"근육 이완제야. 너한테 필요할 거야."

"근육 이완제?"

"근육 이완제."

아서는 맥주를 물끄러미 들여다보았다.

"내가 오늘 뭘 잘못한 거야?" 그가 말했다. "아니면 세상은 늘 이런 식이었는데, 내가 내 문제에만 너무 골몰하느라 그동안 눈치를 못 챘던 거야?"

"좋아." 포드가 말했다. "설명을 해볼게. 우리가 안 지 얼마나 됐지?"

"얼마나 됐냐고?" 아서는 잠시 생각했다. "음, 한 오 년 됐나. 어쩌면 육 년쯤." 그가 말했다. "이제까지는 대략 말이 되는 것 같았지."

"좋아. 만약 내가 길퍼드 출신이 아니라 베텔게우스 근처에 있는 어느 작은 행성 출신이라면 뭐라고 할래?"

아서는 대수롭지 않다는 듯 어깨를 으쓱했다.

"모르겠는데." 그는 맥주를 한 모금 마시고 말했다. "왜? 그게 네가 하려던 이야기야?"

포드는 포기했다. 세상이 끝장나려는 판국인데 이런 이야기를 가지고 왈가왈부할 일이 아니었다. 그는 그저 이렇게 말했다. "쭉 마셔."

그러고서 그는 전적으로 사실에 입각해서 덧붙였다. "세상이 곧 끝장나."

아서는 술집 안의 다른 손님들에게 다시 한번 희미한 미소를 지어 보였다. 다른 손님들은 그를 보며 눈살을 찌푸렸다. 한 남자는 자꾸 자기들에게 미소 짓지 말고 자기 일이나 신경 쓰라고 손을 흔들어댔다.

아서는 맥주잔 위로 몸을 숙이면서 말했다. "분명히 오늘은 목요일일 거야. 목요일은 정말 싫어."

ㅋ

이 특정 목요일, 지구 표면에서 수마일 위에 있는 전리층을 뚫고 무언가가 조용히 움직이고 있었다. 사실 그 무언가는 하나가 아니었다. 그것은 수십 개나 되는 거대하고 노랗고 두툼한 석판같이 생긴 물체로, 사무실 건물만큼이나 크고 새들처럼 조용했다. 그것들은 항성 솔Sol(태양을 가리킨다―옮긴이주)이 내뿜는 전자기파 광선을 쬐면서 편안히 비상했다. 이들은 때를 기다리며 무리 지어 준비하고 있었다.

그 아래에 있는 행성은 그들의 존재를 전혀 감지하지 못하고 있었다. 그게 바로 지금 그들이 바라는 바이기도 했다. 거대한 노란색 물체는 아무도 눈치 채지 못하게 군힐리(영국 콘월에 있는 지구 최대의 위성 기지국―옮긴이주)를 지나고, 레이더 스크린에 점 하나 남기지 않고 케이프 커내버럴(미국의 케네디 우주 센터가 있는 곳―옮긴이주)을 지났다. 우머라(호주의 미사일 발사 기지―옮긴이주)와

조드럴 뱅크(영국 맨체스터 대학이 운영하는 천체 관측소—옮긴이주)
도 눈뜬 장님이나 마찬가지였다. 그건 참 애석한 일이었다. 이것이
야말로 그들이 내내 찾고 있던 바로 그것이었으니 말이다.

이들의 존재가 기록된 유일한 곳은 '서브-에서 센스-오-매틱
Sub-Etha Sense-O-Matic'이라는 작고 검은 장치로, 이 장치는 혼
자 조용히 깜빡거리고 있었다. 이 장치는 포드 프리펙트가 평소에
늘 목에 걸어 메고 다니는 가죽 가방 속 컴컴한 구석 깊숙이 자
리 잡고 있었다. 포드 프리펙트의 가방의 내용물들은 사실 꽤나 흥
미로운 것들로, 지구상의 어떤 물리학자의 눈알이라도 튀어나오게
할 만했다. 그래서 포드는 늘 자신이 오디션용으로 읽고 있는 척하
는 낡은 연극 대본 몇 개 아래에 이 장치를 쑤셔 넣어 감춰놓고 있
었다. 가방 안에는 서브-에서 센스-오-매틱과 대본들 외에도 전자
엄지가 하나 들어 있었다. 그것은 작달막하고 매끈하고 광택 없는
검은 막대로, 한쪽 끝에 납작한 스위치 몇 개와 다이얼들이 달려
있었다. 또 커다란 전자 계산기처럼 생긴 장치도 하나 있었다. 여
기에는 백여 개의 작고 납작한 버튼과, 백만 장의 '페이지들' 중 어
떤 페이지라도 순식간에 불러올 수 있는 사 제곱인치 정도 되는 스
크린이 달려 있었다. 그 장치는 너무 복잡하게 생겨서 머리가 돌
지경이었다. 그 장치에 딱 맞는 플라스틱 커버 위에 크고 친근한
서체로 '겁먹지 마세요'라는 문구가 적혀 있는 이유 중 하나도 바
로 그 때문이었다. 또 다른 이유는, 사실 이 장치야말로 어사 마이
너의 대단한 출판사들에서 발간된 모든 책들 중에서 가장 훌륭한

책인 바로 그 《은하수를 여행하는 히치하이커를 위한 안내서》였기 때문이다. 이 책이 마이크로 서브-중간자 전기 구성 요소라는 형태로 발간된 것은, 만일 그것이 일반 책 형태로 인쇄된다면, 행성 간을 여행하는 히치하이커는 거대한 여러 채의 빌딩에 그 책을 담고 다녀야 할 것이기 때문이었다.

포드 프리펙트의 가방 속, 그 물건 아래에는 볼펜 몇 자루와 메모장, 그리고 막스 앤드 스펜서 제품인 큼직한 목욕 타월 하나가 들어 있었다.

《은하수를 여행하는 히치하이커를 위한 안내서》는 타월이라는 주제에 대해 몇 마디 하고 있다.

타월이란 행성 간을 여행하는 히치하이커가 지닐 수 있는 물건 중 최고로 쓸모 있는 것이다. 타월은 어떤 점에서는 대단히 실용적이다. 자글란 베타 행성의 차가운 달들 사이를 여행할 때는 몸에 둘러서 보온용으로 쓸 수 있다. 산트라기누스 5호 행성의 눈부신 대리석 모래 해변에서는 타월을 깔고 누워, 머리를 어찔하게 하는 그 바다 수증기를 들이마실 수도 있다. 카크라푼 행성의 사막에서는 불타는 듯 반짝이는 별들 아래서 덮고 잘 수도 있다. 느리고 둔중한 모스 강을 따라 조그마한 뗏목을 타고 여행할 때는 돛으로 사용하라. 맨주먹 싸움이 붙으면 적셔서 사용하라. 머리에 감으면 유독 가스를 물리치거나, 트랄 행성의 레이브너스 버그블래터 비스트의 시선을 피할 수도 있다(이 녀석은 깜짝 놀랄 정도로 멍청해서, 당신이 녀석을 보지 못하면 녀석도 당신을 볼 수 없다고 생각한다. 머리빗만큼의 지능도 없지만 식욕만은 엄청나다). 위급 상황에서는 조난 신호로 타월을 흔들어댈 수도 있고, 그러고도 충분히 깨끗해 보이면 물론 몸의 물기를 닦는 데도 쓸 수 있다.

더 중요한 것은 타월에는 엄청나게 폭넓은 심리학적 가치가 있다는 점이다. 어떤 히치하이커가 타월을 가지고 다닌다는 사실을 어떤 스트랙(히치하이커가 아닌 사람)이 알게 되면, 그는 그 히치하이커가 칫솔과 세수 수건, 비누, 비스킷 깡통, 보온병, 나침반, 지도, 끈 뭉치, 모기약, 우비, 우주복 등등도 가지고 다닌다고 자동적으로 믿어버린다. 게다가 그 스트랙은 그 히치하이커가 어쩌다가 이 물건들이나 다른 이런저런 물건들을 '잃어버렸을' 수도 있다고 생각해서 기꺼이 이 물건들을 빌려줄 것이다. 그 스트랙은, 광대한 은하계의 구석구석을 히치하이크하며 그 모든 불편을 참아내고 최대한 돈을 아껴 쓰고 끔찍한 승산들과 맞서 싸우고 끝까지 이겨내면서도 여전히 자기 타월이 어디에 있는지 아는 사람이라면 분명히 대접해줄 만한 사람이라고 생각하게 되는 것이다.

그래서 히치하이커들 사이에서는 이런 은어가 유행하게 되었다.

"이봐, 자네 그 포드 프리펙트라는 후피를 새스하나? 그 녀석은 정말 자기 타월이 어디 있는지 아는 프루드라니까." (후피 : 정말 침착한 사람 / 새스 : 알다, 인식하다, 만나다, 섹스하다 / 프루드 : 정말 놀라울 정도로 침착한 사람.)

포드 프리펙트의 가방 안 타월 위에 고요히 자리를 잡고 앉아 있는 서브-에서 센스-오-매틱이 점점 더 빨리 깜빡거리기 시작했다.

행성 표면에서 수마일 떨어진 저 위에서는 그 거대한 노란색 물체들이 부채꼴로 펼쳐지기 시작했다. 조드럴 뱅크에서는 누군가가 휴식도 취할 겸 차 한 잔 마실 시간이라고 결정했다.

"너 타월 갖고 있어?" 포드가 느닷없이 아서에게 말했다.

맥주 삼 파인트와 힘겹게 씨름하고 있던 아서가 고개를 돌려 그를 쳐다봤다.

"왜? 무슨 소리야, 없어⋯⋯갖고 있어야 되는 거야?" 그는 이미 놀라기를 포기한 터였다. 더 이상 놀라는 것은 의미가 없어 보였다.

포드는 조바심을 내며 혀를 쯧쯧 찼다.

"다 마셔." 그가 재촉했다.

바로 그 순간, 술집 안 사람들이 조용히 웅얼거리는 소리, 주크박스의 음악 소리, 결국 포드에게서 위스키 한 잔을 얻어내고야 만 포드 옆 자리의 남자가 그 위스키 잔을 놓고 딸꾹질하는 소리를 뚫고 바깥에서 우르르 쾅쾅 하는 소리가 희미하게 들려왔다.

맥주를 마시다 목에 탁 걸린 아서가 벌떡 일어나 꽥 소리를 질렀다.

"저게 무슨 소리야?"

"걱정 마. 아직 시작 안 했으니까." 포드가 말했다.

"그것 참 고맙군." 아서는 이렇게 말하고 긴장을 풀었다.

"저건 아마 단지 네 집을 부수는 소리일 거야." 포드가 마지막 파인트를 비우면서 말했다.

"뭐라고?" 아서가 소리를 질렀다. 갑자기 포드가 걸어놓은 주문이 풀렸다. 아서는 미친 듯이 주변을 돌아보더니 창문 쪽으로 달려갔다.

"세상에, 부수고 있어! 저 작자들이 내 집을 때려 부수고 있다고. 내가 도대체 이 술집에서 뭘 하고 있는 거야, 포드?"

"이 시점에서는 달리 어쩔 도리가 없어." 포드가 말했다. "그냥 재미나 보게 놔두라고."

"재미? 재미라고?" 아서가 비명을 질렀다. 그는 자신들이 같은 일에 대해 이야기하고 있는 게 맞는지 확인하기 위해 다시 한번 재빨리 창밖을 바라봤다.

"저 작자들 재미 따위는 엿이나 먹으라고 해!" 그는 분노하며 소리를 지르더니, 거의 다 비운 맥주잔을 맹렬히 흔들어대며 술집을 뛰쳐나갔다. 그는 그 점심시간에 그 술집 안에 있던 사람들 누구와도 친구가 되지 못했다.

"멈춰, 이 야만인들! 이 가정파괴범 자식들아!" 아서가 고함을 질렀다. "이 미친 깡패들아, 멈추라고, 그만두지 못해!"

포드는 그를 쫓아가야 할 판이었다. 그는 재빨리 바텐더 쪽으로 돌아서서 땅콩 네 봉지를 달라고 했다.

"여기 있습니다, 손님. 이십팔 펜스 되겠습니다, 친절하시다면요." 바텐더가 땅콩 봉지를 바에 털썩 놓으며 말했다.

포드는 매우 친절했다. 그는 바텐더에게 오 파운드짜리 지폐를 하나 더 주면서 잔돈은 필요 없다고 말했다. 바텐더는 그 지폐를 보고 다시 포드를 쳐다봤다. 갑자기 그는 몸을 떨었다. 그는 도저히 이해할 수 없는 감각을 순간적으로 느꼈는데, 그것은 어떤 지구인도 이전에는 느껴본 적 없는 감각이었다. 굉장히 심한 스트레스를 받는 순간, 존재하는 모든 생명체는 잠재의식 속에서 아주 미세한 신호를 내보낸다. 이 신호는 자신이 출생지로부터 얼마나 떨어져 있는지에 대해 정확하면서도 거의 처연한 감각을 꾸밈없이 전달한다. 지구에서는 자신의 출생지로부터 십육만 마일 이상 떨어지는 것은 불가능하며, 그것은 사실 그리 먼 거리가 아니다. 그렇기 때문에 그런 신호들은 알아차릴 수 없을 만큼 너무나 미세한 것이다. 그러나 포드 프리펙트는 지금 이 순간 심한 스트레스를 받고 있으며, 그는 여기서 육백 광년 떨어진 베텔게우스 행성 주변에서 태어났던 것이다.

바텐더는 도무지 이해할 수 없는 충격적인 거리 감각과 맞부딪히고는 잠시 동안 비틀거렸다. 그게 무엇을 의미하는지는 알 수 없었지만, 그는 경외심에 가까운 새로운 존경심을 느끼며 포드 프리펙트를 쳐다봤다.

"진심이십니까, 손님?" 그는 작은 목소리로 속삭였지만, 그 말에 술집 전체가 침묵에 휩싸였다. "지구가 끝장날 거라고 생각하신다는 거죠?"

"네." 포드가 말했다.

"오늘 오후에요?"

포드는 정신을 차렸다. 그는 더할 나위 없이 기분이 가벼웠다.

"네. 제 계산으로는 이 분 이내에요." 그는 쾌활하게 말했다.

바텐더는 지금 자신이 나누고 있는 이 대화를 믿을 수가 없었지만, 방금 경험한 그 감각도 믿을 수가 없었다.

"그럼 저희가 할 수 있는 일은 없습니까?" 그가 물었다.

"없어요, 아무것도." 포드는 땅콩을 주머니에 쑤셔 넣으며 말했다.

물을 끼얹은 듯이 고요한 술집 안에서 누군가가 갑자기 모두 바보가 된 것 아니냐며 거슬리는 소리로 껄껄 웃었다.

포드 옆 자리의 남자는 이제 조금 취해 있었다. 그가 천천히 눈을 들어 포드를 쳐다보다가 말했다.

"내 생각엔, 만약 세상이 끝장날 거라면 우리는 엎드려 있거나 머리에 종이 가방 같은 걸 뒤집어쓰고 있어야 할 것 같은데."

"그러고 싶으면 그렇게 하세요." 포드가 말했다.

"군대에서 그렇게 배웠거든." 남자가 말했다. 그의 눈동자는 갔던 여정을 거슬러와 다시 위스키 잔을 향해 돌아오기 시작했다.

"그게 도움이 될까요?" 바텐더가 물었다.

"아니요." 포드가 대답하고는 바텐더에게 친근한 미소를 지어 보였다. "미안하지만 이제 가야겠군요." 그는 손을 흔들고 자리를 떴다.

술집 안은 잠시 동안 더 침묵에 잠겼는데, 그때 당황스럽게도 귀에 거슬리는 웃음소리의 소유자가 다시 한번 그렇게 껄껄 웃었다. 그가 술집 안으로 끌고 들어왔던 여자는 지난 한 시간에 걸쳐 그를 깊이 혐오하게 되었기 때문에, 일 분 삼십여 초 후면 이 남자가 갑자기 한 줌의 수소와 오존, 일산화탄소로 증발해버리게 된다는 것을 알고 굉장히 만족스러워했을지도 모른다. 하지만 정작 그 순간이 왔을 때는 그녀 자신도 증발하기 너무 바빠 그 모습에 주목하지는 못할 것이다.

바텐더는 헛기침을 했다. 그는 자신이 이렇게 말하는 소리를 들었다. "마지막 주문을 해주십시오."

거대한 노란 기계들이 아래로 강하하며 속도를 높이기 시작했다.

포드는 그들이 거기 있다는 것을 알았다. 이것은 그가 원하던 식은 아니었다.

아서는 골목길을 달려 올라와 집에 거의 도착했다. 그는 갑자기 온도가 급격히 떨어졌다는 사실을 눈치 채지 못했다. 바람도 눈치 채지 못했고, 갑자기 말도 안 되는 소나기가 내리는 것도 눈치 채지 못했다. 무한궤도식 불도저가 한때는 자신의 집이었던 폐허 더미 위를 굴러다니는 모습 외에는 아무것도 그의 시야에 들어오지 않았다.

"이 야만인들아!" 그가 소리쳤다. "시의회를 고소해서 의회의 돈을 마지막 동전 하나까지 다 빼앗아버릴 테다. 네놈들의 목을 매달고 잡아당겨 사지를 찢어버릴 거야. 그런 다음에 채찍질을 해야지. 그런 다음에 삶아버릴 테다……네놈들이……네놈들이……응분의 대가를 치를 때까지."

포드가 아서의 뒤를 쫓아 굉장히 빠르게 달려오고 있었다. 정말로 대단히 빠르게.

"그런 다음에 그 모든 걸 한 번 더 해줄 테다!" 아서가 소리쳤다. "그게 끝나면, 그 조그만 조각조각들을 다 모아서 마음껏 짓밟아줄 거고."

아서는 사람들이 불도저에서 뛰어내려 달아나고 있는 것을 눈치채지 못했다. 프로서 씨가 얼굴이 벌개져서 하늘을 쳐다보고 있는 것도 알아채지 못했다. 프로서 씨가 보고 있는 것은 거대한 노란색 물체가 구름을 뚫고 굉음을 내며 내려오는 모습이었다. 믿을 수 없을 정도로 거대하고 노란 무언가가.

"그리고 계속해서 짓밟을 테다." 아서는 여전히 달리면서 소리를 질러대고 있었다. "발에 물집이 생길 때까지. 아니면 훨씬 더 기분 나쁜 방법이 생각날 때까지. 그러고 나서는……."

아서는 발이 걸려 곤두박질쳤고, 한 바퀴를 구른 뒤 벌렁 나자빠져버렸다. 마침내 그는 무슨 일이 벌어지고 있음을 깨달았다. 그의 손가락이 하늘을 향해 치켜져 올라갔다.

"아니 저게 뭐야?" 그가 비명을 질렀다.

그게 무엇이든 간에 괴물 같은 노란 물체가 하늘을 가로질러 질주했고, 정신을 아득하게 만들 정도로 굉음을 내고 하늘을 둘로 가르면서 저 멀리로 휙 날아가 버렸다. 그 순간, 갈라졌던 대기가, 귀가 두개골 속으로 육 피트는 쑥 들어갈 정도로 쾅 하는 소리를 내며 닫히는 것이었다.

또 하나가 그 뒤를 따라 똑같은 짓을 하고 갔다. 다만 이번에는 소리가 더 컸다.

이때 이 행성의 표면에서 사람들이 어떤 행동을 하고 있었는지를 정확하게 설명하기는 힘들다. 그들도 자신들이 무엇을 하고 있는지 제대로 알지 못했기 때문이다. 그중 말이 되는 행동은 하나도 없었다. 사람들은 집 안으로 달려 들어가고, 집 밖으로 달려 나오고, 귀청을 찢는 소음을 향해 아무 소리도 들리지 않는 고함을 질러댔다. 전 세계 도시의 거리들은 사람들로 미어터졌고, 차들은 굉음이 머리 위로 떨어질 때마다 끼이익 하고 서로 박아댔다. 그런 뒤 그 굉음은 파도처럼 언덕과 계곡, 사막, 대양 위로 도도히 굽이쳐 갔다. 마주치는 것은 모두 찌그러지게 만들 것 같은 소리였다.

오직 한 사람만이 똑바로 서서 하늘을 쳐다보고 있었다. 그의 눈에는 한없는 슬픔이 어려 있었고, 귀에는 고무 마개가 끼워져 있었다. 그는 무슨 일이 벌어지고 있는지 정확하게 파악하고 있었다. 그의 서브-에서 센스-오-매틱이 한밤중에 베개 옆에서 깜빡거리기 시작해 그를 벌떡 일어나게 한 순간부터 그는 알고 있었다. 이것이야말로 바로 그가 오랜 세월 기다려온 일이었지만, 작고 어두운 방에 홀로 앉아 그 신호 패턴을 해독해냈을 때, 갑작스런 냉기가 그를 덮쳐 심장을 옥죄어 들어왔다. 지구 행성에 와서 큰 소리로 안녕 하고 인사하는 것이 은하계의 하고많은 종족 중에서 왜 하필이면 보고 행성의 종족이어야만 했을까 하고 그는 생각했다.

하지만 그는 자신이 해야 할 일을 알고 있었다. 보고의 우주선이 저 위 대기 중에서 비명을 질러대고 있는 동안 그는 가방을 열었다. 〈요셉과 놀라운 총천연색 꿈의 코트〉의 대본을 꺼내 집어던지고 〈가스펠〉의 대본도 집어던졌다. 이제 가게 될 곳에서는 그런 것들이 필요 없었다. 필요한 것은 전부 있었고, 모든 준비가 갖춰져 있었다.

그는 자기 타월이 어디에 있는지 알고 있었다.

갑자기 지구에 고요가 흘렀다. 그것은 소음보다도 더 기분 나빴다. 잠시 동안 아무 일도 일어나지 않았다.

거대한 우주선들이 하늘에, 지구상의 모든 국가 위에 꼼짝 않고 떠 있었다. 그것들은 꼼짝 않고 떠 있었다. 거대하고, 묵직하고, 흔들림이 없었다. 이는 자연에 대한 모독이나 다름없었다. 많은 사람들은 자신이 바라보고 있는 것들을 이해해보려 애쓰다가 곧바로 쇼크 상태에 빠졌다. 우주선들은 벽돌들은 절대로 할 수 없는 방식으로 하늘 위에 떠 있었다.

그리고 아직까지는 아무 일도 일어나지 않았다.

그때 희미한 속삭임이 들렸다. 탁 트인 입체 음향의 속삭임이 갑자기 들렸다. 전 세계의 모든 하이파이 오디오, 모든 라디오, 모든 텔레비전, 모든 카세트 플레이어, 모든 우퍼 스피커(저음용 스피커―옮긴이주), 모든 트위터 스피커(고음용 스피커―옮긴이주), 모든 중음역 스피커가 한꺼번에 저절로 조용히 켜졌다.

모든 깡통, 모든 쓰레기통, 모든 창문, 모든 자동차, 모든 와인잔, 모든 녹슨 쇳조각들이 음향학적으로 완벽한 공명판 역할을 했다.

임종을 앞두고 지구는 음향 재생계의 지존, 여태껏 없었던 최고의 확성 장치의 참맛을 거나하게 느껴볼 참이었다. 하지만 여기에는 어떤 콘서트도, 음악도, 팡파르도 없었다. 그저 단순한 메시지가 하나 있을 뿐이었다.

"지구인들이여, 주목하라." 어떤 목소리가 말했다. 멋진 목소리였다. 용감한 남자도 울게 만들 정도로 소리의 일그러짐이 거의 없는 멋들어지고 완벽한 사방입체음향이었다.

"나는 은하계 초공간 개발 위원회의 프로스테트닉 보곤 옐츠다." 그 목소리가 말을 이었다. "모두들 분명 잘 알고 있겠지만, 은하계 변두리 지역 개발 계획에 따라 너희 항성계를 관통하는 초공간 고속도로를 건설하게 되었다. 애석하게도 너희 행성은 철거 예정 행성 목록에 들어 있다. 이 과정은 너희 지구 시간으로 이 분도 걸리지 않을 것이다. 경청해줘서 고맙다."

확성 장치가 잠잠해졌다.

이를 지켜보는 지구인들의 마음에는 이해할 수 없는 공포가 내려앉았다. 공포는 모인 군중들 사이로 서서히 번져갔다. 마치 마분지 위에 철가루를 뿌려놓고 그 아래에서 자석을 움직이고 있는 것 같았다. 공포가 다시 급속히 자라나기 시작했다. 필사적으로 도망쳐야 한다는 공포가. 하지만 아무 데도 도망갈 곳은 없었다.

이를 지켜보고 있던 보곤인들이 다시 확성 장치를 켜고 말했다.

"우리 말에 깜짝 놀라는 체해봤자 아무 소용 없다. 모든 계획 도면과 철거 명령은 알파 켄타우리 행성에 있는 지역 개발과에 너희 지구 시간으로 오십 년 동안 공지되어 있었다. 그러므로 너희에게는 공식적으로 민원을 제기할 시간이 충분히 있었다. 이제 와서 야단법석을 떨기 시작해봐야 이미 너무 늦은 일이다."

확성 장치는 다시 조용해졌고 그 메아리도 사방을 떠돌다가 사그라졌다. 거대한 우주선들은 하늘에서 힘들이지 않고 천천히 빙그르르 돌았다. 각 우주선의 아래쪽에서 승강구가 열리고, 텅 빈 검은 사각형의 공간이 드러났다.

이때 어딘가에서 누군가가 무선 송신기를 조종해 그들의 주파수를 알아내고는 지구인들을 대표해 보고인들의 우주선에 메시지를 보내서 호소를 해보려고 했던 모양이었다. 그들이 무슨 말로 애걸했는지는 아무도 듣지 못했지만, 보고인들의 대답은 모두가 들었다. 확성 장치가 다시 확 켜졌다. 그 목소리에는 짜증이 배어 있었다. 그것은 이렇게 말했다.

"알파 켄타우리 행성에 가본 적도 없다니 그게 무슨 소린가!? 맙소사, 이 인간들아, 알다시피 그 별은 여기서 사 광년밖에 떨어져 있지 않다. 미안하지만, 너희가 지역 문제에 관심을 가질 정성이 있건 없건, 그건 너희가 알아서 할 일이다. 철거 광선을 작동하라."

승강구에서 빛이 뿜어져 나왔다.

"난 모른다." 확성 장치의 목소리가 말했다. "인정머리 없는 놈의 행성 같으니, 동정심조차 안 생긴다." 장치가 꺼졌다.

소름끼치는 정적이 흘렀다.

소름끼치는 소음이 흘렀다.

소름끼치는 정적이 흘렀다.

보고 행성의 공병 함대는 별이 총총한 새까만 공간 속으로 미끄러져 갔다.

4

저 멀리 은하계의 반대쪽 나선팔 위, 항성 솔에서 오십만 광년 떨어진 곳에서는 은하 제국 정부의 대통령인 자포드 비블브락스가 다모그란 행성의 바다 위를 쏜살같이 달리고 있었다. 그의 이온 추진 델타 보트는 다모그란 행성의 태양 속에서 사라졌다가 반짝거리며 나타나기를 반복하고 있었다.

뜨거운 행성 다모그란. 머나먼 행성 다모그란. 거의 들어본 적조차 없는 행성 다모그란.

'순수한 마음' 호(號)의 비밀 본부 다모그란.

보트는 물 위를 가로질러 내달렸다. 목적지에 도달하려면 아직 조금 더 가야 했다. 다모그란은 너무나 불편하게 배치되어 있는 행성이기 때문이었다. 이 행성에는 크고 작은 무인도들을 제외하고는 아무것도 없었다. 그리고 이 섬들은, 대단히 아름답지만 신경질이 날 정도로 넓게 펼쳐진 바다를 사이에 두고 드문드문 떨어져 있었다.

보트는 계속해서 속력을 냈다.

이런 지형적 불리함으로 인해 다모그란은 언제나 버려진 행성이었다. 바로 그 때문에 은하 제국 정부는 순수한 마음 호 프로젝트를 위해 다모그란을 선택했다. 이 행성은 철저하게 버려진 행성이고, 순수한 마음 호 프로젝트는 철저하게 비밀이었기 때문이다.

보트는 행성 전체에서 쓸 만한 크기를 갖춘 유일한 군도를 구성하는 섬들 사이에 놓인 바다를 가로지르며 쏜살같이 날았다. 자포드 비블브락스는 이스터 섬(이 이름의 일치는 순전히 의미 없는 우연에 불과했다―은하어로 '이스터'는 '작은', '납작한', '엷은 갈색'을 의미한다)에 있는 작은 우주 공항에서 순수한 마음 호가 있는 섬으로 가는 길이었는데, 이 섬 또한 또 하나의 아무 의미 없는 우연의 일치로 인해 '프랑스'라는 이름으로 불리고 있었다.

순수한 마음 호 프로젝트를 수행하는 데 있어서 나타난 부작용들 중 하나는 바로 그런 의미 없는 우연의 일치들이 연쇄적으로 일어난다는 것이었다.

하지만 오늘이, 그 프로젝트가 최고조에 달하는 날인 오늘이, 모든 것이 베일을 벗고 공개되는 이 위대한 날이, 경탄하는 은하계 앞에 마침내 순수한 마음 호가 그 모습을 드러내는 이날이 또한 자포드 비블브락스의 경력에 있어서도 클라이맥스가 되는 날이었다는 것은 전혀 우연의 일치가 아니었다. 바로 이날을 위해 자포드 비블브락스는 애초에 대통령에 출마하기로 결심했었고, 그 결심은 은하 제국 전체에 경악의 충격파를 날렸다. 자포드 비블브락스가?

'대통령'을? 설마 그 자포드 비블브락스는 아니겠지? 설마 '그 대통령을 말하는 건 아니겠지? 많은 사람들은 이 사건을 우주의 모든 것이 마침내 완전히 미쳐버렸음을 결론적으로 입증하는 것으로 받아들였다.

자포드는 씩 웃으면서 보트의 속력을 좀더 높였다.

자포드 비블브락스, 모험가이자 전직 히피, 난봉꾼(사기꾼? 흠, 그럴 수도 있지), 광적인 자화자찬가, 인간 관계에 무지하게 서툰 사람, 때로는 완전히 미친놈 취급을 받는 사람.

대통령?

누구도 적어도 그런 식으로 미치지는 않았다.

전 은하계에서 단지 여섯 사람만이 은하계가 통치되는 원리를 이해하고 있었다. 그리고 이들은 자포드 비블브락스가 대통령에 출마하겠다는 의사를 일단 밝혔다면, 그것은 기정 사실임을 알고 있었다. 자포드는 허수아비 대통령감*으로 최고였다.

---

* 대통령 : 정식 명칭은 은하 제국 정부 대통령.

'제국'이라는 단어는 이제 시대착오적인 것이기는 하지만 계속 사용되고 있다. 선대로부터 제위를 계승한 황제는 거의 사망한 것이나 다름없으며 그 상태로 몇 세기를 지내오고 있다. 사망 일보 직전의 혼수 상태에서 그는 정지 자장에 가두어졌으며, 그 속에서 영원히 변하지 않는 상태로 유지되고 있다. 그의 자손들은 모두 이미 오래전에 사망했으며, 이는 결국 권력이 어떤 급격한 정치적 격변도 거치지 않고 간단하고 효과적으로 한두 단계 아래쪽으로 이양되었음을 의미한다. 그래서 현재 권력은 과거에는 그저 황제의 고문 역할을 했던 조직에 넘어가 있다. 이는 선거를 통해 선출된 통치 협의체로, 그 협의체에 의해 선출된 그들이 전혀 이해하지 못했던 것은 자포드가 무엇 때문에 출마했을까 하는 점이었다.

자포드는 태양을 향해 거센 물보라를 일으키며 거칠게 방향을 틀었다.

오늘이 바로 그날이었다. 오늘이 바로 그들이 자포드의 계획이 무엇이었는지 깨닫게 될 날이었다. 오늘이 바로 자포드 비블브락스의 대통령직이 의미하는 모든 것이었다. 오늘은 또한 그의 이백 회 생일이기도 했다. 하지만 이는 그저 또 하나의 의미 없는 우연의 일치에 지나지 않았다.

다모그란의 바다를 가로질러 보트를 몰고 가면서 그는 오늘이 얼마나 멋지고 흥미진진한 날이 될 것인지를 생각하며 혼자 조용히

대통령이 주재한다. 사실 권력은 거기에 있지 않다.

특히 대통령은 거의 허수아비나 다름없다. 대통령은 아무런 권한도 행사하지 않는다. 표면상으로 대통령은 정부에 의해 선출되지만, 그에게 요구되는 품성은 지도력이 아니라 정교하게 판단된 난폭성이다. 이런 이유로 인해, 대통령을 뽑는 것은 항상 논쟁의 여지가 있는 일이다. 대통령은 늘 사람을 화나게 만들면서도 매력적인 인물이어야 한다. 대통령의 임무는 권력을 휘두르는 것이 아니라 권력으로부터 사람들의 관심을 돌리는 일이다. 이러한 기준에서 볼 때, 자포드 비블브락스는 역대 은하계의 대통령들 중 가장 성공적인 대통령이다. 그는 이미 자신의 대통령 임기 십 년 중 이 년을 사기죄로 감옥에서 보냈다. 대통령과 정부가 실질적으로는 어떠한 권력도 가지고 있지 않다는 것을 아는 사람은 정말로 소수에 불과했다. 그리고 이 소수의 사람들 중에서도 오직 여섯 사람만이 궁극적인 정치 권력을 휘두르는 곳이 어디인지 알고 있었다. 대부분의 사람들은 궁극적인 의사 결정 과정은 컴퓨터에 의해서 이루어진다고 비밀리에 믿고 있다. 그보다 더 잘못 짚을 수는 없었다.

미소 지었다. 그는 긴장을 풀고 두 팔을 나른하게 의자 뒤로 걸쳤다. 그러고는 스키복싱 실력을 키우려고 최근에 오른팔 바로 아래에 맞추어 단 여분의 팔로 키를 잡았다.

"이봐." 그는 정다운 말투로 혼잣말을 했다. "넌 진짜로 멋진 녀석이야, 너 말이야." 하지만 그의 신경은 개를 부르는 휘파람 소리보다도 더 날카롭게 전율하고 있었다.

프랑스 섬은 길이가 약 이십 마일에, 중심부의 폭이 오 마일 정도 되고 모래가 많은 초승달 모양의 섬이었다. 사실 이 섬은 있는 그대로 섬이라기보다는 거대한 만의 만곡과 굴곡을 뚜렷이 보여주기 위한 수단처럼 보였다. 이런 인상을 더 강하게 하는 것은 거의 가파른 절벽으로만 이루어져 있는 초승달의 안쪽 해안선이었다. 절벽 꼭대기에서부터 섬은 완만한 경사를 이루며 반대쪽 해안으로 오 마일가량 뻗어 있었다.

절벽 꼭대기에는 환영 위원회가 서 있었다.

위원회는 대부분 순수한 마음 호를 건조한 기술자들과 연구원들로 이루어져 있었다. 이들 대부분은 인간의 형상을 하고 있었지만, 파충류형 원자 기술자 로봇 몇 명, 요정처럼 생긴 녹색의 맥시메갈라티션 두세 명, 다리가 여덟 개 달린 물리구조학자 한두 명, 그리고 홀루부(홀루부는 푸른색의 초지능적인 영혼이다) 하나가 여기저기 섞여 있었다. 홀루부를 제외하고는 모두 다채로운 색상의 의례용 연구 가운을 걸치고 있어서 휘황찬란하게 보였다. 홀루부는 이 자리를 위해 마련된 벽면형 프리즘에 굴절되어 임시로 모습을 드러내고 있었다.

그들 모두는 엄청나게 흥분해서 전율하고 있었다. 그들은 물리 법칙의 한계까지 혹은 그 한계 너머까지 다 같이 함께 가보았고, 물질의 근본 구조를 재구성했으며, 가능과 불가능의 법칙들을 잡아 당겨 늘리고 비틀고 깨뜨렸다. 하지만 그럼에도 불구하고 그 모든 것들 중에서 가장 흥분되는 일은 목에 오렌지색 현장(懸章)을 두르고 오는 남자를 만나는 일인 듯했다. (오렌지색 현장은 전통적으로 은하계의 대통령이 두르는 것이었다.) 은하계의 대통령이 실제로 어느 정도의 권력을 행사하는지를 그들이 정확하게 알고 있었다 해도 사정은 크게 다르지 않았을 것이다. 대통령에게는 권력이 전혀 없었다. 은하계에서 단지 여섯 사람만이 은하계 대통령의 임무는 권력을 휘두르는 것이 아니라 권력으로부터 관심을 돌리게 하는 것이라는 사실을 알고 있었다.

자포드 비블브락스는 놀라울 정도로 이 일을 잘했다.

대통령의 쾌속정이 쌩 하고 곶을 돌아 만으로 접어드는 것을 바라보던 군중은 햇살과 자포드의 조종술에 압도되어 숨을 죽였다. 보트는 제동을 거느라 바다 위에서 넓은 반원을 그리며 미끄러져 들어오며 반짝거렸다.

사실, 그 보트는 보이지 않는 이온화된 원자들의 쿠션이 떠받치고 있어서 물에 닿을 필요가 없었다. 하지만 순전히 시각적 효과를 위해 보트에는 물 속으로 내릴 수 있는 얇은 지느러미 날개들이 달려 있었다. 그 날개들은 물을 얇게 저며내어 쉿 소리를 내면서 공중으로 튀기며 바다에 깊은 상처를 냈다. 그 상처들은 보트가 만을 가로질러 질주하는 동안 미친 듯이 몸을 흔들다가 배 지나간 자리 안으로 다시 거품을 내며 사그라졌다.

자포드는 시각적 효과를 좋아했다. 그것은 그가 가장 잘하는 일이기도 했다.

그는 조종간을 날카롭게 비틀었다. 보트는 절벽 아래에서 거칠게 호를 그리며 제동을 걸더니 갑자기 멈춰 서서 출렁이는 파도 위에서 조용히 휴식을 취했다.

그는 순식간에 갑판 위로 뛰어나와 삼십억이 넘는 군중에게 손을 흔들며 미소 지었다. 삼십억 군중이 실제로 그곳에 있지는 않았지만, 그들은 근처 공중에서 알랑거리며 떠 있는 소형 로봇 입체 카메라의 눈을 통해 자포드의 일거수일투족을 지켜보고 있었다. 대통령의 어릿광대짓은 언제나 굉장히 인기 있는 영상이었다. 바로 그 때문에 익살을 떠는 것이기도 하지만.

그는 다시 한번 미소를 지었다. 삼십억 군중과 여섯 사람은 꿈에도 몰랐지만, 오늘이야말로 누구도 예상하지 못한 최고의 어릿광대 짓이 벌어질 참이었다.

로봇 카메라가 그의 머리 두 개 중에서 더 인기 있는 쪽을 클로즈업하려고 다가오자 그는 다시 손을 흔들었다. 두 번째 머리와 세 번째 팔만 제외한다면, 그의 외모는 대충 인간에 가까웠다. 헝클어진 금발은 사방으로 제멋대로 솟아 있었고, 푸른 눈은 도무지 정체를 알 수 없는 무언가로 인해 반짝거렸으며, 턱은 면도되어 있는 적이 거의 없었다.

이십 피트 높이의 투명한 구체가 빛나는 햇살 속에서 반짝이며 흔들흔들 까딱까딱 그의 보트 옆으로 떠 왔다. 그 안에는 찬란한 빨간 가죽을 씌운 넓적한 반원형 소파 하나가 떠 있었다. 구체가 더 까딱거리고 흔들릴수록, 그 소파는 가죽을 덧씌운 바위라도 되는 양 더욱더 완벽하게 꼼짝도 않고 한결같이 가만히 있었다. 다시한번 말하지만, 이 모든 것들은 무엇보다도 시각적 효과를 위해 연출된 것이었다.

자포드는 구체의 벽을 뚫고 걸어 들어가 소파에 편안히 앉았다. 그는 두 팔을 의자 등받이에 길게 펴고 세 번째 손으로는 무릎에 앉은 먼지를 톡톡 털었다. 그의 머리들은 사방을 둘러보며 미소 지었다. 그는 다리를 올렸다. 금방이라도 입에서 환호성이 터져 나올 것만 같았다.

구체 아래에서 바닷물이 부글부글 끓어올랐다. 물은 펄펄 끓기 시작하더니 솟구쳐 올랐다. 구체는 물줄기 위에서 까딱까딱 흔들흔들하며 공중으로 날아올랐고, 절벽에 빛의 지주(支柱)를 던지며 위로 위로 올라갔다. 이제 구체는 제트 분사를 하며 솟구쳤고, 그 아래쪽에서는 물이 쏟아져 내려와 수백 피트 아래의 바다 속으로 산산이 부서져 내렸다.

자포드는 스스로의 모습을 그려보며 미소 지었다.

정말로 우스꽝스러운 이동 형태이긴 했지만, 정말로 아름다웠다.

절벽 꼭대기에서 구체는 잠시 머뭇거리다가 레일이 깔린 진입로에 가볍게 내려앉았고, 이어 레일을 따라 굴러 내려가 작고 오목한 플랫폼에 멈춰 섰다.

우레와 같은 박수 소리에 맞춰 자포드 비블브락스는 구체에서 걸어 나왔다. 오렌지색 현장이 햇살에 번쩍거렸다.

은하계의 대통령이 도착한 것이다.

그는 박수 소리가 가라앉기를 기다렸다가 인사의 표시로 손을 들어 보였다.

"안녕하십니까." 그가 말했다.

정부의 거미 한 마리가 옆걸음질로 살짝 다가와 미리 준비한 연설 원고 복사본을 그의 손에 쥐어주려 했다. 원고 원본의 삼쪽부터 칠쪽까지는 지금 이 순간 만에서 오 마일 정도 떨어진 다모그란 바다 위에서 물에 흠뻑 젖어 떠다니고 있었다. 일쪽과 이쪽은 다모그란의 엽상체 벼슬머리 독수리에 의해 구출되어 녀석이 새로 개발해낸 특이한 형태의 둥지를 짓는 데 이미 섞여 들어갔다. 그것은 주로 종이 반죽을 재료로 해서 지어졌는데, 막 깨어난 아기 독수리가 그것을 뚫고 나오기란 사실상 불가능했다. 다모그란의 엽상체 벼슬머리 독수리도 종의 생존이라는 견해에 대해 들어본 적은 있지만, 그런 것과 타협할 생각은 전혀 없었다.

자포드 비블브락스는 준비된 연설 원고가 필요 없었다. 그는 거미가 건네준 원고를 가볍게 밀쳤다.

"안녕하십니까." 그가 다시 말했다.

모두가, 아니 적어도 거의 모두가 그를 보고 함박웃음을 짓고 있었다. 그는 군중 속에서 트릴리언을 알아봤다. 트릴리언은 최근 자포드가 순전히 재미로 정체를 숨기고 어떤 행성을 방문했다가 건진 여자였다. 그녀는 길고 구불구불한 검은 머리에 커다란 입, 이상하게 생긴 작은 코, 우스꽝스러운 갈색 눈동자를 가진, 호리호리하고 가무잡잡한 인간이었다. 빨간색 머리 스카프를 자신만의 특별한 스타일로 묶고 길게 출렁이는 갈색 실크 드레스를 입은 그녀는 희미하게 아랍 사람 같은 분위기를 풍겼다. 물론 거기서 아랍이라는 곳에 대해 들어본 사람은 아무도 없었다. 아랍인들은 아주 최근에 더이상 존재하지 않게 되었을 뿐만 아니라, 그들이 존재하던 시절에도 다모그란 행성에서 오십만 광년 떨어진 곳에 살고 있었기 때문이었다. 트릴리언은 특별히 대단한 사람은 아니었고, 그건 자포드의 주장이기도 했다. 그녀는 그저 자포드와 함께 많이 돌아다니면서 그에 대한 자신의 견해를 말해줄 뿐이었다.

"안녕, 자기?" 자포드가 트릴리언에게 말했다.

그녀는 잠깐 동안 그에게 굳은 미소를 지어 보이고 시선을 돌렸다. 그러다가 다시 그를 쳐다보고 더 따뜻한 미소를 띠었다. 하지만 이번에는 그가 다른 곳을 보고 있었다.

"안녕하십니까." 그가 기자단에게 말했다.

몇 명 안 되는 기자단이 근처에 서서, 이제 '안녕하십니까' 따위는 그만 하고 인용할 만한 말을 좀 해주길 바라고 있었다. 그는 이들을 향해 특별히 씩 웃어주었는데, 이제 곧 자신이 그들에게 기막힌 기삿거리를 제공하게 되리라는 것을 알고 있었기 때문이다.

하지만 다음으로 그의 입에서 나온 말도 기삿거리가 될 만한 내용은 아니었다. 당 간부 중 하나가, 대통령은 분명 자기를 위해 준비돼 있는 맛깔스러운 연설을 읽을 기분이 아닌 게 틀림없다고 짜증스레 결론 내리고는 호주머니 안에 있던 리모컨 장치의 스위치를 꾹 눌렀다. 그들 앞 저 멀리에서 하늘을 향해 부풀어 올라 있던 거대한 하얀 돔이 중심부가 쩍 하고 금이 가며 갈라지더니 천천히 접히면서 땅속으로 가라앉았다. 자신들이 그 구조물을 그런 식으로 지어놓았기 때문에 그런 일이 벌어지리라는 것을 너무나 잘 알고 있었음에도 불구하고 모두들 숨을 죽였다.

그 아래에는 거대한 우주선이 덮개도 없이 놓여 있었다. 백오십 미터 길이에 날렵한 운동화 모양을 하고 있는, 백설같이 희고 믿기지 않을 정도로 아름다운 우주선이었다. 보이지는 않지만 그 중심부에는 작은 금색 상자가 하나 놓여 있었고, 상자 안에는 여태껏 고안된 어떤 장치보다 더 머리를 쥐어뜯게 만드는 장치가 들어 있었다. 그 장치로 인해 이 우주선은 은하계 역사상 유일무이한 우주선이 되었으며, 우주선의 이름 또한 이 장치를 따서 지어진 것이었다. 이름 하여, 순수한 마음 호였다.

"와아." 자포드 비블브락스가 순수한 마음 호를 보고 말했다. 그 외에는 달리 할 말이 없었다.

그는 기자단이 짜증을 내리라는 것을 알면서 일부러 다시 한번 똑같은 말을 반복했다. "와아."

군중은 다시 한번 기대에 찬 시선으로 그를 바라보았다. 그는 트릴리언에게 윙크를 했고, 그녀는 눈썹을 치켜 올리며 눈을 동그랗게 떴다. 그녀는 그가 무슨 말을 하려는지 알고 있었고, 그가 정말 못 말리게 잘난 체하는 사람이라고 생각했다.

"정말로 놀랍습니다." 그가 말했다. "정말 진심으로 놀랍습니다. 너무나 놀라울 정도로 놀라워서 훔치고 싶은 생각이 들 정돕니다."

정말이지 평소 버릇에서 한 치도 어긋나지 않은 훌륭한 대통령 연설이었다. 군중은 알겠다는 듯 웃음을 터뜨렸고, 기자들은 흥겨워하면서 자신들의 서브-에서 뉴스-매틱스Sub-Etha News-Matics의 버튼을 두드려댔으며, 대통령은 미소 지었다.

미소를 짓고 있었지만 그의 심장은 터질 것처럼 환호성을 질러댔고, 그의 손가락은 호주머니 속에 얌전히 놓여 있는 조그마한 패럴리소-매틱 폭탄Paralyso-Matic Bomb을 만지작거렸다.

마침내 더 이상 참을 수 없게 된 그는 머리를 하늘로 번쩍 쳐들고, 미친 듯이 장 3도로 우와와 소리를 내지르며 땅바닥에 폭탄을 집어던졌다. 그러고는 미소 지은 채로 갑작스레 얼어 붙어버린 얼굴들의 바다를 헤치며 달려 나가기 시작했다.

5

프로스테트닉 보곤 옐츠는 결코 잘생긴 얼굴이 아니었다. 심지어 다른 보고인들 눈에도 그렇게 보였다. 둥그렇게 치솟은 코는 돼지 새끼 같은 이마 위로 불룩 솟아 있었다. 진초록색의 고무 같은 피부는 보고 행성의 공무원으로서 정치 게임을 수행하기에, 그것도 잘 수행하기에 충분할 정도로 두꺼웠으며, 수심 천 피트까지 내려가서도 끄떡없이 무한정 버틸 수 있을 정도로 방수가 잘 돼 있었다.

물론 그가 수영을 하러 다닌다는 말은 아니다. 바쁜 스케줄 때문에 그럴 짬이 없었으니까. 그가 이렇게 생긴 데는 사연이 있었다. 수십억 년 전, 보고인들은 처음으로 보그스피어 행성의 굼뜬 원시 바다에서 기어 나와 아무도 밟은 적 없는 바닷가에 누워 숨을 헐떡이며 신음하고 있었다. 그런데, 그날 아침 이들 위에 젊고 화창한 보그솔의 태양이 처음으로 빛을 내뿜던 바로 그 순간, 바로 그 자리에서, 진화의 힘은 이들을 그냥 포기해버렸던 것이다. 진화의 힘은 역겨움에 고개를 돌리고 이들을 추하고 재수 없는 실패작으로 낙인찍어버렸다. 그들은 더 이상 진화하지 않았다. 그들은 살아남지 말았어야 했다.

이들이 살아남은 이유의 어느 정도는, 이들이 의지는 강하고 머리는 둔해빠진 고집쟁이들이기 때문이었다. 진화? 그들은 자문한다. 그게 무슨 필요가 있어? 그리고 이들은 자연이 주기를 거부한 것은 그냥 없이 살았다. 마침내 그 구역질 나는 해부학적 불편함을 수술로 교정할 수 있게 되었을 때까지 말이다.

그러는 동안, 보그스피어 행성의 자연은 자신의 초기 실패를 만회하기 위해서 밤낮 없이 일하고 있었다. 자연은 번뜩이는 보석을 달고 종종걸음을 치는 게를 만들어냈으며, 보고인들은 쇠방망이로 껍질을 깨고 이들을 잡아먹었다. 숨이 멎을 정도로 가냘프고 아름다운 색을 지닌 나무들이 하늘 높이 치솟아 있었는데, 보고인들은 이것들을 잘라 게 구이용 장작으로 사용했다. 실크 같은 털과 이슬 같은 눈동자를 가진, 가젤 비슷하게 생긴 우아한 짐승들이 있었는데, 보고인들은 이들을 잡아서 깔고 앉았다. 이들은 탈것으로는 적당치 않았는데, 걸터앉기만 하면 즉시 등이 탁 부러져버리기 때문이었다. 하지만 어쨌거나 보고인들은 결국 그 녀석들을 타고 앉은 셈이었다.

이런 식으로 보그스피어 행성은 불행한 세월을 빈둥빈둥 보내고 있었다. 그러다가 보고인들이 갑자기 항성 간 여행의 원리를 발견하게 된 것이다. 보고 시간으로 몇 년 사이에 보고인들은 한 명도 남김 없이 은하계의 정치적 중심지인 메가브랜티스 성단으로 이주했다. 그리고 이제 이들은 은하계 공무에서 막강한 중추 역할을 맡고 있었다. 그들은 학식을 쌓으려고 노력했고, 스타일과 사교적 기품을 가져보려고 했지만, 현대 보고인들은 대부분 그들의 원시 조상과 별반 다를 게 없었다. 해마다 그들은 모행성에서 종종걸음 치는 보석게를 이만칠천 마리씩 들여와 쇠방망이로 산산조각내면서 흥청망청 밤을 보낸다.

프로스테트닉 보곤 옐츠는 철두철미하게 비열하다는 점에서 전형적인 보고인이었다. 게다가 그는 히치하이커들을 좋아하지 않았다.

프로스테트닉 보곤 옐츠의 대장선 내부 깊숙한 곳에 감춰져 있는 작고 어두운 방 안에서 작은 성냥불이 초조하게 타오르고 있었다. 그 성냥의 주인은 보고인이 아니었다. 하지만 그는 보고인에 대해서는 모르는 게 없으니 초조한 게 당연했다. 그의 이름은 포드 프리펙트*였다.

---

* 포드 프리펙트의 본명은 세상에 알려지지 않은 베텔게우스의 방언으로만 발음이 가능한데, 이 방언은 은하기 03758년도에 있었던 은하계 흐룽 붕괴 대참사 이래 지금은 사실상 사멸되었다. 이 참사로 인해 베텔게우스 제7행성의 프라시베텔 옛 공동체들이 완전히 사라졌다. 포드의 아버지는 자신도 결코 속 시원하게 설명할 수 없는 기이한 우연의 일치로 인해 전 행성에서 유일한 흐룽 붕괴 대참사의 생존자가 되었다. 그 이야기는 베일에 싸

그는 선실 주위를 둘러봤지만 거의 아무것도 보이지 않았다. 작은 성냥 불꽃이 일렁일 때마다 이상한 괴물 그림자가 나타나 펄쩍펄쩍 뛰어다녔지만 아무 소리도 나지 않았다. 그는 덴트라시스인들에게 고맙다고 조용히 속삭였다. 덴트라시스인들은 식도락을 즐기는 다루기 힘든 종족인데, 이 거칠지만 유쾌한 무리는 자기들끼리만 어울린다는 엄중한 합의 아래 최근 보고인들의 장거리 항해팀에 주방 담당으로 채용되었다.

이 조건은 덴트라시스인들에게 딱 알맞았는데, 그들은 우주에서 가장 안정감 있는 통화 중 하나인 보고인들의 돈은 좋아했지만 보고인은 싫어했기 때문이다. 덴트라시스인이 좋아하는 유일한 보고인은 화가 머리끝까지 치민 보고인이었다.

이 조그마한 정보 하나 덕분에 포드 프리펙트는 한 줌의 수소, 오존, 일산화탄소가 되지 않고 살아남을 수 있었다.

인 채 미스터리로 남아 있다. 사실 흐룽이란 게 뭔지, 그리고 그게 왜 하필이면 베텔게우스 제7행성에서 붕괴했는지는 아무도 모른다. 포드의 아버지는 어쩔 수 없이 자신에게 쏟아진 의혹의 기색들을 배포 크게 무시하고 베텔게우스 제5행성에 정착했다. 거기에서 그는 포드의 아버지이자 삼촌이 되었고, 이제는 사라져버린 종족들을 기념하는 의미에서 포드의 이름을 고대 프라시베텔어로 지었다.

포드가 자신의 본명을 영 제대로 발음하지 못하자, 그의 아버지는 결국 수치심을 이기지 못하고 죽었다. 수치심은 아직 은하계의 몇몇 지역에서는 불치병이다. 포드의 학교 친구들은 그에게 '익스'라는 별명을 붙여줬는데, 그것은 베텔게우스 제5행성 언어로 '흐룽이란 게 도대체 뭔지, 그게 왜 하필이면 베텔게우스 제7행성에서 붕괴해야만 했는지 속 시원하게 설명할 수 없는 아이'라는 뜻이다.

그는 희미한 신음 소리를 들었다. 성냥 불빛을 통해 그는 바닥에서 묵직한 물체 하나가 천천히 움직이고 있는 것을 보았다. 그는 재빨리 성냥을 흔들어 끄고 호주머니에 손을 넣더니 무언가를 끄집어냈다. 그리고 그걸 찢어서 열고는 흔들었다. 그는 바닥에 쪼그리고 앉았다. 그 물체가 다시 움찔거렸다.

포드 프리펙트가 말했다. "땅콩을 좀 사뒀지."

아서 덴트는 움찔하더니, 다시 신음 소리를 내고 알 수 없는 소리를 중얼거렸다.

"자, 좀 먹어." 포드가 다시 봉지를 흔들면서 권했다. "전에 물질 전이 광선을 한 번도 맞아보지 않았다면 아마 소금과 단백질을 좀 잃었을 거야. 네가 마신 맥주가 완충 작용을 좀 해주긴 했겠지만."

"ㅇㅇㅇㅇ……." 아서가 말했다. 그가 눈을 떴다. "깜깜해."

"그래, 깜깜해." 포드 프리펙트가 말했다.

"빛이 없어. 깜깜해, 빛이 없어." 아서 덴트가 말했다.

포드 프리펙트가 인간들에게서 가장 이해하기 힘든 점 중 하나가 무지무지하게 명백한 사실을 계속해서 말하고 반복하는 버릇이었다. 가령 '날씨가 좋군요'라든지, '키가 크시네요'라든지, '맙소사, 삼십 피트는 족히 떨어진 것 같은 꼴이구나, 괜찮니?' 같은 말들이 그랬다. 처음에 포드는 이 기이한 행동을 설명할 수 있는 어떤 이론을 만들었다. 인간은 계속해서 입을 움직이지 않으면 입이 딱 굳어버리는가 보다 생각한 것이다. 몇 달 동안 관찰과 고찰을 해본 끝에, 그는 이 이론을 포기하고 새로운 이론을 정립했다. 인간은 계속해서 입을 움직이지 않으면 머리가 작동하기 시작한다는 이론이었다. 하지만 얼마 지나지 않아 그는 이 이론 역시 단념했고, 거추장스럽기만 한 냉소주의도 포기했다. 그는 결국 자신이 인간들을 꽤 좋아한다고 결론지었지만, 이들이 모르고 있는 그 수많은 것들을 생각하면 언제나 지독하게 걱정스러웠다.

"그래. 빛이 없어." 그는 아서의 말에 맞장구를 쳤다. 그리고 아서의 입에 땅콩을 좀 넣어주었다. 그가 물었다. "기분은 어때?"

"군사 학교 같아." 아서가 말했다. "내 몸의 일부가 차례대로 기절해버리는 것 같아."

포드는 어둠 속에서 그를 멍하니 바라보았다.

"도대체 여기가 어디냐고 묻는다면 후회하게 될까?" 아서가 힘없이 말했다.

포드가 자리에서 일어서며 말했다. "우린 안전해."

"아, 다행이군." 아서가 말했다.

"우리는 작은 조리실 안에 있어." 포드가 말했다. "보고 행성의 공병 함대 우주선 중 하나에 타고 있는 거라고."

"아하." 아서가 말했다. "정말 '안전'이라는 단어를 특이하게 사용하는군. 전에는 몰랐던 용법이야."

포드는 전등 스위치를 찾기 위해 성냥을 하나 더 켰다. 괴물 같은 그림자들이 다시 풀쩍 뛰어올라 어른거렸다. 아서가 간신히 몸을 일으키더니 두려워하며 움츠렸다. 무시무시한 낯선 형체들이 자기 주변으로 모여드는 것 같았다. 공기는 퀴퀴한 냄새로 가득 차 있었고, 그 냄새는 정체도 밝히지 않고서 그의 폐 속으로 살금살금 기어 들어왔다. 게다가 신경 거슬리는 나지막한 윙윙거리는 소리 때문에 도저히 정신을 집중할 수가 없었다.

"어떻게 우리가 여기 있게 된 거야?" 아서가 몸을 떨면서 물었다.

"히치하이크를 했지." 포드가 대답했다.

"뭐라고?" 아서가 말했다. "그러니까, 우리가 엄지손가락을 쏙 내미니까 곤충 눈을 한 녹색 괴물이 창밖으로 머리를 내밀고는 '여어, 친구들, 어서 타게나, 배싱스토크 로터리까지는 태워줄 수 있네' 뭐 이렇게라도 말했다는 거야?"

"글쎄." 포드가 말했다. "네가 말한 엄지손가락은 전자 서브-에서 신호 장치이고, 그 로터리라는 건 육 광년 떨어진 바너드 행성이지만, 뭐 그 외에는 대충 맞는 얘기야."

"그럼 곤충 눈이 달린 괴물도?"

"녹색이지, 맞아."

"좋아." 아서가 말했다. "집에는 언제 갈 수 있는데?"

"못 가." 포드가 말하며 전등 스위치를 찾았다.

"눈 가려……." 그가 말하고 스위치를 켰다.

그러자 포드조차 깜짝 놀라고 말았다.

"세상에. 이게 정말 비행접시 내부라는 말이야?" 아서가 말했다.

프로스테트닉 보곤 옐츠는 불쾌한 녹색 몸을 끌고 통제실을 한 바퀴 돌았다. 인구가 많은 행성을 파괴하고 나면 항상 이상하게 기분이 언짢았다. 누군가가 자신에게 와서 그건 다 잘못된 일이라고 말해줬으면 싶었다. 그럼 그 녀석들에게 고래고래 소리를 지를 수 있을 테고, 그럼 기분이 좀 나아질 텐데. 그는 의자가 부서져서 정말 화낼 만한 원인을 제공해주기를 바라면서 조종석에 있는 힘껏 털썩 주저앉았다. 하지만 의자는 겨우 끽끽 하고 불평하는 소리를 낼 뿐이었다.

"꺼져버려!" 그는 바로 그 순간 통제실로 들어오던 젊은 보초를 향해 냅다 소리를 질렀다. 보초는 얼른 도망치며 오히려 안도감을 느꼈다. 그는 방금 입수한 보고서를 이제 자기가 전달하지 않아도 된다는 사실이 기뻤다. 그 보고서는 공식 발표문으로, 새롭고 엄청난 우주선 추진력이 지금 이 순간 다모그란의 정부 연구소에서 공개되고 있으며, 따라서 앞으로는 모든 초공간 고속도로가 불필요해졌다는 내용이었다.

또 다른 문이 열렸다. 하지만 이 보고인 선장은 이번에는 소리를 지르지 않았다. 왜냐하면 그 문은 덴트라시스인들이 그의 식사를 준비하는 조리실 쪽 문이기 때문이었다. 식사는 대환영이었다.

커다란 털투성이 생물이 점심 쟁반을 들고 문을 통과해 기운차게 뛰어왔다. 녀석은 미친놈처럼 씩 웃고 있었다.

프로스테트닉 보곤 옐츠는 기분이 좋았다. 덴트라시스인이 그렇게 기분이 좋다는 것은 자신이 정말로 화를 낼 수 있는 모종의 일이 우주선 안 어디에선가 벌어지고 있다는 뜻이기 때문이었다.

포드와 아서는 주변을 둘러보았다.

"어때?" 포드가 물었다.

"좀 지저분하지 않아?"

비좁은 방 안 여기저기 널려 있는 꼬질꼬질한 매트리스와 설거지 하지 않은 컵들, 정체를 알 수 없는, 냄새나는 외계인 내복 조각들을 바라보며 포드는 눈살을 찌푸렸다.

"뭐, 이 우주선은 보다시피 작업선이니까. 여기는 덴트라시스인들의 침실이야."

"아까는 보고인인가 뭔가 하더니."

"맞아. 보고인들이 이 우주선의 주인이고, 덴트라시스인들은 요리사야. 그 사람들이 우리를 태워준 거지."

"헷갈려."

"자, 이것 좀 봐." 포드가 말하고는, 한 매트리스 위에 주저앉아 자기 가방 안을 뒤적거렸다. 아서는 불안한 듯 매트리스를 쿡쿡 찔러보고야 걸터앉았다. 사실 그가 불안해할 이유는 없었다. 스콘셸러스 제타 행성의 늪지대에서 자라난 매트리스들은 사용되기 전에 철저하게 도살, 건조되기 때문이었다. 다시 살아나는 녀석은 거의 없었다.

포드는 아서에게 책을 건넸다.

"이게 뭐야?" 아서가 물었다.

"《은하수를 여행하는 히치하이커를 위한 안내서》야. 일종의 전자책이지. 네가 알아야 할 것들이 전부 들어 있어. 그게 바로 이 책의 사명이야."

아서는 책을 손에 들고 불안하게 뒤집어보았다.

"표지가 멋있네. '겁먹지 마세요' 라. 오늘 내내 내가 들은 말 중에서 처음으로 도움이 되고 이해할 만한 소리군."

"작동법을 보여줄게." 포드가 말했다. 그는 아직도 이 책을 마치죽은 지 이 주일 된 종달새라도 되는 양 들고 있는 아서에게서 책을 휙 낚아채 커버를 벗겼다.

"여기 이 버튼을 눌러. 그러고 나면 화면에 불이 들어오면서 목차가 나와."

3×4인치쯤 되어 보이는 화면이 밝아지더니 그 표면 여기저기서 문자들이 깜박거리기 시작했다.

"보고인들에 대해 알고 싶지? 그래서 내가 그 이름을 넣었어." 그는 손가락으로 키를 몇 개 더 눌렀다. "자, 됐다."

'보고 행성의 공병 함대' 라는 단어가 화면 가득 녹색으로 반짝거렸다.

포드가 화면 아래쪽에 있는 커다란 빨간 버튼을 누르니 화면을 가로질러 단어들이 물결치며 나타나기 시작했다. 그와 동시에 책이 조용하고 차분하며 정돈된 목소리로 읽어 내려가기 시작했다. 다음은 책이 말한 내용이다.

보고 행성의 공병 함대. 보고인들의 우주선을 얻어 타고 싶다면, 그 방법은 다음과 같다. 꿈도 꾸지 마라. 그들은 은하계에서 가장 불쾌한 종족 중 하나다. 진짜 사악하다고 할 수는 없지만 성질이 더럽고 관료적이며 주제넘고 정이라곤 손톱만치도 없다. 이들은 자기 할머니가 트랄 행성의 레이브너스 버그블래터 비스트에게 잡혀간다 해도 세 부 복사된 명령서가 전달되었다가 회송되고 문의가 들어왔다가 분실되었다가 다시 발견되어 공청회에 붙여지고 다시 분실되었다가 급기야 석 달 동안 부드러운 토탄 더미 속에 묻혀 있다가 불쏘시개로 재활용될 때까지 손가락 하나 까딱하지 않을 것이다.

보고인에게 한잔 얻어 마시고 싶으면 녀석의 목구멍에 손가락을 쑤셔 넣고, 녀석을 화나게 하고 싶으면 그의 할머니를 트랄 행성의 레이브너스 버그블래터 비스트에게 던져주는 것이 최고다.

어떤 일이 있어도 보고인들이 시를 낭송하게 해서는 안 된다.

아서는 눈을 껌벅껌벅했다.

"무슨 이런 희한한 책이 다 있어. 그럼 우리는 어떻게 이 우주선을 얻어 탈 수 있었던 거지?"

"바로 그거야." 포드가 책을 커버 속으로 다시 집어넣으며 대답했다. "이 책은 구판이거든. 나는 개정 신판을 위해 현장 조사를 하고 있는 중이야. 내가 해야 할 일 중의 하나는 보고인들이 이제는 덴트라시스인들을 요리사로 고용했고 그 덕에 우리에게는 유용한 허점이 생겼다는 사실을 조금 추가하는 것이지."

고통스러운 표정이 아서의 얼굴을 스치고 지나갔다. "덴트라시스인들은 또 누구야?" 그가 물었다.

"멋진 녀석들이지." 포드가 말했다. "'단연코' 최고의 요리사에

다 칵테일 솜씨도 죽여주지. 그 외에는 관심이 없어. 덴트라시스인들은 항상 히치하이커들을 태워주는데, 그건 그들이 동행을 좋아하기 때문이기도 하지만, 더 중요한 건 그러면 보고인들의 화를 돋울수 있기 때문이야. 알타이리아 달러로 하루 삼십 불도 안 되는 비용으로 우주의 경이로움을 구경하고 싶어하는 가난한 히치하이커라면 꼭 알아둬야 할 사항이지. 그게 바로 내가 하는 일이야. 재밌지 않아?"

아서는 도대체 뭐가 뭔지 알 수 없다는 표정이었다.

"놀랍군." 아서가 말하더니, 매트리스를 보며 눈살을 찌푸렸다.

"불행하게도 나는 원래 계획보다 더 오래 지구에 묶여 있었어. 일주일만 있으려고 왔는데 십오 년 동안 발목이 잡혀버린 거지." 포드가 말했다.

"처음엔 어떻게 지구로 왔지?"

"간단해. 티저 한 놈에게 따라붙어서 왔지."

"티저?"

"응."

"음, 그게……?"

"티저가 뭐냐고? 티저란 대개 할 일 없는 부잣집 애들을 말해. 그 녀석들은 이리저리 다니다가 아직 다른 별과 접촉해본 적 없는 행성을 찾아가서는 버저를 울려대지."

"버저를 울려대?" 아서는 포드가 자기 인생을 힘들게 만드는 일을 즐기고 있다고 생각하기 시작했다.

"그래, 버저를 울리지. 사람들이 거의 없는 한적한 장소를 찾아서는, 그가 하는 말은 아무도 믿어줄 것 같지 않은 그런 불쌍한 녀석 앞에 떡 착륙하는 거야. 그러고는 바보 같은 안테나를 머리에 쓰고 '삐삐' 거리면서 그 사람 앞을 의기양양하게 걸어 다니는 거지. 정말이지 유치한 짓이야." 포드가 말했다.

포드는 양팔로 머리를 받치고 매트리스 위에 누웠다. 화가 날 정도로 기분 좋아 보이는 모습이었다.

"포드, 멍청한 질문인지 모르겠지만, 내가 지금 왜 여기 있는 거지?" 아서가 끈질기게 물었다.

"글쎄, 너도 알잖아. 내가 지구에서 널 구출한 거지." 포드가 말했다.

"지구에 무슨 일이 일어났는데?"

"아, 파괴됐어."

"그랬군." 아서가 무덤덤하게 대꾸했다.

"그래, 펄펄 끓다가 우주 속으로 사라졌어."

"이봐." 아서가 말했다. "난 지금 기분이 좋지 않아."

포드는 인상을 찌푸리더니, 잠시 생각을 곱씹어보는 듯했다.

"그래, 이해할 수 있어." 마침내 그가 말했다.

"이해한다고! 이해한다고!" 아서가 고함을 꽥 질렀다.

포드가 벌떡 일어났다.

"그 책을 계속 좀 봐!" 그가 다급하게 아서를 제지했다.

"뭐야?"

"'겁먹지 마세요'."

"난 겁먹은 게 아니야!"

"아니, 넌 겁먹었어."

"좋아, 내가 겁먹었다고 쳐. 달리 어쩌겠어?"

"그냥 나를 따라다니면서 즐기기나 해. 은하계는 재미있는 곳이라고. 그리고 이 물고기를 귀에 넣어."

"뭐라고?" 아서가 물었다. 나름대로 점잖게 물은 것이었다.

포드는 작은 유리병을 들고 있었는데, 그 속에서는 분명 조그마한 노란색 물고기가 꼬리를 흔들며 헤엄치고 있었다. 아서는 자신이 이해할 수 있는 간단하고 알아볼 수 있는 것이 좀 있었으면 싶었다. 덴트라시스인들의 속옷과 스콘셸러스 행성의 매트리스 더미들과 조그마한 노란 물고기를 들고 그걸 귀에 넣으라고 말하는 베텔게우스 행성 출신의 남자 옆에 조그마한 콘플레이크 봉지 하나라도 있다면 좀 안심이 될 것 같았다. 하지만 그런 것은 없었고, 도무지 마음이 안정되지 않았다.

갑자기 어디에서 들려오는 것인지 알 수 없는 요란한 소음이 그들 머리 위에 쾅 떨어졌다. 아서는 늑대 한 무리와 싸우면서 동시에 양치질을 하려고 하는 사람이 내는 것 같은 소리를 들으며 공포에 질려 숨을 죽였다.

"쉿, 들어봐. 중요한 얘기일 거야." 포드가 말했다.

"주……중요한 거라고?"

"선장이 방송으로 공고를 하는 거야."

"저게 보고인들이 말하는 소리란 말이야?"

"들어봐!"

"하지만 난 보고어를 모른다고."

"알 필요 없어. 이 물고기나 귀에 넣어."

포드가 번개 같은 동작으로 아서의 귀를 철썩 때렸다. 물고기가 귓속 깊이 꿈틀거리며 들어가는 구역질 나는 감각이 갑작스레 아서를 덮쳤다. 공포에 질려 숨을 헐떡이며 귀를 후벼 파기 시작하던 아서는 몇 초도 지나지 않아 경이로움으로 눈이 왕방울만 해졌다. 그것은 이를테면 윤곽만 있는 두 개의 검은 얼굴 그림을 보고 있었는데 불현듯 그게 하얀 양초로 보이는 경험의 청각적 버전에 해당하는 것이었다. 또는, 종이 위에 마구 찍힌 각양각색의 점들을 들여다보고 있었는데 그게 갑자기 육이라는 숫자로 변해서 '아, 이제 안과 의사가 새 안경 값으로 엄청난 돈을 요구하겠구나' 하고 예상하게 되는 경험과도 같았다.

아서는 여전히 그 울부짖는 듯한 양치질 소리를 듣고 있었다. 다만 이제 그 소리는 어찌 된 일인지 완벽한 영어의 모양새를 갖추고 있었다.

이것이 그가 들은 이야기였다…….

6

"**크**크억 크억 치카 크억 치카 크억 크억 크억 치카 크억 치카 크억 크억 치카 치카 크억 치카 치카 치카 크억 쩝쩝 어어어 볼 수 없다. 다시 한번 반복한다. 나는 이 우주선의 선장이다. 모두 하던 일을 멈추고 경청하기 바란다. 우선 나는 계기판을 보고 히치하이커 두 명이 탑승했다는 사실을 알았다. 이봐, 어디 있는지는 모르겠다만, 너희는 전혀 환영받고 있지 않다는 사실을 분명히 알기 바란다. 나는 현재의 나의 지위에 도달하기까지 부단한 노력을 기울였다. 공짜 심보를 가진 말종들에게 택시 기사 노릇이나 해주려고 보고 공병선의 선장이 된 것이 아니란 말이다. 이미 수색대를 보냈다. 수색대가 너희를 발견하는 즉시 너희를 우주선 밖으로 던져버릴 것이다. 대단히 운이 좋은 녀석들이라면 그 전에 내 시를 몇 편 들려줄 수도 있겠지.

두 번째로, 우리는 바너드 행성으로 여행하기 위해 곧 초공간 진

입을 하게 될 것이다. 도착하면 재정비를 위해 칠십이 시간 동안 선착장에 머물 것이며, 그사이 누구도 우주선에서 내려서는 안 된다. 반복한다. 모든 행성 휴가는 취소됐다. 나는 최근 뼈아픈 실연을 겪었다. 그러니까 다른 사람들이 좋은 시간을 보내는 꼴을 볼수 없다. 이상."

소음이 멈췄다.

정신을 차리고 보니 아서는 당황스럽게도 팔로 머리를 감싼 채 바닥에 공처럼 웅크리고 누워 있었다. 그는 맥없이 미소를 지었다.

"매력적인 친구군. 나한테 딸이 있어서 저런 녀석과 결혼하지 못하게 할 수 있다면 좋을 텐데." 아서가 말했다.

"그럴 필요 없을 거야. 저치들은 성적인 면에서 교통 사고만큼의 관심도 끌지 못하니까." 포드가 말했다. 그리고 아서가 몸을 펴려고 하자 덧붙였다. "움직이지 마. 초공간 진입에 대비하는 게 좋을 거야. 술에 취하는 것처럼 불쾌한 일이거든."

"술에 취하는 게 뭐가 불쾌해?"

"물을 한 잔 마시고 싶어지니까."

아서는 잠시 생각에 잠겼다.

"포드."

"응?"

"이 물고기가 내 귓속에서 뭘 하는 거지?"

"통역을 해주는 거야. 바벨 피시라는 거지. 궁금하면 그 책에서 찾아봐."

포드는 《은하수를 여행하는 히치하이커를 위한 안내서》를 던져 주더니, 초공간 진입에 대비하려는 듯 태아처럼 몸을 웅크렸다.

그 순간 아서는 몸속에 있는 내장이 저 아래로 쑤욱 꺼져 내려가는 듯한 기분을 느꼈다.

그의 눈동자는 안팎이 뒤집히고, 발은 머리 꼭대기 밖으로 빠져나가기 시작했다.

방이 아서를 둘러싸고 납작하게 찌그러져 빙빙 돌더니 형체도 없이 사라지면서 그를 자신의 배꼽 속으로 미끄러져 들어가게 만들었다.

그들은 초공간을 지나고 있었다.

《은하수를 여행하는 히치하이커를 위한 안내서》가 말했다.

바벨 피시란 작고 노랗고 거머리같이 생긴 물고기로 아마도 우주에서 가장 기이한 존재일 것이다. 그것은 자신의 숙주가 아니라 주변 대상들에서 나오는 뇌파 에너지를 먹고 산다. 이 뇌파 에너지에서 나오는 모든 무의식적 정신 주파수를 흡수해 거기서 영양분을 섭취하는 것이다. 그러고는 그 두뇌의 언어 영역에서 포착한 의식적 사고 주파수와 신경계 신호를 혼합해 만든 텔레파시 세포간질을 숙주의 정신 속에 배설한다. 이 모든 이야기의 실제적 결론은, 귀에 바벨 피시를 집어넣으면 어떤 언어로 이야기한 것이라도 즉시 이해할 수 있게 된다는 것이다. 실제로 듣는 언어 패턴들이 바벨 피시가 두뇌에 배설해놓은 뇌파 세포간질을 번역하게 된다.

이처럼 믿어지지 않을 정도로 유용한 것이 순전히 우연에 의해 진화할 수 있었다는 것은 너무도 괴이하리만치 말이 안 되는 우연의 일치이기 때문에 어떤 사상가들은 이를 신이 존재하지 않는다는 사실을 최종적이자 결정적으로 증명하는 증거로 거론해왔다.

그들의 주장은 이런 식이다. '나는 내가 존재한다는 것을 증명하기를 거부한다'고 신은 말한다. '증거는 믿음을 부인하는 것이며, 믿음이 없다면 나는 아무것도 아니기 때문이다.'

'하지만' 인간이 말한다. '바벨 피시가 결정적인 증거 아닌가요? 그런 것이 우연히 진화했을 리가 없잖아요. 그건 당신이 존재한다는 증거입니다. 그러므로 당신 자신의 주장에 따르면, 당신은 존재하지 않는 거지요. 증명 요망.'

'젠장.' 신이 말한다. '그 생각을 못 했네.' 그러고는 논리의 연기 속으로 휙 사라져버린다.

'하, 이거 쉬운걸.' 인간이 말한다. 그러고는 계속해서 그 후속으로 검정색은 흰색이라는 것을 증명하려 하다가 다음번 횡단보도를 건너던 중 사망하고 만다.

대부분의 중견 신학자들은 이것이 개떡 같은 주장이라고 주장한다. 하지만 그렇다고 해서 울론 콜루피드가 이를 자신의 베스트셀러 《자, 이거면 신은 끝장이다》의 핵심 주제로 사용해서 제법 돈을 벌어들이는 것을 막지는 못했다.

그러는 동안 불쌍한 바벨 피시는 다른 종족과 문화 간의 의사소통에 있어서 모든 장애를 효과적으로 제거함으로써 역사상 다른 어떤 존재보다도 처절한 전쟁을 더 많이 불러일으켰다.

아서는 나직이 신음 소리를 냈다. 자신이 초공간 이동 중에 죽지 않았다는 사실이 경악스러웠다. 그는 지구가 아직도 존재하고 있다면 그것이 자리 잡고 있을 지점에서 육 광년 떨어진 곳에 있었다.

지구.

지구의 환영이 메슥거리는 정신을 어지럽게 헤엄쳐 다녔다. 그의 상상력으로는 지구 전체가 사라져버렸다는 충격을 도무지 느낄 수가 없었다. 그건 너무나 거대한 일이었다. 그는 부모님과 누이동생이 사라져버렸다는 생각을 하며 감정선을 자극해봤다. 아무 반응도 없었다. 자신과 친했던 그 모든 사람들을 생각해봤다. 아무 반응도 없었다. 이번에는 이틀 전 슈퍼마켓에서 자기 앞에 서 있었던 전혀 모르는 사람에 대해 생각했다. 그러자 갑자기 칼에 찔린 듯한 아픔이 느껴졌다. 슈퍼마켓이 사라졌다. 그 안에 있던 사람들도 몽땅 다 사라졌다. 넬슨 기념비(런던의 트라팔가 광장에 있는 넬슨 장군의 기념비—옮긴이주)도 없어졌다! 넬슨 기념비가 없어져도 놀란 외침 소리 하나 들리지 않을 것이다. 비명을 지를 사람도 하나 남아 있지 않으니까. 이제 넬슨 기념비는 그의 마음속에만 존재했다. 영국도 그의 마음속에만 존재했다. 이 축축하고 냄새나는 강철 우주선 안에 처박혀 있는 그의 마음속에 말이다. 폐소공포증이 갑자기 파도처럼 그에게 밀려들었다.

영국은 더 이상 존재하지 않았다. 그는 그 사실을 이해했다. 어쩐 일인지 그는 그걸 이해할 수 있었다. 다른 걸 시도해봤다. 미국도 사라졌다, 하고 그는 생각했다. 감이 오지 않았다. 작은 것부터 시작해보기로 했다. 뉴욕이 사라졌다. 반응이 없었다. 원래 그는 뉴욕이 존재한다는 사실 자체를 심각하게 믿어본 적이 없었다. 달러는 이제 영원히 하락해버렸군. 그는 생각했다. 그러자 조금 오싹해졌다. 험프리 보가트 영화들이 모두 싹쓸이당해버렸어. 그는 혼잣말을 했다. 그러자 심한 충격이 왔다. 맥도날드, 그는 생각했다. 맥도날드 햄버거 같은 것도 이제 더 이상 존재하지 않는다.

그는 졸도했다. 몇 초 뒤 다시 정신을 차렸을 때, 그는 어머니 생각을 하며 훌쩍거리고 있었다.

그는 미친 듯이 벌떡 일어났다.

"포드!"

포드는 한쪽 구석에 앉아서 콧노래를 부르다가 그를 올려다봤다. 포드는 우주 여행 중에서도 늘 이 초공간 이동이 가장 괴롭다고 생각했다.

"응?" 그가 말했다.

"네가 이 책이란 것의 조사원으로 지구에 왔다면 지구에 대한 정보를 분명 좀 모았을 테지."

"뭐, 먼젓번 기재 사항을 조금 보충할 수는 있었지. 맞아."

"그럼 이 판본에는 뭐라고 적혀 있는지 봐야겠어. 꼭 봐야만 되겠어."

"그래, 좋아." 그는 다시 책을 넘겨줬다.

아서는 책을 들고 떨리는 손을 진정하려고 애썼다. 그는 관련 페이지를 찾기 위해 단어를 쳤다. 스크린이 깜박이고 소용돌이친 뒤

한 페이지의 글자들이 나왔다.

"지구라는 항목이 없잖아!" 그가 버럭 소리를 질렀다.

포드가 어깨 너머로 들여다봤다.

"아니야, 있어. 저기 있잖아. 스크린 아래쪽을 봐. 에로티콘 제6행성의 가슴 셋 달린 창녀 엑센트리카 갈룸비츠 항목 바로 위에 말이야."

아서는 포드의 손가락을 따라가 그것이 가리키는 곳을 봤다. 잠시 동안 그는 여전히 상황을 파악하지 못했지만, 다음 순간 거의 폭발 직전의 심정이 됐다.

"뭐라고? '무해함'? 그게 다야? '무해함'! 단 한 마디뿐이라니!"

포드가 어깨를 으쓱했다.

"음, 은하계에는 천억 개의 별이 있어. 그리고 이 책의 메모리칩에는 한계가 있지." 그가 말했다. "게다가 지구에 대해 많이 아는 사람도 물론 없었고 말이야."

"좋아, 제발이지, 네가 그걸 좀 개정해줬으면 해."

"아, 물론이야. 어려운 상황에도 불구하고 나는 편집자에게 새로운 내용을 전송했어. 편집자가 좀 다듬긴 했지만, 그래도 어쨌든 개선이 됐어."

"그래서 지금은 뭐라고 되어 있는데?" 아서가 물었다.

"'대체로 무해함'." 포드가 다소 당황한 듯 헛기침을 하며 고백했다.

"'대체로 무해함'이라고!" 아서가 고함을 질렀다.

"저게 무슨 소리지?" 포드가 '쉿' 하며 말했다.

"내가 내지르는 소리지." 아서가 외쳤다.

"아냐! 조용히 해봐!" 포드가 말했다. "우리, 큰일난 것 같아."

"큰일났다고 생각하신단 말이지!"

문 밖에서 행진하는 발자국 소리가 뚝뚝하게 들렸다.

"덴트라시스인들인가?" 아서가 속삭였다.

"아니, 저건 징 박은 구두 소리야." 포드가 말했다.

격렬하게 문을 두드리는 소리가 들렸다.

"그럼 누구야?" 아서가 말했다.

"글쎄." 포드가 말했다. "운이 좋다면, 우리를 우주 밖으로 던져 버리려고 온 보고인들일 거야."

"운이 나쁘면?"

"운이 나쁘면," 포드가 소름끼치는 목소리로 말했다. "선장의 위협이 진심이어서 우리를 던져버리기 전에 먼저 자기 시를 몇 편 읽어주려고 하겠지……."

ㄱ

ㅂ고인의 시는 물론 이 우주에서 세 번째로 최악이
다. 두 번째 최악의 시는 크리아 행성의 아즈고스인들의 시다. 그
들의 위대한 시인인 허풍쟁이 그룬토스의 〈어느 여름날 아침 내 겨
드랑이에서 발견한 작은 녹색 때 조각에 바치는 송시〉의 낭송회가
열리던 중 청중 네 명이 내출혈로 사망했으며, 중부 은하계 예술
매수 위원회의 총재는 자신의 한쪽 다리를 물어뜯음으로써 겨우 목
숨을 부지할 수 있었다. 그룬토스는 자신의 시에 대한 반응에 '실
망했다'고 전해진다. 뒤이어 그가 '목욕할 때 내가 가장 좋아하는
꼴딱꼴딱 소리'라는 제목의 열두 권짜리 대서사시 낭송에 착수하
려 하자, 그 자신의 대장(大腸)이 생명과 문명을 구하려는 필사적
인 시도에서 그의 목구멍을 들이치고 올라와 그의 두뇌를 질식시켰
다.

우주 최악의 시는 자신의 창조자와 함께 소멸했는데, 그것은 바

로 지구의 파괴와 더불어 사라져간 영국 에식스 주 그린브리지 출신의 폴라 낸시 밀스톤 제닝스의 시였다.

프로스테트닉 보곤 옐츠는 아주 서서히 미소를 지었다. 어떤 효과를 위해서라기보다는 근육이 움직이는 순서를 기억하려고 애쓰고 있는 중이었기 때문이다. 포로들에게 끔찍이도 속 시원한 고함을 마구 질러댄 후라 그는 이제 기분이 꽤 좋아져서 조금 무감각해질 자세가 되어 있었다.

포로들은 시 감상용 의자에 꽁꽁 묶여 앉아 있었다. 보고인들은 자신들의 작품에 대한 일반적 평가에 대해 어떠한 환상도 갖고 있지 않았다. 처음에 그들이 시를 쓰기 시작한 것은 자신들이 제대로 진화한 문명 종족임을 폭력적으로라도 주장하기 위해서였다. 하지만 그들이 지금도 여전히 시를 쓰고 있는 것은 오로지 잔인한 심술 때문이었다.

포드 프리펙트의 이마에서 식은땀이 솟아나 관자놀이에 부착된 전극을 타고 미끄러져 내려갔다. 이 전극들은 몇 가지 전자 장치의 배터리에 연결되어 있었다. 심상 강화기, 운율 조절기, 두운 잔존기, 직유 투척기 등의 장치들은 모두 시의 체험을 고양하고 시인의 생각의 작은 뉘앙스 하나라도 놓치지 않게 하려고 고안된 것들이었다.

아서 덴트는 앉아서 몸을 떨고 있었다. 어떤 일이 벌어질지는 전혀 알 수 없었지만, 다만 지금까지 벌어졌던 일들 중에 마음에 드는 것이라곤 하나도 없었다는 사실만은 알고 있었다. 그리고 앞으로도 사정이 달라질 것 같지는 않았다.

보고인이 시를, 자신이 고안해낸 역겨운 시구들을 낭송하기 시작했다.

"아, 친망하는 징징버러지여……." 그가 시작했다. 포드의 몸에서 경련이 일었다. 이것은 그가 예상했던 것보다 더 지독했다.

"?……그대의 방뇨는 내게 / 말버리 철푸더크구 얼룩덜룩크하네."

"아아아아그그그그흐흐흐!" 한 무더기의 고통이 온몸을 때리며 지나가자 포드 프리펙트는 머리를 뒤로 비비 틀며 비명을 질렀다. 옆자리에서 아서가 축 늘어져 몸을 비비 꼬고 있는 모습이 희미하게 보였다. 그는 이를 악물었다.

"꾸룩 내 그대에게 애원하네. 나의 족발루구 치달리오구리!" 인정머리 없는 보고인은 계속해서 낭송했다.

그의 목소리는 열에 들떠 귀에 거슬리는 고음으로 치달았다.

"그리고 흐망컨디 찌거덕굴레망치로 나를 익졸라주우 / 아니면 내 오대방뭉으로 그대 왕여드름을 찢어발기리, 내가 못할 줄 알아?"

"느느느느이이이이이우우우우우르르르르르그그그그그흐흐흐흐흐!" 마지막 행의 전기 증폭이 관자놀이를 정통으로 한 방 때리자 포드 프리펙트가 울부짖더니 축 늘어져버렸다.

아서도 축 늘어져 있었다.

"자, 지구인들아……." 보고인이 웅웅거리며 말했다. 그는 포드 프리펙트가 사실은 베텔게우스 근처의 작은 행성 출신이라는 사실을 알지 못했다. 알았다고 하더라도 별 상관은 없었겠지만. "너희에게 간단한 선택권을 주겠다! 저 우주의 진공 속에서 죽든지, 아니면……." 그는 극적인 효과를 내려고 잠시 말을 멈췄다. "내 시를 얼마나 좋아하는지 말해라."

그는 박쥐 모양의 커다란 가죽 의자에 몸을 던지고 포로들을 쳐다보았다. 그리고 다시 미소를 지었다.

포드는 숨을 헐떡이고 있었다. 그는 까칠한 혀로 바싹 마른 입술 주변을 핥으며 끙끙거렸다.

아서가 명랑하게 말했다. "사실 전 참 좋았어요."

포드가 고개를 돌리고 입을 쩍 벌렸다. 이것은 그가 전혀 생각하지 못했던 접근 방법이었다.

보고인이 놀라서 눈썹을 치켜 올리자 그의 코가 효과적으로 가려졌다. 그러니까 그건 전혀 나쁜 일이 아니었다.

"오, 좋아……." 그는 상당히 놀라워하며 윙윙댔다.

"예, 그렇습니다. 특히 형이상학적인 이미지들 몇 가지가 아주 효과적이었습니다." 아서가 말했다.

포드는 이 전대미문의 착상에 대해 서서히 생각을 정리하며 계속해서 그를 지켜봤다. 정말이지 이런 뻔뻔스러운 방식으로 이 상황을 벗어날 수 있을까?

"좋아, 계속해봐……." 보고인이 청했다.

"아……그러니까, 에……흥미로운 리듬 장치도 있었습니다." 아서가 말을 이었다. "그것이 뭔가와 더불어 대위법을 이루는 것 같은데, 에……에…….” 그가 말을 더듬었다.

포드가 위험을 무릅쓰고 잽싸게 도우러 나섰다. “은밀한 은유의 초현실주의와 대위법을 이루는 거죠. 그 은유는……에…….” 그 역시 더듬거렸지만, 아서가 다시 전열을 갖추어 말했다.

“인간성에 대한…….”

“‘보고성’이지.” 포드가 쉿 하고 지적했다.

아서는 자신이 결승선 앞에 서 있음을 느꼈다. “아, 그렇죠. 죄송합니다. 시인의 자비로운 영혼의 보고성에 대한 은유죠. 그 영혼은 운문적인 구조를 매개로 해서 이것을 승화하고 저것을 초월하고 타자와의 근본적인 이분법과 화해를 시도하는 겁니다.” 그는 승리감에 한껏 도취되어 말을 이었다. “그래서 독자는 심오하고 생생한 통찰을 얻게 되는 거죠. 그 통찰이란……에…….” 그는 여기서 갑자기 힘을 잃었다. 포드가 최후의 일격을 가하기 위해 뛰어들었다.

“그 시가 말하고자 하는 바가 무엇이든지 간에 그에 대한 통찰인 거죠!” 그가 소리쳤다. 그러고는 입술을 거의 움직이지 않고 살짝 말했다. “잘했어, 아서. 진짜 훌륭해.”

보고인은 이들의 평을 음미하고 있었다. 잠시나마 그의 침울한 종족적 영혼도 감동하기 시작했다. 하지만 그는 이건 아니라고 생각했다. 너무 부족하고 너무 늦었다. 그의 목소리는 나일론을 할퀴어대는 고양이를 닮아가고 있었다.

“그래서 너희 말은, 이 심술궂고 무정하고 냉혹한 겉모습 아래에 사실은 사랑받고 싶어하는 마음이 숨겨져 있기 때문에 내가 시를 쓴다는 거지." 그는 잠시 말을 멈추었다가 물었다. "맞나?"

포드는 눈치를 슬슬 보며 웃음을 지었다. "에, 제 말은, 예, 맞습니다." 그가 말했다. "우리 모두는, 마음 깊은 곳에서는, 저, 아시잖아요……에…….'"

보고인이 벌떡 일어섰다.

"아니, 완전히 잘못 짚었어." 그가 말했다. "내가 시를 쓰는 것은, 이 심술궂고 무정하고 냉혹한 겉모습을 더 두드러지게 하기 위해서다. 어쨌든 나는 너희를 우주선 밖으로 내칠 테다. 경비병! 포로들을 3번 에어락으로 데려가서 던져버려!"

"뭐라고요?" 포드가 외마디 소리를 질렀다.

커다란 몸집의 젊은 보고 경비병이 앞으로 나오더니 거대하고 뚱뚱한 팔로 그들을 의자에서 풀어 낚아챘다.

"우리를 우주 밖으로 집어던지면 안 돼! 우리는 책을 쓰는 중이라고." 포드가 외쳤다.

"반항해봤자 소용없다!" 보고 경비병이 되받아 고함을 질렀다. 이것은 그가 보고 경비대에 들어왔을 때 가장 먼저 배운 말이었다.

선장은 초연하게 사태를 즐기며 지켜보다가 등을 돌려버렸다.

아서는 미친 듯이 주변을 둘러봤다.

"난 지금 죽고 싶지 않아! 난 아직 머리가 아프단 말이야. 머리가 아픈 채로 천국에 가고 싶지는 않아. 기분이 언짢아서 제대로 즐기지도 못할 거라고." 그가 소리쳤다.

경비병은 두 사람의 목을 단단하게 틀어쥐고는 선장의 등에 대고 공손하게 경례를 했다. 그러고는 발버둥치는 두 사람을 번쩍 들고 브리지에서 나갔다. 강철 문이 닫히자 선장은 다시 혼자가 되었다. 그는 나직이 콧노래를 불렀고, 자신의 시작(詩作) 노트를 손가락으로 만지작거리면서 생각에 잠겼다.

"흐음. '은밀한 은유의 초현실주의와 대위법을 이룬다……'" 그가 말했다. 그는 잠시 동안 생각해보다가 소름끼치는 미소를 띠면서 책을 덮었다.

"저놈들에게는 죽음도 과분해."

기다란 강철 복도에서는 보고인의 고무질 겨드랑이에 단단히 붙들린 두 인간이 미약하게 버둥거리는 소리가 울려 퍼지고 있었다.

"이거 참 대단하군. 정말 대단해. 날 놔줘, 이 짐승 같은 놈아!" 아서가 게거품을 물고 말했다.

보고 경비병은 계속해서 그들을 질질 끌고 갔다.

"걱정하지 마. 내가 뭔가 방법을 생각해볼게." 포드가 말했다. 그 말은 희망적으로 들리지 않았다.

"반항해봤자 소용없다!" 경비병이 으름장을 놓았다.

"그런 말 좀 하지 마. 그런 말을 계속 하면 대체 어떤 사람이 긍정적인 마음 자세를 유지할 수 있겠어?" 포드가 더듬거리며 말했다.

"맙소사, 긍정적인 마음 자세를 운운하다니. 오늘 자기 행성이 산산조각나는 꼴을 겪지도 않은 사람이 말이야. 난 오늘 아침에 일어났을 때 좋은 하루를 보내야겠다는 생각을 했어. 책도 좀 읽고 개에게 빗질도 해주면서 말이야……이제 겨우 오후 네 시가 지났을 뿐인데, 난 잿더미가 된 지구에서 육 광년이나 떨어진 곳의 외계인 우주선에서 내동댕이쳐질 참이라고!" 아서가 불평했다. 침을 튀기며 말하던 그는 보고인이 목을 그러쥐고 있는 손에 힘을 가하자 꼴까닥 소리를 냈다.

"알았어. 그러니까 겁 좀 그만 내!" 포드가 말했다.

"누가 겁을 낸다는 거야?" 아서가 고함을 질렀다. "이건 그저 문화 충격일 뿐이야. 내가 이 상황을 파악하고 본래의 행동거지로 돌아갈 때까지 기다려. '그때 가서' 겁먹기 시작할 테니까."

"아서, 넌 지금 히스테리 상태야. 입 좀 다물어!" 포드는 필사적으로 뭔가 생각을 좀 해보려고 애썼지만 경비병이 또다시 고함을 지르는 통에 생각의 흐름이 끊겼다.

"반항해봤자 소용없다!"

"너도 입 좀 닥쳐!" 포드가 소리쳤다.

"반항해봤자 소용없다!"

"제발 그만 좀 해라." 포드는 고개를 억지로 비틀어 자기를 붙잡고 있는 보고인의 얼굴을 정면으로 쳐다봤다. 한 가지 생각이 문득 머리에 떠올랐다.

"이런 일을 정말 즐기는 거야?" 그가 별안간 물었다.

보고인은 갑자기 걸음을 멈췄다. 헤아릴 수 없이 멍청한 표정이 그의 얼굴 위로 서서히 번져갔다.

"즐기냐니? 그게 무슨 소리야?" 보고인이 으르렁거리며 물었다.

"내 말은, 이 일이 네게 충만하고도 만족스러운 삶을 살게 해주 냐는 거지. 발을 쿵쿵 구르면서 소리를 질러대고 사람들을 우주선 밖으로 밀어내는 일이······." 포드가 말했다.

보고인은 나지막한 강철 천장을 올려다보았다. 그의 눈썹은 거의 서로 겹쳐지다시피 되었고, 입은 헤벌어졌다. 마침내 그가 말했다. "뭐, 근무 시간은 괜찮아······."

"그건 당연히 그래야지." 포드가 동의했다.

아서가 고개를 간신히 비틀어 포드를 바라봤다.

"포드, 뭐 하는 거야?" 그가 놀라서 속삭이며 물었다.

"아, 그냥 내 주변 세상에 관심을 좀 가져보려는 거야, 알겠어?" 그가 말했다. "그래서, 근무 시간은 괜찮은데, 그 다음엔?" 그가 계 속해서 물었다.

보고인이 그를 내려다보았다. 마음속 깊은 곳, 그 어둠 속에서 잘 돌아가지 않는 머리가 소용돌이치고 있었다.

"네가 그렇게 나오니까 하는 말인데, 실제로 일하는 순간순간들 은 별로 재미없어. 다만······." 보고인이 말했다. 그는 다시 생각 했고, 그러자면 천장을 올려다봐야 했다. "다만 소리 지르는 일들 중 어떤 것들은 참 맘에 들어." 그는 숨을 한껏 들이마시고는 고함 을 질렀다. "반항해봤자······."

"그래, 그렇겠지." 포드가 허둥지둥 말을 끊었다. "너 그거 정말 잘해. 알겠어. 하지만 대부분의 시간은 재미가 없단 말이지." 그는 자신의 말이 표적에 가 닿을 시간을 주기 위해 천천히 말했다.

"그렇다면 왜 이 일을 하지? 뭐 때문이야? 여자들 때문이야? 가죽 유니폼? 사내다움? 아니면 그 모든 어리석은 권태를 감수하는 것이 무슨 흥미로운 도전거리라도 된다고 생각하는 거야?"

아서는 영문을 몰라 두 사람을 번갈아 쳐다봤다.

"에……에……에……모르겠어. 내 생각에는 나는 그냥…… 그냥 할 뿐인 것 같아. 우리 숙모님이 우주선 경비병은 보고 젊은 이에게는 괜찮은 직업이라고 말씀하셨거든. 있잖아, 유니폼이랑 허리춤에 찬 기절용 광선총, 아득한 권태……." 보고인 경비병이 말했다.

"이것 봐, 아서." 포드가 마치 어떤 결론에 도달한 듯한 태도로 말했다. "넌 너만 문제가 있는 줄 알았지?"

아서는 사실 그렇게 생각하고 있었다. 자기의 행성에 일어난 그 기분 나쁜 사건은 그렇다 치더라도, 이 보고 경비병이 이미 자기를 거의 질식사시키기 일보직전이었던 데다가, 우주 밖으로 내동댕이 쳐진다는 소리도 마음에 들지 않았다.

"'이 친구의' 문제를 한번 생각해보라고." 포드가 끈질기게 말했다. "여기 이 친구를 봐. 이 불쌍한 젊은이는 평생 동안 쿵쿵거리며 돌아다니다가 사람들을 우주선 밖으로 집어던지는 일을 한다고……."

"그리고 소리도 질러." 경비병이 덧붙였다.

"그리고 소리도 지르지, 아무렴." 포드는 자신의 목을 조이고 있는 뚱뚱한 팔뚝을 생색내듯 친근하게 다독거렸다. "게다가 자기가 왜 이런 일을 해야 하는지도 모른다고!"

아서는 그게 대단히 슬픈 일이라는 데 동의했다. 그는 숨이 막혀 말도 할 수 없는 상황이라, 보일 듯 말 듯 희미한 동작으로 동의를 표시했다.

경비병은 생각에 잠긴 것처럼 낮게 그르렁거렸다.

"너희가 그렇게 말하니까 나도……."

"그렇다니까!" 포드가 부추겼다.

"좋아, 그럼 대안이 뭐야?" 그르렁 소리가 계속됐다.

포드가 명랑하게 천천히 말했다. "물론 그만두는 거지! 가서 말하라고." 그는 계속 말했다. "더 이상 이 일을 하지 않겠다고 말이야." 그는 뭔가 더 덧붙여야 한다고 생각했지만 그 순간 경비병은 그 문제를 숙고해보느라 정신이 없는 것 같았다.

"에에에에에어어으ㅇㅇㅇㅇㅇㅇㅇㅇㅇㅇㅇ음……." 경비병이 말했다. "에, 글쎄, 그건 별로 좋은 생각 같지 않은데."

포드는 갑자기 기회가 손아귀에서 빠져나가고 있다는 느낌이 들었다.

"잠깐만 기다려봐. 그건 시작에 불과해. 그것 말고도 할 게 더 있어. 봐……." 그가 말했다.

하지만 이 순간 경비병은 다시 손아귀에 힘을 가하면서 포로들을 에어락으로 끌고 가는 본연의 임무를 재개했다. 꽤나 강한 인상을 받은 것은 분명했지만 말이다.

"아냐, 너희에게 큰 상관이 없다면, 난 너희를 이 에어락에 밀어 넣어버리고 돌아가서 남은 소리 지르기 임무나 계속 수행하고 싶어." 그가 말했다.

그건 포드 프리펙트와 상관없는 일이 전혀 아니었다.

"이봐……생각 좀 해봐!" 그가 말했다.

전처럼 천천히도, 전처럼 명랑하게도 아니었다.

"후호호호호ㅎ그그그그그느느느느……." 아서가 뚜렷한 억양 없이 소리를 냈다.

"잠깐 기다려봐. 음악과 미술, 그 외에 너한테 얘기해줄 게 아직 많이 남아 있단 말이야! 아이아그그호호!" 포드는 계속해서 매달렸다.

"반항해봤자 소용없다!" 경비병이 으르렁거리고는 덧붙였다. "이 일을 계속하면 나는 상급 고함 장교로 진급할 수 있어. 소리 안 지르고 사람들을 밀쳐대지 않는 자들이 장교가 될 기회는 많지 않아. 그러니 나는 내가 아는 일이나 충실히 수행하는 편이 낫겠어."

그들은 이제 에어락에 도착했다. 묵직하고 강력해 보이는 커다랗고 둥그런 강철 승강구가 우주선 안쪽 벽에 자리 잡고 있었다. 경비병이 제어판을 조작하자 승강구가 부드럽게 열렸다.

"하지만 관심을 가져줘서 고마워. 잘 가." 보고 경비병이 말했다. 그는 포드와 아서를 승강구 안의 조그만 방 속으로 냅다 내동댕이 쳤다. 아서는 숨을 헐떡이며 누워 있었다. 포드는 둥그런 벽을 기어 올라가 다시 닫히고 있는 승강구에 부질없이 어깨를 부딪쳐댔다.

"하지만 들어봐, 네가 전혀 알지 못하는 새로운 세계가 있어……여기 이건 어때?" 그가 경비병에게 외쳤다. 필사적이 된 그는 자기가 아는 유일한 문화를 쥐어짜 되는 대로 내놓았다. 그는 베토벤의 제5번 교향곡의 첫 번째 마디를 흥얼거렸다.

"빠바바밤! 이 음악을 들으니 뭔가 마음이 움직이지 않아?"

"아니, 별로. 하지만 숙모님께 이야기는 해드리지." 경비병이 말했다.

그가 그 다음에 무슨 말을 더 했는지는 모르겠지만, 그 소리는 들리지 않았다. 승강구는 빈 틈 없이 닫혔고, 우주선 엔진이 멀리서 희미하게 웅웅거리는 소리를 제외하고는 어떤 소리도 들리지 않았다.

그들은 직경이 육 피트쯤 되고 길이가 십 피트 정도 되는, 반짝반짝 잘 닦인 원주형 방 안에 있었다.

포드는 숨을 헐떡이며 주위를 둘러봤다.

"똑똑한 녀석일 수도 있다고 생각했는데." 그는 이렇게 말하며, 둥글게 휘어진 벽에 의기소침해서 구부정하게 앉았다.

아서는 여전히 자신이 집어던져진 곡면 바닥에 누워 있었다. 그는 위를 올려다보지도 않았다. 그저 숨을 헐떡이며 누워 있을 뿐이었다.

"우린 이제 갇혔어, 그렇지?"

"응, 우린 갇혔어." 포드가 말했다.

"생각해낸 거 뭐 없어? 네가 뭔가 방법을 생각해보겠다고 말했던 것 같은데. 아니면 뭔가 좋은 수를 생각했는데 내가 눈치를 못챈 건가?"

"아, 그래. 무슨 수를 생각하긴 했지." 포드가 헐떡거리며 말했다.

아서는 기대에 차서 위를 올려다봤다.

"하지만 불행하게도 그건 이 밀폐된 승강구의 반대쪽에서 통할 수 있는 방법이야." 포드가 말을 이었다. 그는 자신들이 방금 통과해 들어온 승강구를 걷어찼다.

"하지만 괜찮은 생각이었겠지, 그렇지?"

"아, 그래. 굉장히 훌륭한 생각이었어."

"어떤 거였는데?"

"음, 세부 사항까지는 생각하지 못했어. 이제 와선 소용도 없지만. 안 그래?"

"그럼……음, 이제 어떻게 되는 거지?" 아서가 물었다.

"아, 에, 우리 앞에 있는 승강구가 잠시 후면 자동으로 열릴 거야. 그럼 우리는 저 막막한 우주 속으로 튀어 나가서 질식하게 되겠지. 그 전에 허파 가득 최대한 숨을 들이마시면 물론 한 삼십 초까지는 버틸 수 있을 거야……" 포드가 말했다. 그는 양손을 등 뒤에 대고 눈썹을 치켜 올린 채 베텔게우스 행성의 옛 전투가를 부르기 시작했다. 아서의 눈에 갑자기 그가 매우 외계인처럼 보였다.

"그렇구나. 우린 죽는 거구나." 아서가 말했다.

"그래." 포드가 말했다. "……아니지! 잠깐 기다려!" 포드는 갑자기 아서의 시선 반대편에 있는 무언가를 향해 방 안을 가로질러 돌진했다.

"이 스위치는 뭐지?" 그가 소리쳤다.

"뭐? 어디?" 아서도 돌아서며 큰 소리로 말했다.

"아냐, 그냥 장난친 거야." 포드가 말했다. "어쨌거나 우리는 죽을 텐데 뭐."

그는 다시 벽에 기대고 앉아 중단했던 노래를 계속해서 불렀다.

"이봐, 베텔게우스 행성에서 온 사람하고 보고인의 에어락에 갇혀서 막막한 우주에서 질식사하기를 기다리고 있자니, 어렸을 때 어머니가 하셨던 말씀을 잘 들을걸 하는 생각이 정말 사무치는걸." 아서가 말했다.

"왜, 무슨 말씀을 하셨는데?"

"몰라, 안 들었으니까."

"아." 포드는 계속해서 노래를 흥얼거렸다.

'대단해. 넬슨 기념비도 사라지고, 맥도날드도 사라지고, 남은 거라곤 나와 대체로 무해함이라는 단어뿐이라니. 그것도 이제 곧 대체로 무해함만 남게 되겠지. 어제만 해도 지구는 정말 잘 돌아가고 있는 것 같았는데.' 아서는 생각했다.

모터가 웅웅거리며 돌아갔다.

믿기지 않을 만큼 아주 작고 밝은 점들이 총총히 박힌 공허한 어둠을 향해 바깥쪽 승강구가 휙 열리자, 쉿 하는 작은 소리가 이내 고막이 터질 듯한 포효로 돌변하며 공기가 몰려 나갔다. 포드와 아 서는 장난감총의 코르크 탄알처럼 우주 밖으로 튀어 나갔다.

8

《은하수를 여행하는 히치하이커를 위한 안내서》는 대단히 훌륭한 책이다. 이 책은 오랜 세월에 걸쳐 많은 편집자들에 의해 편집되고 또다시 편집되었다. 여기에는 수없이 많은 여행자들과 조사원들의 기고문도 담겨 있다.

서문은 이렇게 시작된다.

'우주는 크다. 대단히 크다. 그것이 얼마나 광대하고 거대하고 믿기지 않을 정도로 큰지는 상상조차 할 수 없을 것이다. 내 말은, 약국까지 가는 길이 멀다고 생각할지 모르지만 그건 우주에 비하면 땅콩 한 알 정도에 지나지 않는다는 뜻이다. 들어보라⋯⋯.'

(좀 지나면 문체가 틀이 잡히기 시작하면서, 독자들이 정말 알아야 할 것들이 나오기 시작한다. 가령, 저 전설적으로 아름다운 행성 베스셀라민이 현재 한 해 백억 명이나 몰려드는 관광객들에 의해 끊임없이 침식당한 나머지 골치를 썩고 있다는 사실 같은 것 말이다. 그래서 거기서는 체류 기간 동안

먹은 음식의 양과 배설량이 맞지 않을 경우 행성을 떠나기 전 딱 그만큼의 무게를 체중에서 수술로 제거해야 한다. 그러므로 화장실에 갈 때마다 영수증을 받는 것이 매우 중요하다.)

하지만 공정을 기해 말하자면, 별들 간의 그 엄청나게 광대한 거리를 마주하게 되면《안내서》의 서문을 쓴 사람보다 더 똑똑한 사람도 할 말을 제대로 찾지 못한다. 어떤 이는 레딩(영국의 도시—옮긴이주)의 땅콩 한 알이나 요하네스버그(남아프리카 공화국의 도시—옮긴이주)의 작은 호두알 하나, 혹은 그 비슷하게 머리가 어찔해지는 개념들을 잠시 그려보라고 하기도 한다.

확실한 것은, 별들 간의 거리는 인간의 상상력으로는 도저히 포착할 수 없다는 것이다.

심지어, 속도가 너무나 빠른 나머지 대부분의 종족들이 그것이 여행을 한다는 사실을 깨닫게 되기까지 수천 년의 시간이 걸렸던 빛조차 별들 사이를 여행하는 데는 시간이 걸린다. 빛이 항성 솔에서 이전에 지구가 있었던 지점까지 여행하는 데는 팔 분, 솔에서 가장 가까운 이웃별인 알파 프록시마에 도달하는 데는 사 년이 더 걸린다.

빛이 은하계의 반대편에 도달하는 데는, 가령 다모그란 행성에 도달하기까지는 더 많은 시간이 걸린다. 오십만 년이라는 세월이 소요되는 것이다.

이 거리를 히치하이크로 여행한 최단 기록은 오 년이 좀 안 된다. 하지만 도중에 뭔가를 구경하지는 못한다.

《은하수를 여행하는 히치하이커를 위한 안내서》는 폐 한가득 숨을 들이마시면 완전 진공 상태의 우주에서 삼십 초 정도는 버틸 수 있다고 말한다. 하지만 이 책은 계속해서 말하길, 이 믿기지 않을 정도로 거대한 우주 공간에서 그 삼십 초 안에 다른 우주선에 의해 구조될 수 있는 확률은 이십칠만 육천칠백구의 제곱분의 일이라고 한다.

어떤 엄청나게 경이로운 우연의 일치에 따르면, 그 숫자(276,709)는 또한 영국 이즐링턴에 있는 한 아파트의 전화번호이기도 했다. 아서는 이 집에서 열린 재미있는 파티에 참석한 적이 있고, 거기서 괜찮은 여자를 한 명 만났었다. 하지만 그 여자를 데리고 파티장을 나오지는 못했는데, 그건 그녀가 문을 부수고 들어온 녀석과 함께 사라져버렸기 때문이었다.

지구라는 행성도, 이즐링턴의 아파트도, 전화도, 이제는 모두 사라져버렸지만, 이십구 초 뒤에 포드와 아서가 구조됨으로 해서 이 모든 것들이 조금이나마 기념이 되었다고 생각하면 위안이 되는 일이다.

9

별 분명한 이유도 없이 우주선의 에어락이 저 혼자 열렸다가 닫혔다는 사실을 컴퓨터가 알아차리고 경보음을 울렸다.

사실은 말도 안 되는 이유 때문이었다.

조금 전 은하계에 구멍이 하나 나타났었다. 일 초를 수없이 잘게 나누었을 때 그 한 조각에도 미치지 못하는 시간 동안에 불과했고, 일 인치를 수없이 잘게 나누었을 때 그 한 조각에도 미치지 못하는 넓이에 불과했지만, 그 끝에서 끝까지의 거리는 수백만 광년이나 되었다.

그 구멍이 닫히면서, 엄청난 양의 종이 모자와 파티용 풍선이 거기서 쏟아져 나와 우주 속으로 흩어졌다. 키가 삼 인치밖에 안 되는 시장 분석가 일곱 명이 구멍에서 떨어져 나와 부분적으로는 질식 때문에, 부분적으로는 놀라서 죽어버렸다.

이십삼만 구천 개의 살짝 반숙한 달걀들도 그 구멍에서 쏟아져 나와, 젤리처럼 흔들거리는 커다란 덩어리가 되더니 기근에 시달리는 판셀 성단의 포그릴 행성에 떨어졌다.

포그릴 주민들은 한 사람을 제외하고는 모두 배고픔을 이기지 못해 죽었다. 그 최후의 생존자도 몇 주 뒤 콜레스테롤 중독으로 사망했다.

그 구멍이 존재했던 그 찰나의 순간은 시간 속에서 도무지 말도 안 되는 방식으로 앞뒤로 마구 굴절되었다. 멀고 먼 과거의 어느 한때, 그것은 텅 빈 불모의 공간을 부유하고 있던 일군의 원자들에게 무지막지한 충격을 가해서 놀라울 정도로 말도 안 되는 패턴으로 서로 들러붙게 만들었다. 이 패턴은 급속히 자기 복제되어 (이것이 이 패턴의 가장 놀라운 점이기도 했지만) 자신들이 표류해 도달한 행성마다 엄청난 소동을 일으켰다. 그래서 우주에 생명이 탄생하게 된 것이다.

다섯 번의 거친 대소용돌이가 맹렬한 비이성의 폭풍을 일으키더니 포장 도로 하나를 토해냈다.

그 포장 도로 위에 포드 프리펙트와 아서 덴트가 반쯤 죽어가는 물고기처럼 팔딱거리며 누워 있었다.

"그것 봐, 내가 뭔가 수를 생각해내겠다고 했잖아." 미지의 제3구역을 질주하고 있는 포장 도로 위에서 뭔가 붙잡을 것을 더듬더듬 찾으면서 포드가 숨을 헐떡이며 말했다.

"오, 그럼, 그럼." 아서가 말했다.

"기가 막힌 생각이지." 포드가 말했다. "지나가는 우주선을 찾아서 구조된다니 말이야."

진짜 우주는 그들 아래에서 멀미를 하며 휘어져 멀어지고 있었다. 다양한 가짜 우주들이 산양들처럼 조용히 휙 지나쳐 갔다. 태초의 빛이 시공간을 젤리 덩어리라도 되는 듯이 사방으로 튀기면서 폭발했다. 시간은 만개하여 번성했고, 물질은 쪼그라들어 사라져갔다. 가장 높은 소수(素數)는 한쪽 구석에서 조용히 결합해 영원히 모습을 감추었다.

"쳇, 그런 소리 하지 마. 실패할 확률이 천문학적이었다고." 아서가 말했다.

"무시하지 마. 어쨌거나 성공했잖아." 포드가 말했다.

"우린 도대체 어떤 우주선에 타고 있는 거지?" 영원의 구덩이가 자신들 아래서 하품을 하고 있을 때 아서가 물었다.

"나도 몰라." 포드가 말했다. "난 아직 눈도 안 떴다고."

"나도 마찬가지야." 아서가 말했다.

우주는 펄쩍 뛰어올라 얼어붙더니 몸을 덜덜 떨면서 예상치 못한 여러 방향으로 펼쳐져나갔다.

아서와 포드는 눈을 뜨고는 대단히 놀라면서 주위를 둘러보았다.

"세상에, 여기는 사우스엔드(영국의 도시―옮긴이주)의 바닷가랑 똑같이 생겼군." 아서가 말했다.

"젠장, 그런 말을 들으니 안심이 되는군." 포드가 말했다.

"왜?"

"내가 미쳐가고 있는 게 틀림없다고 생각했거든."

"그럴지도 모르지. 넌 내가 그런 말을 했다고 상상한 것뿐인지도 몰라."

포드는 이 점에 대해 생각해봤다.

"저, 그 말을 했어, 안 했어?" 그가 물었다.

"한 것 같아." 아서가 말했다.

"음, 아마도 우린 둘 다 미쳐가고 있는 것 같아."

"맞아." 아서가 말했다. "모든 것을 고려해볼 때, 여기가 사우스엔드라고 생각한다면 우리가 미친 거야."

"넌 여기가 사우스엔드라고 생각해?"

"그래."

"나도 그래."

"그러니까 우린 미쳐버린 게 틀림없군."

"미치기에 좋은 날이야."

"그렇군요." 지나가던 광인이 말했다.

"저건 뭐야?" 아서가 물었다.

"누구? 청어가 가득 열린 양딱총나무 덤불을 들고 가는 머리 다섯 달린 사람 말이야?"

"응."

"나도 몰라. 그냥 어떤 사람이겠지."

"아."

그들은 도로 위에 앉아 거대한 아이들이 모래밭 위를 육중하게 쿵쿵 밟으며 뛰어가는 모습과 야생마들이 새로 공급된 강화 난간을 미지의 지역으로 운반하느라 천둥처럼 하늘을 가로질러 질주하는 광경을 불편한 심정으로 지켜보았다.

"이봐, 여기가 사우스엔드라고 해도 뭔가 굉장히 이상한 점이 있어……." 아서가 잔기침을 하며 말했다.

"바다는 바윗덩어리처럼 꼼짝도 안 하고 건물들은 파도치듯 위아래로 오르락내리락하는 거 말이야?" 포드가 말했다. "맞아, 나도 그게 이상하다고 생각했어. 사실……." 바로 그때 쾅 하는 소리와 함께 사우스엔드는 여섯 등분 되었고, 그 조각들은 춤을 추면서 음란하고 음탕한 형태를 만들어 서로를 어지럽게 빙빙 돌았다. 포드가 말을 이었다. "사실, 전반적으로 뭔가 굉장히 이상한 일이 일어나고 있어."

관악기와 현악기들이 내는 비통한 울부짖음 같은 소음이 바람을 타고 낙인을 찍고 다녔고, 길바닥에서는 하나에 십 펜스 하는 뜨거운 도넛들이 튀어나왔으며, 하늘에서는 무시무시한 물고기들이 쏟아져 내렸다. 아서와 포드는 도망치기로 결심했다.

그들은 소리의 두꺼운 벽과 낡아빠진 생각의 산, 무드 음악의 계곡, 질 나쁜 신발 회기, 멍청한 박쥐들을 넘어 돌진했다. 그때 갑자기 한 여자의 목소리가 들렸다.

꽤 분별 있게 들리는 목소리였지만, 그 내용은 그저 다음에 불과했다. "십만 제곱 대 일. 숫자 하락 중." 그게 전부였다.

포드는 한 줄기의 불빛을 타고 미끄러져 내려가다 그 소리가 어디서 나오는지 보려고 한 바퀴 빙글 돌았다. 하지만 그가 진지하게 믿을 수 있는 것은 아무것도 없었다.

"저 목소리는 뭐야?" 아서가 소리쳤다.

"나도 몰라. 모르겠어. 무슨 확률을 따지는 소리 같았는데." 포드도 외쳤다.

"확률? 무슨 소리야?"

"확률 말이야. 알잖아, 이 대 일, 삼 대 일, 오 대 사 같은 거 말이야. 그 목소리는 십만 제곱 대 일이라고 말했어. 알겠지만, 그건 대단히 일어나기 힘든 일이라고."

백만 갤런들이 통이 스스로 몸을 뒤집더니 아무런 경고도 없이 그들의 머리 위에 커스터드를 쏟아 부었다.

"그런데 그게 뭘 말하는 거야?" 아서가 소리쳤다.

"뭐 말이야, 커스터드?"

"아니, 불가능 확률 따지기 말이야."

"나도 모르겠어. 전혀 모르겠다고. 내 생각엔 우리가 무슨 우주선에 타고 있는 것 같아."

"내가 짐작할 수 있는 건, 이게 일등석은 아닌 것 같다는 것뿐이야." 아서가 말했다.

시공간이라는 직물에 불쑥불쑥 튀어나온 부분들이 생겼다. 엄청나게 크고 못생긴 놈들이었다.

"하아아아우우우우르그그흐흐흐……사우스엔드가 녹고 있나봐……별들이 소용돌이치고 있어……모래 폭풍 지대……내 다리가 석양 속으로 흘러 들어가고 있어……내 왼쪽 팔도 떨어지고 있어." 아서는 자기 몸이 흐물흐물해지며 이상한 방향으로 굽어지는 것을 느끼면서 말했다. 공포감이 엄습했다. "젠장, 이제 전자 시계를 어떻게 작동시키지?" 그는 포드 쪽을 향해 필사적으로 눈동자를 굴렸다.

"포드, 너 지금 펭귄으로 변하고 있어. 멈춰." 아서가 말했다.

다시 그 목소리가 들려왔다.

"칠만 오천 제곱 대 일, 숫자 하락 중."

포드는 연못 주변에서 맹렬하게 원을 그리며 뒤뚱거렸다.

"이봐, 당신 누구요? 어디 있는 거요? 도대체 무슨 일이 벌어지고 있는 것이며 이 일을 멈출 방법은 없는 거요?" 그가 꽥꽥거렸다.

"진정하세요. 당신은 완전히 안전합니다." 목소리가 말했다. 마치 한쪽 날개와 엔진 두 개만 남은 데다 그중 한 엔진에는 불이 붙은 그런 여객기의 승무원처럼 쾌활했다.

"하지만 문제는 그게 아니란 말입니다!" 포드가 버럭 화를 냈다. "문제는, 난 지금 완전히 안전한 펭귄이고, 여기 내 친구는 급속도로 팔다리를 잃어가고 있다는 겁니다!"

"괜찮아. 이제 팔다리가 다시 붙었어." 아서가 말했다.

"오만 제곱 대 일, 숫자 하락 중." 목소리가 말했다.

"분명 전번 것들보다 길기는 하지만……." 아서가 말했다.

"분명 무언가, 우리에게 해야 할 말이 있지 않습니까?" 포드는 화를 내는 새처럼 꽥꽥거렸다.

목소리가 헛기침을 했다. 거대한 소형 케이크가 터벅터벅 걸어서 저 멀리로 사라져갔다.

"순수한 마음 호에 탑승하신 것을 환영합니다." 목소리가 말했다.

목소리는 이야기를 계속했다.

"주변에서 무엇을 보거나 듣더라도 놀라지 마십시오. 당신들은 이십칠만 육천 제곱 대 일의 불가능 확률로——어쩌면 그보다 더 높은 수치일지도 모르지만——죽음으로부터 구조되었기 때문에 처음에는 약간의 부작용을 느끼실 수밖에 없습니다. 우리는 지금 '이만 오천 제곱 대 일, 숫자 하락 중'의 속력으로 순항하고 있으며, 무엇이 정상인지를 알게 되는 대로 곧 정상 상태를 복구하게 될 것입니다. 감사합니다. 이만 제곱 대 일, 숫자 하락 중."

목소리가 뚝 끊겼다.

포드와 아서는 조명이 켜진 작은 핑크색 칸막이 방 안에 있었다.

포드는 엄청나게 흥분해 있었다.

"아서! 이건 환상적인 일이야! 우린 무한 불가능 확률 추진기로 운항하는 우주선에 구조된 거야! 이건 믿을 수 없는 일이야! 이 우주선에 대한 소문을 전에 들은 적이 있어! 그 소문들은 공식적으로 모두 부정되었지. 하지만 그 일을 해낸 게 틀림없어! 불가능 확률 추진기를 만들어낸 거야! 아서, 이건……아서? 무슨 일이야?"

아서는 문에 몸을 있는 힘껏 붙이고는 문이 열리지 않게 하려고 애쓰고 있는 중이었다. 하지만 문은 아귀가 맞지 않았다. 열린 틈 사이로 털투성이의 작은 손들이 쑤시고 들어오고 있었다. 그 손가락들은 잉크로 더러워져 있었다. 미친 듯이 재잘거리는 작은 목소리들이 들려왔다.

아서가 고개를 들고 말했다.

"포드! 밖에 셀 수 없이 많은 원숭이들이 몰려와 있어. 자기들이 쓴〈햄릿〉대본에 대해 우리한테 할 말이 있다는 거야."

10

무한 불가능 확률 추진기는 초공간 속에서 지루하게 빈둥거리는 짓 따위를 하지 않고서도 별들 간의 광대한 거리를 눈 깜짝할 사이에 여행할 수 있는 놀랍고도 새로운 방법이다.

그것은 운 좋게도 우연히 발견되어서 다모그란 행성에 있는 은하 정부 연구팀에 의해 통제 가능한 추진 형태로 개발되었다.

다음은 이 장치가 어떻게 발견되었는지를 약술한 내용이다.

밤블위니 57 서브-중간자 두뇌의 논리 회로를 강력한 브라운 운동 생성기(가령 뜨거운 홍차 한 잔 같은 것)에 매달려 있는 원자 벡터 작성기에 연결하기만 하면 제한적 불가능 확률을 조금 일으킬 수 있다는 원리는 물론 잘 알려진 바다. 그리고 그런 발전기는 파티 여주인의 속옷의 모든 분자들을 불확정성의 원리에 따라 동시에 한 발짝씩 왼쪽으로 뛰게 함으로써 파티 초기의 서먹서먹한 분위기를 깨는 장치로 종종 이용되어왔다.

존경받는 많은 물리학자들은 이 장치가 과학에 대한 모독이라며 참을 수 없다고 말했다. 하지만 진짜 이유는 그들이 그런 파티에 초청받지 못했기 때문이었다.

그들이 또 하나 참을 수 없어하는 것은 '무한' 불가능 확률 자장을 일으킬 수 있는 발전기를 만드는 실험을 하면서 실패만 거듭했다는 사실이었다. 그 발전기는 우주선을 타고 정신이 나갈 정도로 아득한 별들 사이의 거리를 가볍게 휙 날아다니려면 꼭 필요한 장치였다. 그래서 마침내 그들은 그런 기계는 사실상 불가능하다고 심술궂게 선언하기에 이르렀다.

그러던 어느 날, 특히나 재미없었던 한 파티가 끝난 후, 실험실을 청소하려고 남아 있던 한 학생이 다음과 같은 추론을 하게 된다.

그는 생각했다. 만일 그런 기계가 '사실상' 불가능하다면, 그건 논리상 '제한적으로' 불가능한 확률이 되어야만 했다. 그렇다면 그런 기계를 만들기 위해서는 그게 정확히 얼마나 불가능한 일인지를 계산해내서, 그 수치를 제한된 불가능 확률 발전기에 집어넣고, 거기다 진짜 뜨거운 차를 한 잔 새로 타서 집어넣는다……그러고는 기계를 돌리는 것이다!

그는 그렇게 했다. 그러고는 그렇게 오랫동안 바라 마지않았던 귀중한 무한 불가능 확률 발전기를 자신이 홀연히 발명해냈다는 사실을 알고 깜짝 놀랐다.

훨씬 더 놀라운 일은 그가 은하 연구소에서 엄청나게 똑똑한 자에게 주는 상을 수상한 직후에 벌어졌으니, 존경해 마지않는 물리학자 폭도들에 의해 그가 린치를 당했던 것이다. 물리학자들은 마침내 자신들이 정말로 참을 수 없는 유일한 것이 똑똑한 녀석이라는 것을 깨달았던 것이다.

11

순 수한 마음 호의 불가능 확률 방지 조종실은 그것
이 완전히 새 우주선이라 완벽하게 깨끗하다는 점만 제외하면 보통
우주선과 전혀 다를 바가 없었다. 조종석 몇 개는 아직 랩 포장도 뜯
지 않은 상태였다. 조종실은 거의 흰색이었으며, 직사각형에다 작
은 레스토랑 정도의 크기였다. 사실 정확한 직사각형은 아니었다.
긴 벽 두 개가 평행 곡선을 이루며 살짝 굽었고, 실내의 모든 각과
코너들은 뭉툭하게 깎여 있었다. 사실 그 방은 보통의 삼차원적 직
사각형으로 만들었다면 훨씬 더 간단하고 실용적일 뻔했다. 물론 그
랬다면 이 조종실의 디자이너들은 대단히 슬퍼했을 테지만. 사실 조
종실은 꽹장히 자기 목적에 잘 맞아 보였다. 오목한 벽에 붙은 조종
및 항법 장치 패널 위로는 커다란 비디오 스크린들이 줄지어 걸려
있었고, 볼록한 벽에는 컴퓨터들이 길게 줄지어 설치되어 있었다.
한쪽 구석에는 로봇 하나가 반짝반짝 닦은 강철 머리를 반짝반짝 닦,

은 강철 무릎 사이에 힘없이 처박고 쪼그리고 앉아 있었다. 로봇 역시 상당히 새것이었다. 하지만 아름답게 만들어졌고 반짝반짝 닦여 있음에도 불구하고, 인간의 형상을 본뜬 그 신체의 각 부분들은 어딘지 제대로 들어맞지 않는 것처럼 보였다. 사실 그 로봇의 각 부분들은 완벽하게 잘 들어맞았지만, 그 자세를 보면 어딘가 아귀가 맞지 않아 보였다.

자포드 비블브락스는 반짝이는 조종 장치를 손으로 문지르거나 흥분해 킬킬 웃어대면서 조종실 안을 불안하게 위아래로 서성거렸다.

트릴리언은 갖가지 장치 위로 몸을 구부리고 앉아서 숫자를 읽고 있었다. 그녀의 목소리는 태노이(영국의 스피커 상표명—옮긴이주) 시스템을 통해 우주선 전체에 울려 퍼졌다.

"오 대 일, 하락 중······." 그녀가 말했다. "사 대 일, 하락 중······ 삼 대 일······이······일······확률 인수 일 대 일······정상 상태 도달. 반복합니다. 정상 상태에 도달." 그녀는 마이크를 껐다. 그랬다가 곧 마이크를 다시 켜고 희미한 미소를 지으며 말을 이었다. "아직도 처리 안 되는 문제가 있다면, 따라서 그건 당신들의 문제입니다. 부디 긴장을 푸시길 바랍니다. 곧 사람을 보내겠습니다."

자포드가 화를 내며 버럭 소리를 질렀다. "어떤 놈들이야, 트릴리언?"

트릴리언은 의자를 돌려 그를 마주 보면서 어깨를 으쓱했다.

"우리가 바깥 우주에서 사람 둘을 태운 것 같아. ZZ9 구역, 플루럴 Z 알파 지점에서."

"그래, 좋아, 마음씨도 참 곱군, 트릴리언." 자포드가 불평했다. "하지만 이런 상황에서 그렇게 행동하는 게 현명한 일이라고 생각해? 우리는 지금 도망치고 있는 중이잖아. 지금쯤이면 은하계 경찰력의 반이 우리 뒤를 쫓고 있을 텐데, 가던 길을 멈추고 히치하이커를 태우다니. 좋아, 스타일로 보면 만 점짜리지만, 현명한 걸로 따지면 마이너스 몇백만 점이야, 안 그래?"

그는 짜증스럽게 조종 패널을 두드렸다. 트릴리언은 그가 중요한 것을 건드리기 전에 조용히 그의 손을 밀어냈다. 자포드의 마음 상태가 어떤 것이든——허세든 무분별함이든 자만이든 간에——그는 기계치이기 때문에 어떤 엉뚱한 동작을 해서 우주선 전체를 폭발시켜버릴 만한 소지가 다분했다. 트릴리언은 자포드가 그렇게도 멋지고 성공적인 인생을 살아올 수 있었던 주된 이유가 사실 자신이 하는 일이 어떤 중요성을 가지고 있는지를 제대로 모르고 있다는 데 있지 않았을까 자문해보았다.

"자포드, 그 사람들은 우주 공간에서 아무 보호 장비도 없이 떠다니고 있었어……그 사람들이 죽었다면 좋았겠어?" 그녀가 참을성 있게 말했다.

"뭐, 그건……아니지. 그런 건 아니고, 다만…….."

"그런 건 아니다? 그들이 죽는 건 싫다고? 그래서, 다만 어떻다고?" 트릴리언이 고개를 한쪽으로 치켜들었다.

"음, 어쩌면 나중에 다른 누군가가 구조해줬을 수도 있잖아."

"일 초만 늦었어도 그 사람들은 다 죽었을 거야."

"그래, 네가 그 문제에 대해 조금만 더 생각했다면 그 문제 자체가 없어져버렸겠지."

"그 사람들이 죽도록 내버려뒀으면 기분 좋았겠어?"

"뭐, 그렇게 좋을 것까지는 없었겠지만……."

"어쨌든, 내가 태운 게 아니야." 트릴리언이 조종간으로 돌아서며 말했다.

"무슨 소리야? 그럼 누가 태웠다는 거야?"

"이 우주선이 그랬어."

"뭐?"

"이 우주선이 그랬다고. 저 혼자서 말이야."

"뭐?"

"우리가 불가능 확률 추진 중일 때."

"말도 안 돼."

"아니, 자포드. 그저 매우 매우 불가능할 뿐이야."

"음, 그렇군."

"이봐, 자포드." 그녀가 그의 팔을 툭툭 치며 말했다. "저 외계인들에 대해서는 너무 걱정하지 마. 그냥 보통 남자들일 거야. 내가 로봇을 보내 이리로 데려오게 할게. 야, 마빈!"

구석에서 로봇의 고개가 홱 올라왔다. 하지만 곧 경미하게 사방으로 흔들렸다. 그것은 실제보다 오 파운드는 더 나가는 듯이 몸을 억지로 추슬러 자리에서 일어서더니 힘들게 방을 가로질러 걸어왔다. 모르는 사람이 봤으면 아주 영웅적인 노력이 필요한 일을 하고 있다고 생각할 만했다. 그것은 트릴리언 앞에서 멈추더니 그녀의 왼쪽 어깨 너머에 있는 무엇인가를 뚫어져라 쳐다보는 듯한 자세를 취했다.

"제가 지금 굉장히 우울한 상태라는 걸 아셔야 할 것 같아요." 그것이 말했다. 낮고 절망적인 목소리였다.

"맙소사." 자포드는 이렇게 중얼거리고 의자에 털썩 앉았다.

"자, 네가 할 일이 있어. 그럼 울적한 생각들도 마음에서 사라질 거야." 트릴리언이 밝고 자비로운 어조로 말했다.

"소용없을걸요. 제 마음은 유별나게 크거든요." 마빈이 청승맞게 말했다.

"마빈!" 트릴리언이 경고했다.

"알았어요. 제가 할 일이 뭐죠?"

"2번 진입 구역으로 내려가서 두 외계인을 잘 감시해서 여기까지 데리고 올라와."

찰나의 멈칫하는 동작과 알아채기 힘들 정도로 정교하게 계산된 음정과 음색의 변조를 통해——그래서 이에 대해 실제로 화를 낼 수도 없을 정도였다——마빈은 인간이 하는 모든 일에 대한 극도의 경멸과 혐오를 전달하는 데 성공했다.

"그뿐인가요?" 그가 말했다.

"그래." 트릴리언이 단호하게 말했다.

"그 일은 즐겁지 않을 거예요." 마빈이 말했다.

자포드가 자리에서 벌떡 일어났다.

"누가 너보고 즐기랬어? 그냥 하라는 대로 해, 알겠어?" 그가 고함을 질렀다.

"좋아요, 하죠." 커다란 깨진 종이 울리는 것처럼 마빈이 말했다.

"좋아……됐어……고맙군……." 자포드가 딱딱거리며 말했다.

마빈이 돌아서더니 뒤집힌 삼각형의 빨간 눈을 들어 그를 쳐다봤다.

"제가 당신을 실망시킨 건 아니겠죠?" 그가 애처롭게 말했다.

"아니, 아니야, 마빈. 괜찮아, 정말이야……." 트릴리언이 쾌활하게 말했다.

"제가 당신을 실망시켰다고 생각하고 싶지 않아요."

"아냐, 걱정하지 마." 경쾌한 목소리는 계속됐다. "너는 그냥 하고 싶은 대로 자연스럽게 행동해. 그럼 모든 것이 다 잘될 테니까."

"정말 괜찮으신 거죠?" 마빈이 꼬치꼬치 물었다.

"정말이야. 괜찮아, 마빈. 정말 괜찮아. 정말이야. 그런 게 인생인 걸." 트릴리언이 밝게 대답했다.

마빈이 발끈한 전자 표정을 언뜻 보였다.

"인생이라. 제게 인생 타령 하지 마세요." 마빈이 말했다.

그는 절망적으로 발을 질질 끌며 돌아서더니 조종실에서 비척거리며 나갔다. 만족스러운 콧노래 소리와 함께 찰칵 하며 문이 닫혔다.

"저놈의 로봇 때문에 조만간 돌아버리고 말 거야, 자포드." 트릴리언이 으르렁거렸다.

《은하대백과사전》은 로봇을 '인간의 일을 하도록 디자인된 기계 장치'라고 정의하고 있다. 시리우스 사이버네틱스 주식회사의 마케팅 부서에서는 로봇을 '함께 있으면 즐거운 당신의 플라스틱 친구'라고 정의한다.

《은하수를 여행하는 히치하이커를 위한 안내서》는 시리우스 사이버네틱스 주식회사 마케팅 부서를 '혁명이 일어나면 가장 먼저 총살형에 처해질 얼간이 무리들'이라고 정의하고 있다. 그리고 아래에는 로봇공학 특파원 자리에 흥미 있는 사람은 누구든 지원해달라는 편집자의 말이 각주로 달려 있다.

대단히 흥미롭게도, 천 년 후의 미래 세계로부터 타임워프(시간 왜곡—옮긴이주)를 통해 운 좋게 도착한 《은하대백과사전》 판본에는, 시리우스 사이버네틱스 주식회사 마케팅 부서가 '혁명이 일어났을 때 가장 먼저 총살형에 처해진 얼간이 무리들'이라고 정의되어 있다.

핑크색 칸막이 방은 눈 깜짝할 사이에 사라졌고, 원숭이들도 더 나은 다른 차원으로 떨어져 나갔다. 포드와 아서는 자신들이 있는 곳이 우주선의 탑재 구역이라는 사실을 깨달았다. 그곳은 꽤나 말쑥했다.

"이 우주선은 완전 새것 같아." 포드가 말했다.

"그걸 어떻게 알아? 금속의 나이를 잴 수 있는 무슨 신기한 장비라도 갖추고 있는 거야?" 아서가 물었다.

"아니, 바닥에 있는 세일즈 팸플릿을 지금 막 발견했거든. '우주가 당신 것이 될 수 있습니다' 따위의 이야기 투성이지. 아, 이것

봐. 내 말이 맞잖아."

포드가 어떤 페이지를 쿡쿡 찌르더니 아서에게 보여줬다.

"여기 이렇게 쓰여 있어. '불가능 확률 물리학계의 놀라운 약진. 우주선의 추진기가 무한 불가능 확률에 도달하면 우주선은 우주의 모든 점을 한꺼번에 통과합니다. 다른 우주 정부들의 부러움을 사십시오.' 와, 이거 대단한 물건인데."

포드는 놀라움에 숨을 헐떡이며 우주선의 기술 명세서를 조목조목 읽어나갔다. 그가 유배되어 있는 동안 은하계의 우주공학은 분명 대단한 진보를 했음이 틀림없었다.

아서는 잠깐 동안은 듣고 있었지만, 포드가 하는 말의 대부분을 이해할 수 없자 용도가 무엇인지 알 수 없는 컴퓨터 설비의 가장자리를 손가락으로 만지작거리며 딴 생각을 하기 시작했다. 그는 손을 뻗어 가까운 패널 위에 있는 유혹적인 커다란 빨간 버튼을 눌렀다. 패널에서 '이 버튼을 다시는 누르지 마세요'라는 글자가 번쩍였다. 그는 몸을 떨었다.

"들어봐." 아직도 세일즈 팸플릿에 정신이 팔려 있는 포드가 말했다. "우주선 사이버네틱스 분야에서 대단한 일을 해냈어. '새로운 GPP 사양을 갖춘 시리우스 사이버네틱스 주식회사의 차세대 로봇과 컴퓨터 래."

"GPP 사양? 그게 뭔데?" 아서가 물었다.

"아, '진짜 사람 성격' 이래."

"오, 무시무시하게 들리는걸."

등 뒤에서 어떤 목소리가 들렸다. "그렇죠." 그 목소리는 낮고 절망적이었으며, 찰칵거리는 기계음이 희미하게 섞여 있었다. 그들이 몸을 돌리자 비참한 몰골의 강철 인간이 문 앞에 구부정하게 서 있는 것이 보였다.

"뭐라고?" 그들이 말했다.

"무시무시하다고요." 마빈이 말을 이었다. "모두 그래요. 너무나도 무시무시해요. 말도 마세요. 이 문을 좀 보라고요." 그가 문 안으로 들어오면서 말했다. 목소리 변조 장치에서 아이러니 회로가 가동되면서 그는 세일즈 팸플릿의 말투를 흉내 내기 시작했다. "이 우주선의 모든 문은 명랑하고 밝은 성격을 지니고 있습니다. 그들은 기쁜 마음으로 당신을 위해 문을 열며, 임무가 **훌륭히 수행되었다는** 것을 알고는 만족스럽게 다시 문을 닫습니다."

등 뒤에서 문이 닫힐 때 보니, 정말로 문은 분명 만족스러운 신음 소리 같은 것을 냈다. "흐으으으으으으으으으으으으으으음아!" 문이 말했다.

마빈은 그 문을 싸늘한 시선으로 경멸스럽게 바라봤다. 그의 논리 회로는 구역질이 난 나머지 덜그럭거렸으며, 그 문에 물리적 폭력을 가하는 상상으로 쓸데없는 에너지를 낭비했다. 그때 다른 회로들이 중재에 나섰다. 뭐 하러 신경을 써? 그런다고 무슨 소용이 있어? 상관할 만한 가치가 있는 일은 아무것도 없다고. 또 다른 회로들은 그 문과 두 인간의 두뇌 세포들의 분자 성분을 분석하며 즐거운 시간을 보냈다. 앙코르 공연으로 그 회로들은 재빨리 1제곱파섹(파섹은 천체 간의 거리를 나타내는 단위, 3,259광년—옮긴이주)의 주변 우주 공간 내의 수소 배출 레벨을 계산해보았고, 그러다가 지루해져서 다시 회로를 차단해버렸다. 로봇은 절망감으로 몸을 부르르 떨며 돌아섰다.

"따라 오세요." 그가 단조롭게 말했다. "전 당신들을 브리지로 모셔오라는 명령을 받았어요. 저는 두뇌 용량이 행성 하나만 해요. 그런데 당신들을 브리지로 모셔오래요. 그걸 '직업 만족'이라고 부를 수 있을까요? 전 못 하겠네요."

그는 돌아서서 다시 그 혐오스러운 문을 향해 걸어갔다.

"저, 미안한데, 이 우주선은 어떤 정부 소유지?" 포드가 그를 쫓아가며 말했다.

마빈은 그의 말을 들은 체도 하지 않았다.

"이 문을 보세요." 그가 중얼거렸다. "다시 열리려고 해요. 저게 갑자기 참을 수 없이 잘난 체하기 시작하는 모양새를 보면 알 수 있어요."

아양 떠는 듯한 작은 푸념 소리와 함께 문이 다시 열리자, 마빈은 무거운 발걸음으로 문을 빠져나갔다.

"이리 오세요." 그가 말했다.

두 사람은 재빨리 그를 따랐고, 문은 만족스러운 듯이 조그맣게 찰칵, 우웅 하는 소리를 내며 다시 닫혔다.

"시리우스 사이버네틱스 주식회사의 마케팅 부서 덕분이에요." 마빈은 이렇게 말하며 그들 앞에 펼쳐진 반짝거리는 굽은 복도를 우울하게 터벅터벅 걸어갔다. "'진짜 사람의 성격을 가진 로봇들을 만들자'고 그들은 말했죠. 그래서 시험 삼아 나를 만들었어요. 전 성격을 가진 로봇 1호예요. 절 보면 아시겠죠?"

포드와 아서는 당황해서 그저 막연하게 얼버무리는 듯한 소리를 냈다.

"전 이 문이 싫어요." 마빈이 말을 이었다. "제가 여러분 기분을 망치고 있는 건 아니겠죠?"

"어느 정부가……." 포드가 다시 똑같은 질문을 꺼냈다.

"이 우주선은 어느 정부의 소유도 아니에요. 훔친 거예요." 로봇이 딱딱거리며 대답했다.

"훔쳤다고?"

"훔쳤다고?" 마빈이 그 말을 흉내 냈다.

"누가?" 포드가 물었다.

"자포드 비블브락스요."

뭔가 이상한 표정이 포드의 얼굴에 떠올랐다. 충격과 놀라움에서 비롯된, 최소한 다섯 가지의 서로 완연히 다른 표정들이 뒤죽박죽되어 얼굴 위에 겹쳐졌다. 걷느라 들어 올린 왼쪽 다리는 다시 내려놓을 곳을 찾지 못해 허둥대는 것만 같았다. 그는 로봇을 바라보며 얼굴의 뭉친 근육을 어떻게든 풀어보려고 애썼다.

"자포드 비블브락스……?" 그가 힘 빠진 목소리로 말했다.

"죄송합니다만, 제가 뭘 잘못 말했나요?" 마빈이 내키지 않는 걸음을 계속 옮기면서 말했다. "제가 숨을 몰아 쉬는 걸 용서하세요.

저는 사실 숨을 안 쉬는데, 그럼 도대체 이런 말을 제가 왜 하는 걸까요? 맙소사, 전 정말 너무 우울해요. 여기 자기 만족에 빠진 문이 또 하나 나왔군요. '인생'! 제발 저한테 인생 운운하지 말아주세요."

"그런 말 꺼낸 사람 아무도 없어." 아서가 짜증스럽게 중얼거렸다. "포드, 너 괜찮아?"

포드가 그를 쳐다보며 말했다. "저 로봇이 방금 자포드 비블브락스라고 했어?"

12

자포드가 자신에 관한 뉴스가 나오지 않나 하고 서
브-에서 라디오 주파수를 이리저리 맞추는 사이, 순수한 마음 호의
선실에는 시끄러운 음악 소리가 지지직 하고 넘쳐흘렀다. 그 기계
는 작동이 좀 까다로웠다. 오랫동안 라디오는 버튼을 누르거나 다
이얼을 돌리는 방식으로 작동되었다. 그 다음에는 기술이 더 정밀
하게 발전해 라디오의 조종 장치가 터치 방식으로 바뀌면서 그저
손가락으로 패널을 스치기만 하면 되었다. 하지만 이제는 컴포넌트
가 있는 쪽으로 대충 손을 흔들며 마음속으로 바라기만 하면 된다.
물론 이런 방식은 근육의 에너지 소모를 상당히 줄여주었지만, 한
가지 문제가 있었다. 한 가지 프로그램을 계속해서 들으려면 화가
날 정도로 꼼짝 않고 앉아 있어야만 한다는 것이었다.

자포드가 손을 흔들자 채널이 다시 바뀌었다. 또다시 시끄러운
음악이 쏟아져 나왔지만, 이번에는 뉴스의 배경 음악이었다. 뉴스

는 항상 음악의 리듬에 맞춰서 엄청나게 편집되었다.

꽥꽥거리는 목소리가 말했다.

"……이십사 시간 내내 전 은하계에 방송되는 저희 서브-에서 주파수에서 뉴스를 말씀드리겠습니다. 전 은하계의 모든 지적인 생명체들에게 인사드립니다……그렇지 않은 분들도 마찬가지고요. 지적이지 않은 분들, 비결은 불이 번쩍할 때까지 돌을 마구 부딪치는 겁니다. 물론 오늘 밤 빅 뉴스는, 다른 사람도 아닌 은하계의 대통령 자포드 비블브락스가 무한 불가능 확률 추진 우주선 견본품을 빼돌린 천인공노할 사건입니다. 지금 모든 사람들이 품고 있는 의문은……이 거물 Z가 과연 돌아버렸는가 하는 점입니다. 비블브락스, 팬 갤랙틱 가글 블래스터의 발명자, 전직 사기꾼, 한때 엑센트리카 갈룸비츠가 빅뱅 이후 최고의 뱅(뱅bang에는 속어로 성교라는 뜻이 있다—옮긴이주)이라고 묘사한 바 있는 인물. 그리고 알려진 우주 내에서 최고로 옷 못 입는 사람으로 최근 연속 일곱 번째로 선정된 인물……그가 이번에는 해답을 얻은 걸까요? 우리는 그의 두뇌 전문 주치의 개그 하프런트 씨께 여쭤보았습니다……."

음악이 소용돌이치더니 잠시 휙 사라졌다. 하프런트로 추정되는 다른 목소리가 끼어들었다. 그가 말했다. "굴쎄요, 아시겠지만 자포드는 원래 구런 사람입니다." 하지만 그의 말은 더 이상 들리지 않았다. 그때 선실 저편에서 전자 연필 하나가 날아와 라디오의 전원 센서 구역에 꽂혔기 때문이었다. 자포드는 고개를 돌려 트릴리언을 노려보았다. 연필을 던진 사람이 그녀였던 것이다.

"이봐, 왜 그래?"

트릴리언은 빼곡하게 숫자가 들어찬 스크린을 손가락으로 두드리고 있었다.

"방금 한 가지 생각이 떠올랐어." 그녀가 말했다.

"그래? 나에 관한 뉴스 속보를 끊을 만큼 중요한 거야?"

"넌 너에 관한 이야기를 충분히 많이 듣고 있어."

"난 정서불안이야. 알잖아."

"잠깐만이라도 너의 자아에 대한 이야기를 좀 접어둘 수 없을까? 이건 중요한 이야기라고."

"내 자아보다 더 중요한 게 여기 있다면 당장 잡아서 총살형에 처하겠어." 다시 한번 자포드는 그녀에게 눈을 부라리더니 웃음을 터뜨렸다.

"들어봐. 우리가 저 두 사람을 태웠잖아……." 그녀가 말했다.

"두 사람이라니?"

"우리가 태운 두 사람 말이야."

"아, 그래, 그 두 사람 말이지." 자포드가 말했다.

"우린 그들을 플루럴 Z 알파의 ZZ9 구역에서 태웠거든."

"그래서?" 자포드가 눈을 껌벅거리며 말했다.

"뭐 생각나는 거 없어?" 트릴리언이 조용히 말했다.

"으음." 자포드가 말했다. "플루럴 Z 알파의 ZZ9 구역이라. 플루럴 Z 알파의 ZZ9 구역?"

"잘 생각해봐." 트릴리언이 말했다.

"음……Z가 무슨 뜻이지?" 자포드가 말했다.

"어느 Z 말이야?"

"아무거나."

트릴리언이 자포드와의 관계에서 겪는 주된 어려움 중 하나는 자포드가 사람들을 무장해제시키기 위해서 멍청한 척할 때와, 자신이 생각하기 귀찮은 일을 다른 사람이 대신 해주길 바라서 멍청한 척할 때, 무슨 일이 벌어지고 있는지를 정말 이해하지 못해서 그 사실을 감추기 위해 터무니없을 정도로 멍청한 척할 때, 그리고 정말 진짜로 멍청할 때를 구별하는 일이었다. 그는 깜짝 놀랄 만큼 영리한 사람으로 유명했으며, 의심할 여지 없이 사실 똑똑했다. 하지만 항상 그런 것은 아니었고, 그건 자포드 자신도 분명 염려하는 점이었다. 그래서 그런 시늉을 하는 것이었다. 그는 사람들이 자신을 깔보기보다는 자신에 대해 어리둥절해하기를 바랐다. 이것이야말로 트릴리언에게는 다른 무엇보다도 정말 바보스럽게 보였다. 하지만 그녀는 이제 굳이 그런 것을 가지고 논쟁을 벌이고 싶지도 않았다.

그녀는 한숨을 내쉬고는 자포드가 간단히 이해할 수 있도록 성단 지도를 스크린에 띄웠다. 그가 상황을 단순하게 설명해주기를 바라는 이유가 무엇이든지 간에 말이다.

"저길 봐. 바로 저기." 그녀가 손가락으로 가리켰다.

"어디……아!" 자포드가 말했다.

"그렇다면?" 그녀가 말했다.

"그렇다면 뭐?"

그녀의 머릿속에서 한쪽 부분이 다른 쪽 부분을 향해 비명을 질렀다. 그녀는 아주 차분하게 말했다. "저기는 바로 네가 애초에 나를 태웠던 바로 그 구역이야."

그는 그녀를 본 뒤 다시 스크린을 쳐다봤다.

"아, 그러고 보니 정말 말도 안 되는 일이네. 우리는 말머리 성단 안으로 곧장 날아갔어야 하는데 말이야. 우리가 어떻게 해서 거기 있게 됐지? 거기는 아무 데도 아니잖아."

그녀는 이 말을 무시했다.

"불가능 확률 추진이야. 네가 나한테 설명했었잖아. 우린 우주의 모든 지점을 동시에 통과한다고 말이야. 알잖아." 그녀는 꾹꾹 참으며 말했다.

"맞아, 하지만 이건 정말 엄청난 우연이야, 안 그래?"

"응."

"그 지점에서 누군가를 태웠다고? 이 넓고 넓은 우주 전체에서 하필이면 거기서? 그건 정말이지 너무⋯⋯이거 계산 좀 해봐야겠는데. 컴퓨터!"

우주선의 모든 분자 하나하나에까지 파고들어 통제하는 시리우스 사이버네틱스 우주선 탑재 컴퓨터가 의사소통 모드로 전환했다.

"안녕하세요!" 컴퓨터는 명랑하게 말하면서 동시에 기록을 위해 작은 출력 테이프 한 조각을 토해냈다. 거기에는 '안녕하세요'라고 적혀 있었다.

"이런, 젠장." 자포드가 말했다. 컴퓨터와 일을 시작한 지 얼마 되지도 않아 그는 벌써 이 컴퓨터가 미워지기 시작했다.

컴퓨터는 세제라도 파는 듯이 뻔뻔스럽고 유쾌한 말투로 계속 말했다.

"당신의 문제가 무엇이든지 간에, 제가 그 문제 해결을 돕고자 여기 있다는 것을 알아주시기 바랍니다."

"그래, 그래. 이봐, 생각해보니까 그냥 종이에 계산하는 게 낫겠어." 자포드가 말했다.

"물론입니다. 이해합니다. 하지만 혹시……." 컴퓨터가 자신의 메시지를 동시에 쓰레기통에 토해내며 말했다.

"닥쳐!" 자포드가 말했다. 그는 연필을 움켜잡더니 계기판 앞의 트릴리언 옆으로 가서 앉았다.

"알았습니다, 알았습니다." 컴퓨터는 상처 입은 목소리로 말하고 다시 음성 채널을 닫았다.

자포드와 트릴리언은 불가능 확률 비행 경로 스캐너가 눈앞에서 깜박거리며 보여주고 있는 수치들에 몰두했다.

"먼저, 그 사람들의 관점에서 봤을 때 그 구조의 불가능 확률이 얼마나 되는지부터 계산해볼 수 있을까?" 자포드가 말했다.

"응, 그건 상수였어. 이십칠만 육천칠백구의 제곱 대 일." 트릴리언이 말했다.

"그거 꽤나 높은데. 저 사람들 행운아 중의 행운아들인걸."

"맞아."

"하지만 우주선이 저 사람들을 태웠을 때 우리가 하던 일과 비교하면……."

트릴리언이 자판에 숫자를 두드렸다. 무한 마이너스 일의 제곱 대 일의 수치가 나왔다. (그건 불가능 확률 물리학에서나 말이 되는 무리수였다.)

"꽤 낮네." 자포드가 조그맣게 휘파람을 불며 말했다.

"응." 트릴리언이 동의하며 의아하다는 듯이 그를 쳐다봤다.

"그건 정말 뭐라 말할 수 없이 대단히 불가능한 확률이군. 그걸 모두 합쳐서 상당한 숫자가 되려면 대차대조표에 꽤나 불가능한 숫자가 나타나야 할 텐데."

자포드는 몇 개의 합계를 갈겨썼다가는 지워버리고 연필을 집어던졌다.

"이런 젠장, 계산이 안 돼."

"그렇다면?"

자포드는 짜증을 내며 자신의 머리 두 개를 서로 박고 이를 갈았다.

"별수 없지. 컴퓨터!" 그가 말했다.

음성 회로들이 다시 살아났다.

"이런, 안녕하세요?" 회로들이 말했다. (출력 테이프, 또 출력 테이프.) "제가 원하는 것은 단지 여러분의 하루를 더 즐겁게, 더더욱 즐겁게, 더더더욱 즐겁게⋯⋯."

"그래, 알았어. 입 닥치고 나 대신 계산이나 좀 해봐."

"물론입니다. 확률 예측을 원하시죠. 그 기초는⋯⋯." 컴퓨터가 재잘거렸다.

"불가능 확률 데이터야."

"좋습니다." 컴퓨터가 말을 계속했다. "여기 재미있는 개념이 하나 있습니다. 대부분의 사람들의 인생이 전화번호에 의해 지배받고 있다는 사실을 아셨습니까?"

고통스러운 표정이 자포드의 한쪽 얼굴에서 떠올라 다른 쪽 얼굴로 서서히 건너갔다.

"너 미쳤니?" 그가 말했다.

"아닙니다. 하지만 제 말을 들으시면 당신이 미치게 될 겁니다."

트릴리언은 놀라서 숨이 막혔다. 그녀는 불가능 확률 비행 경로 스크린상의 버튼들을 마구 휘저으며 눌러댔다.

"전화번호라고? 저 물건이 지금 '전화번호'라고 했어?" 그녀가 말했다.

숫자들이 스크린에 깜박이며 나타났다.

컴퓨터가 예의 바르게 잠시 멈췄다가 말을 이었다.

"제가 말씀드리려던 건 바로……."

"귀찮게 하지 마." 트릴리언이 말했다.

"봐, 이게 뭐야?" 자포드가 말했다.

"나도 몰라." 트릴리언이 말했다. "하지만 저 외계인들이, 그들이 그 불쾌한 로봇이랑 브리지로 올라오고 있어. 모니터 카메라들로 그들을 좀 볼 수 있을까?"

13

마빈은 여전히 투덜거리며 복도를 따라 터덜터덜 걸어갔다.

"그리고 물론 내 왼팔 아래쪽 진공관들이 끔찍하게 아파요……."

"설마? 정말로?" 그의 옆에서 걸어가던 아서가 냉정하게 말했다.

"네, 그래요. 그것들을 좀 갈아달라고 요청했지만 아무도 내 말을 안 들어줘요." 마빈이 말했다.

"알 만해."

포드는 이해할 수 없는 휘파람 소리와 흥얼대는 소리를 내고 있었다. "그래, 그래, 그래, 자포드 비블브락스라……." 그는 계속 이렇게 중얼거렸다.

갑자기 마빈이 걸음을 멈추더니 한 손을 들어 올렸다.

"지금 무슨 일이 벌어졌는지 물론 알고 계시겠죠?"

"아니, 뭔데?" 아서는 이렇게 대답했지만 사실 알고 싶지도 않았다.

"우리가 또 하나의 그런 재수 없는 문 앞에 도착한 거예요."

복도 벽에 자동 문이 하나 있었다. 마빈은 그 문을 의심스러운 눈초리로 쳐다봤다.

"그래서? 이 문을 지나가는 거야?" 포드가 조바심을 내며 말했다.

"이 문을 지나가는 거야?" 마빈이 흉내 냈다. "그래야죠. 이게 브리지 출입문인걸요. 전 당신들을 브리지로 데려오라는 명령을 받았어요. 이게 아마 오늘 제가 할 일들 중에서 제 지능을 가장 많이 요구하는 일일 거예요. 그렇고 말고요."

혐오감에 몸서리를 치며 그는 사냥감에 살금살금 접근하는 사냥꾼처럼 천천히 문을 향해 걸어갔다. 갑자기 문이 스르르 열렸다.

"고맙습니다. 부족한 저를 이렇게 행복하게 해주셔서요." 문이 말했다.

마빈의 가슴 깊은 곳에서 기어들이 끼익끼익거리며 돌아갔다.

"우습군요. 사는 게 이보다 더 나빠질 수는 없다고 생각하는 바로 그 순간 인생은 갑자기 더 곤두박질쳐버리니 말이에요." 그는 장례식장에라도 온 듯한 어조로 말했다.

그는 억지로 몸을 추슬러 문 안으로 들어갔고, 아서와 포드는 서로를 쳐다보며 어깨를 으쓱했다. 안에서 다시 마빈의 목소리가 들려왔다.

"그 외계인들을 지금 보고 싶으시겠죠. 제가 녹이 슬도록 구석에 죽치고 앉아 있어드릴까요, 아니면 지금 이 자리에 선 채 산산이 분해되어버릴까요?" 그가 말했다.

"알았어. 그냥 그 사람들을 안으로 좀 데리고 와주겠어, 마빈?"
또 다른 목소리가 말했다.

아서는 포드에게 눈을 돌렸다가 그가 웃고 있는 것을 보고 깜짝
놀랐다.

"왜……?"

"쉿, 어서 들어와." 포드가 말했다.

그는 브리지 안으로 걸어 들어갔다.

아서는 불안해하며 포드를 따라 들어가다가, 조종 계기판 위에
발을 얹은 채 의자에 축 늘어져 앉아 왼손으로 오른쪽 얼굴 쪽의
이를 쑤시고 있는 남자를 보고 기겁했다. 오른쪽 머리는 이 작업에
완전히 몰두해 있는 듯했지만, 왼쪽 머리는 느긋하고 무심하게 함
박 미소를 띠고 있었다. 두 눈으로 보고 있으면서도 믿을 수 없는
일들이 아서에게는 너무나 많았다. 그의 입은 딱 벌어진 채 한동안
다물어질 줄 몰랐다.

그 괴상한 남자는 오싹할 정도로 무심한 애정을 담아 포드에게
느릿느릿 손을 흔들어 인사했다. "야, 포드, 어떻게 지냈나? 들러
줘서 고마워."

포드도 이에 질세라 산뜻하게 대답했다.

"자포드, 만나서 반갑네. 좋아 보이는군. 그 새 팔도 잘 어울리고
말이야. 좋은 우주선을 훔쳤군." 그는 점잔을 빼며 느릿느릿 말했
다.

아서는 왕방울 눈을 하고 그를 쳐다봤다.

"이 사람을 안단 말이야?" 그가 자포드를 향해 마구 손가락질을 해대며 말했다.

"이 사람을 아냐고?" 포드가 냅다 소리를 질렀다. "이 사람은 ……." 그는 잠시 말을 멈추더니, 다른 식으로 소개하기로 마음을 먹었다.

"아, 자포드, 이 사람은 내 친구 아서 덴트야. 이 친구네 행성이 폭발할 때 내가 구했지."

"물론 그랬겠지. 안녕하신가, 아서. 살아 나왔다니 기쁘네." 자포드가 말했다. 그의 오른쪽 머리는 무심하게 돌아보더니 "안녕" 하고 말하고는 다시 이 쑤시는 일을 계속했다.

포드가 말을 이었다. "그리고 아서, 여기는 내 사촌뻘인 자포드 비블……."

"우리 만난 적 있죠." 아서가 날카롭게 말했다.

추월선을 타고 주행하며 쌩쌩 달려가는 차 몇 대를 느긋하게 제치고 기분이 꽤나 좋아져 있던 참에 우발적으로 기어를 4단에서 3단 아닌 1단으로 바꿔버렸을 때의 느낌, 그래서 엔진이 엉망진창이 되어 후드에서 튀어나올 것만 같은 그런 느낌을 아는가. 그러면 달리던 리듬을 완전히 잃어버리게 되는데, 지금 아서의 말이 딱 그런 식으로 포드의 리듬을 완전히 앗아가 버렸다.

"뭐라고?" 그가 말했다.

"우리가 만난 적 있다고요."

자포드는 어색하게 깜짝 놀라며 횡설수설했다.

"이봐……우리가? 그러니까……에……."

포드는 화가 나서 눈을 부라리며 아서를 돌아봤다. 이제 고향에 돌아온 느낌이 들자, 그는 영국 일퍼드에 사는 모기가 북경의 생활에 대해 아는 것만큼도 은하계에 대해 알지 못하는 무식한 원시인을 떠맡은 것이 갑자기 화가 나기 시작했다.

"만난 일이 있다니 무슨 소리야?" 그가 해명을 요구했다. "이 친구는 베텔게우스 제5행성 출신의 자포드 비블브락스야. 알아? 영국 크로이던 출신의 빌어먹을 마틴 스미스가 아니라고."

"상관없어. 우리 만난 적 있죠, 네? 자포드 비블브락스……아니면 필……이라 불러야 하나?" 아서가 냉담하게 말했다.

"무슨 소리야!" 포드가 버럭 소리를 질렀다.

"내게 기억을 되살려줘야 할 거야. 나는 종족들을 잘 기억하지 못하거든." 자포드가 말했다.

"파티에서." 아서는 고집을 꺾지 않았다.

"그래? 글쎄, 과연 그럴까." 자포드가 말했다.

"정신 좀 차려, 응? 아서!" 포드가 다그쳤다.

말려도 소용없었다. "육 개월 전에 있었던 파티에서. 지구의……영국의……."

자포드는 입을 꾹 다물고 미소를 머금은 채 머리를 가로저었다.

"런던, 이즐링턴." 아서가 끈덕지게 말했다.

"아, 그 파티!" 자포드가 뜨끔해하며 말했다.

이건 포드에게는 전혀 공정하지 않았다. 그는 아서와 자포드를 번갈아 쳐다보았다. 그가 자포드에게 말했다. "뭐야? 설마 너도 그 젠장맞을 행성에 갔던 것은 아니겠지?"

"물론 아니야. 글쎄, 어디 가는 길에 잠깐 들렀을 수는 있겠지……." 자포드는 태평스럽게 말했다.

"하지만 난 거기에 십오 년이나 처박혀 있었다고!"

"저런, 난 몰랐는걸."

"그런데 넌 거기서 뭘 하고 있었던 거야?"

"알잖아. 여기저기 둘러보았지."

"저자가 파티장 문을 부수고 쳐들어왔어. 가장 무도회에……." 아서가 분노로 치를 떨며 말했다.

"왜 아니었겠어. 안 그래?" 포드가 말했다.

"그 파티에 어떤 여자가 있었어……뭐, 좋아. 이젠 상관도 없어. 이제는 모든 게 연기 속으로 날아가 버렸으니까……." 아서는 계속 주장했다.

"그 빌어먹을 행성에 대해서 이제 그만 좀 하라고. 그 여자가 누구였는데?" 포드가 말했다.

"아, 그냥 어떤 여자. 그래 맞아, 나는 그 여자하고 잘 안 됐어. 저녁 내내 노력을 했는데 말이야. 젠장, 그 여자는 뭔가 대단했어. 예쁘고 매력적이고 끔찍하게 지적이었지. 마침내 그녀를 혼자 차지해서 이제 이야기를 좀 해보려던 참에 저기 있는 네 친구가 난데없이 끼어들어서 이러는 거야. '이것 봐요, 예쁜 아가씨, 이 친구가 지루하게 하나 보죠? 대신에 나하고 얘기 좀 하는 게 어때요? 나는 다른 행성에서 왔거든.' 그러고는 그녀를 다시는 못 봤지."

"자포드가?" 포드가 외쳤다.

"그래." 아서는 자기가 바보 같다고 생각하지 않으려 애쓰며 그를 노려보았다. "그때는 손 두 개하고 머리 하나밖에 없었어. 이름도 필이라고 했고. 하지만……."

"하지만 저 사람이 결국 다른 행성에서 왔다는 것만은 인정해야 할걸." 트릴리언이 브리지의 다른 쪽 끝에서 나타나며 말했다. 그녀는 아서에게 상쾌한 미소를 지어 보였는데, 그건 그에게 마치 벽돌 일 톤과도 같은 충격을 주었다. 그녀는 다시 조종 계기판으로 시선을 돌렸다.

몇 초 동안 침묵이 흘렀다. 그러고 나서야 엉망진창으로 엉켜버린 아서의 머릿속에서 몇 마디 말이 간신히 빠져나왔다.

"트리시아 맥밀런? 여기서 뭐 하는 거야?"

"너와 마찬가지야. 나도 얻어 탔거든. 수학 학위에 천체물리학 학위까지 가지고 결국 달리 할 일이 뭐가 있겠어? 히치하이크를 하거나 아니면 월요일마다 실업자 수당을 받으러 줄을 서는 거겠지." 그녀가 말했다.

"무한 마이너스 일. 불가능 확률 합산 끝." 컴퓨터가 재잘거렸다.

자포드는 자기 얼굴, 포드, 아서, 트릴리언을 차례로 쳐다보았다.

"트릴리언, 불가능 확률 추진기를 사용할 때마다 이런 일이 일어나게 될까?" 그가 말했다.

"십중팔구 그렇겠지, 안됐지만." 그녀가 말했다.

14

순수한 마음 호는 지금 캄캄한 우주 공간을 보통의 광자 추진으로 조용히 비행하고 있었다. 승무원 네 명은 마음이 편치 않았다. 그들이 그렇게 모이게 된 것이 그들 자신의 자발적 의지나 단순한 우연에 의해서가 아니라 어떤 물리학 현상의 이상한 뒤틀림 때문이라는 사실을 깨달았기 때문이었다. 마치 원자와 분자들의 관계를 지배하는 법칙들이 인간들의 관계 역시 지배하고 있는 것만 같았다.

선내에 인공 밤이 찾아오자, 그들은 자기 방으로 돌아갈 수 있다는 데 감사하며 각자 자기 생각을 정리해보려 애썼다.

트릴리언은 잠을 이룰 수가 없었다. 그녀는 안락의자에 앉아 작은 새장을 물끄러미 쳐다봤다. 그 안에는 지구와 그녀를 연결해주는 유일한 마지막 연결 고리가 담겨 있었다. 그녀가 자포드를 설득해 가져올 수 있었던 하얀 생쥐 두 마리였다. 다시는 그 행성을 보지 못하리라는 예상은 하고 있었다. 하지만 막상 그 행성이 파괴되었다는 소식을 들었을 때 자신이 보인 부정적인 반응 때문에 그녀는 심란해졌다. 그 사실은 너무도 아득하고 비현실적이어서 도대체 무슨 생각을 어떻게 해야 할지 알 수가 없었다. 그녀는 새장 속을 부지런히 돌아다니다가 그녀의 관심을 온통 사로잡을 때까지 작은 플라스틱 쳇바퀴를 죽어라고 돌려대는 생쥐들을 바라봤다. 그녀는 갑자기 머리를 절레절레 흔들더니 브리지로 돌아가 텅 빈 우주 공간을 비행 중인 우주선의 위치를 알려주는 작은 불빛과 숫자들이 깜박이는 모습을 지켜봤다. 그녀는 자신이 생각하지 않으려 애쓰는 것이 무엇인지 알고 싶었다.

자포드는 잠을 이룰 수가 없었다. 자포드도 자신이 떨쳐버리려고 노력하는 생각이 무엇인지 알고 싶었다. 그가 기억하는 한, 그는 자신이 제정신이 아닌 것 같다는 막연한 괴로움으로 고통 받아왔다. 대부분의 경우 그는 그런 생각을 제쳐버림으로써 걱정하지 않고 지낼 수 있었다. 하지만 포드 프리펙트와 아서 덴트의 돌연하면서도 불가해한 방문 때문에 그런 느낌이 되살아났다.

포드는 잠을 이룰 수가 없었다. 그는 다시 여행을 하게 되어 얼마나 기쁜지 몰랐다. 십오 년 간의 수감 생활이나 다름없는 생활이 마침내 그가 희망을 거의 포기하려는 바로 그 순간 끝이 난 것이었다. 자포드와 우주를 떠돌아다닌다면 재미야 보장된 것이나 다름없었다. 다만, 뭐라고 꼬집어 말할 수는 없지만 이 사촌뻘 친구에게는 묘하게 이상한 구석이 있었다. 그가 은하계의 대통령이 되었다는 사실은 솔직히 놀라웠다. 그 직위를 떠난 방식도 그에 못지않게 놀라웠지만 말이다. 거기 뭔가 숨겨진 까닭이라도 있었을까? 자포드에게 묻는 것은 소용없는 짓일 것이다. 이제껏 그가 저지른 어떤 일에도 이유가 있어 보이지는 않았으니까. 그는 이 불가해함을 예술로 승화해버렸다. 그는 특이한 천재성과 천진난만한 무능함을 섞어서 삶의 모든 것을 공격했는데, 어느 게 천재성이고 어느 게 무능함인지 구별해내기란 종종 힘든 일이었다.

아서는 잠을 이뤘다. 그는 끔찍하게 피곤했다.

누군가 자포드의 문을 두드렸다. 문이 스르르 열렸다.

"자포드……?"

"응?"

트릴리언이 타원형의 빛으로 둘러싸인 채 서 있었다.

"네가 찾던 것을 막 찾은 것 같아."

"여어, 그래?"

포드는 잠자려는 노력을 포기했다. 그의 선실 구석에는 작은 컴퓨터 스크린과 자판이 놓여 있었다. 그는 그 앞에 잠시 앉아 《안내서》에 넣을 보고인에 관한 새 항목을 써보려고 했다. 하지만 충분히 신랄한 문장이 떠오르지 않자 그것 역시 포기하고, 침실 가운을 걸친 뒤 브리지로 산책을 나섰다.

그는 브리지에 들어서다가 두 인물이 흥분해서 계기판에 몸을 기울이고 있는 것을 보고 놀랐다.

"봤어? 우리 우주선이 이제 막 궤도에 진입하려는 중이라고. 저기 그 행성이 있어. 네가 예상했던 좌표에 정확하게 있다고." 트릴리언이 말했다.

자포드가 인기척을 듣고 고개를 들었다.

"포드! 여어, 이리 와서 이걸 좀 봐." 그가 소리쳤다.

포드가 다가가서 그것을 봤다. 스크린에 일련의 숫자들이 반짝이며 지나가고 있었다.

"저 은하 좌표 알아보겠어?" 자포드가 말했다.

"아니."

"내가 힌트를 주지. 컴퓨터!"

"안녕하십니까, 여러분!" 컴퓨터는 감격했다. "점점 즐거운 사교의 자리가 되어가는군요. 그렇죠?"

"입 닥치고 스크린들이나 보여줘." 자포드가 말했다.

브리지의 불빛들이 사그라졌다. 핀 조명들이 계기판 위를 돌아다니다가 외부 모니터 스크린에 집중된 네 쌍의 눈들에 반사됐다.

스크린에는 아무것도 보이지 않았다.

"저거 알아보겠어?" 자포드가 속삭였다.

포드가 얼굴을 찌푸렸다.

"음, 아니."

"뭐가 보이지?"

"아무것도."

"그게 뭔지 모르겠어?"

"도대체 뭘 말하는 거야?"

"우리는 지금 말머리 성운에 들어와 있다고. 깜깜하고 거대한 구름 덩어리 속에 말이야."

"그걸 텅 빈 스크린을 보고 알아보란 말이야?"

"전 은하계에서 깜깜한 스크린을 볼 수 있는 곳이라곤 깜깜한 성운 안밖에 없다고."

"거 참 똑똑하시군."

자포드는 웃음을 터뜨렸다. 그는 분명 무엇인가에 굉장히, 거의 어린아이처럼 흥분해 있었다.

"야아, 이거 정말 굉장한데. 정말 기가 막히는군!"

"먼지투성이 구름 속에 갇혀 있는 게 뭐가 그리 대단하지?" 포드가 물었다.

"여기서 뭘 찾을 수 있을 것 같아?" 자포드가 재촉했다.

"아무것도."

"별도, 행성도?"

"전혀."

"컴퓨터! 시야 각도를 백팔십 도 돌려. 그리고 아무 말도 하지 마!" 자포드가 소리쳤다.

한동안은 아무 일도 일어나지 않는 것 같았다. 그러더니 커다란 스크린의 구석에서 밝은 빛이 반짝였다. 작은 접시 크기의 붉은 별 하나가 스크린 안으로 슬며시 들어오더니 또 하나가 금세 뒤따라 등장했다. 쌍성(雙星)이었다. 그러고는 그 그림의 구석에 거대한 초승달 하나가 떠올랐다. 거기엔 빨간 빛에서 짙은 흑색으로 색조가 변하며 음영이 져 있었다. 그 행성의 밤 부분이었다.

"내가 찾았어! 내가 찾았다고!" 자포드가 계기판을 주먹으로 내리치며 외쳤다.

포드는 놀라서 스크린을 주시했다.

"저게 뭐지?" 그가 말했다.

"저건……." 자포드가 말했다. "이제껏 존재한 행성 중에서 가장 있을 법하지 않은 행성이야."

15

《은하수를 여행하는 히치하이커를 위한 안내서》634784쪽, 5a절, '마그라테아' 항목에서 발췌)

뿌연 안개에 싸인 저 과거의 옛 시절, 전대(前代) 은하 제국의 위대하고 영광스러운 시절에는 인생은 멋지고 풍요로웠으며 대략 면세였다.

거대한 우주선들이 이국적인 태양 사이를 부지런히 오가며 은하계의 가장 먼 변방에서 모험과 보상을 추구했다. 그 시절, 정신은 용감했고, 위험은 더 컸으며, 남자들은 남자다웠고, 여자들은 여자다웠고, 알파 켄타우리의 작은 털북숭이 생물들은 알파 켄타우리의 작은 털북숭이 생물다웠다. 그리고 모두들 알려지지 않은 공포에 용감히 맞서 싸웠고, 위대한 공훈을 세웠으며, 이전에는 누구도 감히 분리하지 못했던 부정사를 과감하게 분리했다. 그리고 그렇게 제국은 서서히 번영해나갔다.

물론 많은 사람들이 극도로 부유해졌다. 하지만 이는 전적으로 자연스러운 일이었으며 부끄러운 일이 아니었다. 정말로 가난한 사람은 아무도 없었기 때문이다. 적어도 언급할 가치가 있는 사람들 중에는 말이다. 그래서 최고로 부유하고 성공한 상인들에게는, 인생이란 어쩔 수 없이 다소 지루하고 까탈스러운 것이 되어버렸다. 그들은 이것이 그들이 살고 있는 세상 탓이라고 생각했다. 그 세상에는 마음에 딱 드는 것이라곤 하나도 없었다. 늦은 오후의 기후가 적당하지 않거나, 하루가 삼십 분 정도 너무 길거나, 바다색이 가장 못난 핑크색이라는 식이었다.

그리하여 경이적인 새로운 형태의 전문 산업이 태어날 조건이 성숙되었다. 이름 하여, 주문 제작 호화 행성 건설업이었다. 이 산업의 본거지는 마그라테아 행성이었다. 그곳에서 초공간 엔지니어들은 우주의 화이트홀을 통해 물질들을 빨아들여 황금 행성, 백금 행성, 지진이 빈번히 일어나는 물렁물렁한 고무 행성 등, 꿈의 행성들을 만들었다. 이 모든 행성들은 은하계 최고의 부자들이 응당 바라는 깐깐한 기준에 부합하도록 애정을 기울여 만들어졌다.

이 사업이 어찌나 성공적이었던지, 마그라테아 행성은 곧 역사상 가장 부유한 행성이 되었고 나머지 은하계는 영락하여 비참할 지경까지 가난해졌다. 그래서 그 시스템은 무너졌고 제국은 붕괴되었다. 그리고 십억의 배고픈 별들 위로 길고 긴 뾰루퉁한 침묵이 찾아들었으며, 그 침묵은 다만 계획적인 정치경제의 가치에 대한 그 잘난 논문들을 써대느라 밤을 새우는 학자들의 펜 소리에 의해서만 방해를 받을 뿐이었다.

마그라테아는 사라졌으며, 그에 관한 기억도 곧 모호한 전설의 영역으로 넘어가버렸다.

계몽된 이 시대에는, 물론, 아무도 그런 전설은 한마디도 믿지 않는다.

16

아서는 언쟁 소리에 잠이 깨어 브리지로 갔다. 포드가 팔을 이리저리 마구 흔들어대며 말하고 있었다.

"돌았구나, 자포드. 마그라테아는 전설이야. 동화라고. 그건 자식이 커서 경제학자가 되기를 바라는 부모들이 밤에 아이들에게 들려주는 이야기라고. 그건……."

"그런데 우리가 지금 그 별의 궤도를 돌고 있다니까." 자포드가 우겼다.

"이봐, 개인적으로 네가 어떤 궤도를 돌든 내가 어쩔 수는 없지만 이 우주선은……." 포드가 말했다.

"컴퓨터!" 자포드가 소리쳤다.

"아, 안 돼……."

"안녕하세요! 전 여러분의 우주선 탑재 컴퓨터 에디입니다. 저는 지금 아주 기분이 좋아요. 그래서 제게 어떤 프로그램을 돌리시든지 간에 대단히 재미있게 수행할 수 있다고 믿어 의심치 않습니다."

아서는 트릴리언에게 무슨 일이냐고 눈으로 물었다. 그녀는 그에게 들어와 조용히 있으라는 몸짓을 취했다.

"컴퓨터, 현재 우리의 궤도를 말해봐." 자포드가 말했다.

"기꺼이 말씀드리지요. 여러분, 우리는 현재 전설적인 행성 마그라테아의 지표로부터 삼백 마일 떨어진 곳에서 궤도를 돌고 있습니다." 컴퓨터가 흥분해서 지껄여댔다.

"그건 증거가 안 돼. 난 저 컴퓨터가 내 몸무게를 말한다 해도 믿지 않을 거야." 포드가 말했다.

"물론 그것도 해드릴 수가 있습니다. 선생님의 성격 문제를 소수점 열 자리까지 계산해드릴 수도 있습니다. 도움이 된다면요." 컴퓨터가 출력 테이프를 마구 뽑아내며 열성적으로 말했다.

트릴리언이 컴퓨터의 말을 막으며 끼어들었다.

"자포드, 이제 곧 우리는 이 행성의 낮 구역으로 들어가게 될 거야." 그녀가 말하고는 이렇게 덧붙였다. "이 행성이 무엇이든지 간에."

"이봐, 그게 무슨 말이야? 저 행성은 내가 예상한 장소에 있었잖아?"

"나도 거기 행성이 있다는 것은 알아. 누구랑 논쟁을 하려는 게 아니야. 난 그저 그게 마그라테아인지 아니면 단지 다른 어떤 차가운 돌덩어리들인지 구분을 못하겠다는 거야. 하지만 이제 새벽이 밝아오고 있어."

"알았어, 알았어." 자포드가 투덜거렸다. "최소한 우리 눈이라도 즐겁게 해주자고. 컴퓨터!"

"아, 안녕하세요! 무엇을 헤드……."

"입 닥치고 다시 행성이나 보여줘."

다시 한번 아무 특징도 없는 시커먼 덩어리가 스크린을 가득 채웠다. 그들 아래에서 행성이 돌고 있었다.

그들은 잠시 침묵하며 그 행성을 지켜보았지만, 자포드는 흥분해서 안절부절못했다.

"우리는 이제 밤 쪽을 통과하고 있어." 그가 숨죽여 말했다.

행성은 계속해서 돌고 있었다.

"저 행성의 지표는 우리 아래로 삼백 마일밖에 떨어지지 않은 곳에 있어……." 그가 계속해서 말했다. 그는 자기가 생각하기에 위대한 순간이었어야 할 이 순간의 감흥을 되찾으려고 노력했다. 마그라테아! 그는 포드의 회의적인 반응으로 감정이 상했다. 마그라테아!

"이제 몇 초 후면……보일 거야……바로 저기에!" 그가 말을 이었다.

그 순간이 자세를 가다듬었다. 성간(星間) 여행으로 잔뼈가 굵은 최고의 히치하이커라고 해도 우주 공간에서 보는 일출의 장대한 드라마에는 전율하지 않을 수 없었다. 게다가 쌍성의 일출은 은하계에서도 가장 경이로운 것들 중 하나였다.

칠흑같이 깜깜한 공간에서 갑자기 한 줄기 눈부신 빛이 눈을 찔렀다. 그 빛은 서서히 뻗어 올라오더니 가느다란 초승달 모양으로 양쪽으로 길게 펼쳐졌다. 그러더니 곧 빛의 용광로와도 같은 두 개의 태양이 나타나 검은 지평선을 하얀 불꽃으로 활활 태웠다. 맹렬한 빛의 화살들이 그들 아래에 있는 엷은 대기를 뚫고 줄무늬처럼 퍼져나갔다.

"새벽의 불빛……! 두 태양, 소울리아니스와 람……!" 자포드가 헉헉거리며 말했다.

"아닐지도 모르지." 포드가 나직이 말했다.

"소울리아니스와 람 맞아!" 자포드가 우겼다.

태양들은 우주 공간 높이 떠올랐고 브리지 안에는 낮고 으스스한 음악이 흐르고 있었다. 인간을 너무나도 미워하는 마빈이 비꼬는 듯한 콧노래를 부르고 있었던 것이다.

그들 앞에 펼쳐진 빛의 장관을 응시하던 포드는 몸 깊은 곳으로부터 흥분이 타오르는 것을 느꼈다. 하지만 그것은 이상한 새 행성을 보는 흥분 이상은 아니었다. 있는 그대로의 행성을 구경하는 것만으로도 그에게는 충분했다. 그는 자포드가 이 장면을 즐기기 위해 여기에 우스꽝스러운 환상을 강요해야만 한다는 것이 좀 짜증스러웠다. 마그라테아니 어쩌니 하는 이 말도 안 되는 이야기들이 그에게는 유치하기 짝이 없었다. 정원 아래에 요정들이 살고 있다고 믿지 않아도 정원의 아름다움을 충분히 즐길 수 있잖은가?

마그라테아니 어쩌니 하는 이야기들이 아서에게는 도무지 이해가 되지 않았다. 그는 트릴리언에게 주춤주춤 다가가 도대체 무슨 일이냐고 물었다.

"나도 자포드한테 들은 것 이상은 몰라. 마그라테아란 아무도 진짜로는 믿지 않는 오래된 전설인 것 같아. 지구의 아틀란티스 같은 거지. 마그라테아인들이 행성을 제조하는 사람들이었다는 점을 빼면 말이야." 그녀가 속삭였다.

아서는 눈을 껌벅이며 스크린을 바라보다가 자신이 뭔가 중요한 것을 잊고 있는 듯한 기분을 느꼈다. 그게 무엇인지 그는 문득 깨달았다.

"이 우주선에는 홍차가 없나?" 그가 물었다.

순수한 마음 호가 궤도를 돌며 진입해 들어가자 그들 아래로 행성이 점점 더 그 모습을 드러냈다. 이제 태양들은 검은 하늘 높이 떠 있었고 새벽의 불꽃놀이는 끝난 터였다. 그 행성의 표면은 대낮의 햇살 속에서 황량하고 험악하게 보였다. 회색이고 먼지투성이고 기복이 거의 없었다. 행성은 납골당만큼이나 차갑게 죽어 있었다. 때때로 지평선 저편에 뭔가 있을 듯한 형체들이 나타났다. 협곡이나 산, 어쩌면 도시일지도 몰랐다. 하지만 그들이 접근해가면 그 형체들은 점차 윤곽이 무디어지면서 이름 없는 존재로 희미하게 사라져버렸다. 어떤 일도 일어나지 않을 것 같았다. 그 행성의 지표는 세월에 의해, 또한 수많은 세기 동안 그 지표 위를 기어 다닌 희박하고 정체된 대기에 의해 침식되었다.

이 행성은 대단히, 대단히 오래되었음이 분명했다.

그들 아래에서 움직이고 있는 잿빛 경치들을 내려다보면서 포드는 잠깐 동안 혹시나 하는 의혹을 가졌다. 그 엄청난 영겁의 시간이 그를 짓눌렀다. 그 시간의 존재감이 거의 느껴질 정도였다. 그는 침을 삼켰다.

"혹시라도 이 행성이……."

"이 행성이 바로 그거야." 자포드가 말했다.

"물론 그렇지는 않지만." 포드가 말을 이었다. "도대체 여기서 뭘 하려는 거야? 여기엔 아무것도 없는데."

"지표에는 없지." 자포드가 말했다.

"좋아. 저기 뭐가 있다고 치자. 난 네가 순전히 산업 고고학적인 관심만으로 여기 오지는 않았다는 걸 알고 있어. 네가 찾는 게 뭐야?"

자포드의 얼굴 중 하나가 고개를 돌렸다. 다른 얼굴도 첫 번째 얼굴이 보고 있는 게 뭔지 알고 싶어서 고개를 돌렸지만, 처음 것은 딱히 뭘 보고 있지 않았다.

"글쎄, 일부는 호기심 때문이고, 일부는 모험을 위해서지만, 주로 명성과 부를 위해서지……." 자포드가 경쾌하게 대꾸했다.

포드는 그를 날카롭게 쏘아보았다. 그는 자포드가 자신이 왜 여기에 왔는지 전혀 모르고 있다는 인상을 강렬하게 받았다.

"나는 저 행성 모양이 맘에 안 들어." 트릴리언이 몸을 떨며 말했다.

"아, 신경 쓰지 마. 전대 은하 제국 재산의 반이 어딘가에 감춰져 있는 별이라면 좀 초라하게 보여도 되는 거야." 자포드가 말했다.

개소리. 포드는 생각했다. 이것이 지금은 먼지가 되어버린 어떤 고대 문명의 발상지라 쳐도, 아니, 그보다 더 극도로 말이 안 되는 일들을 가정한다 해도, 이곳에 어떤 형식으로든 지금도 의미가 있는 막대한 보물이 감춰져 있다는 것은 말도 안 되는 일이었다. 그는 어깨를 으쓱했다.

"난 이게 그냥 죽은 행성인 것 같은데." 그가 말했다.

"나는 긴장돼 죽겠어." 아서가 퉁명스레 말했다.

스트레스와 긴장은 이제 은하계 전역에서 심각한 사회 문제다. 그러니 상황을 조금이라도 더 악화시키지 않기 위해 다음 사실들을 미리 밝혀두도록 하겠다.

사실 문제의 행성은 바로 그 전설적인 마그라테아였다.

곧이어 고대 자동 방어 시스템의 치명적인 미사일 공격이 시작될 예정이었지만, 그 결과는 단지 커피 잔 세 개와 생쥐 우리의 파손, 누군가의 팔뚝에 생긴 찰과상, 그리고 피튜니아 화분 하나와 죄 없는 향유고래의 때 아닌 창조와 갑작스러운 소멸에 지나지 않을 터였다.

하지만 아직 약간의 미스터리를 남겨두기 위해 누구의 팔에 찰과상이 생겼는지에 대해서는 밝히지 않겠다. 이 사실은 전혀 중요하지 않으므로 긴장의 대상으로 남겨두어도 무방할 것이다.

17

꽤나 위태롭게 하루를 시작한 후, 전날의 충격으로 산산조각났던 아서의 정신은 제자리를 찾아가기 시작했다. 그는 뉴트리-매틱이라는 기계를 찾아내, 홍차와는 거의 전적으로 다른, 그러나 완전히 다르지는 않은 액체를 한 컵 제공받았다. 그 기계가 일하는 방식은 매우 특이했다. '음료' 버튼을 누르면 그 기계는 버튼을 누른 사람의 미각돌기를 즉시, 그리고 철저하게 검사하고, 그의 신진대사에 대한 스펙트럼 분석을 시행한 뒤, 그의 두뇌의 미각 중추에 이르는 신경 통로에 실험적인 신호를 살짝 보내 그에게 과연 어떤 음료가 잘 넘어갈지를 알아보았다. 하지만 아무도 이 기계가 왜 그런 일을 하는지 알지 못했다. 왜냐하면 그것은 매번 홍차와는 거의 전적으로 다른, 그러나 완전히 다르지는 않은 액체를 한 컵 가득 내놓았기 때문이다. 뉴트리-매틱은 시리우스 사이버네틱스 주식회사가 설계, 제작한 것인데, 그 회사의 고객 불만 처리 부서는 이제 시리우스 타우 성단 내 첫 세 개 행성의 땅을 대부분 차지하고 있다.

아서는 그 액체를 마시고 기분이 좀 나아졌다. 그는 다시 스크린을 올려다보며 삭막하기 이를 데 없는 회색빛 땅이 수백 마일 더 지나가는 것을 지켜보았다. 불현듯, 계속 자신을 괴롭히고 있는 어떤 의문을 풀어야겠다는 생각이 들었다.

"저거 안전할까?" 그가 말했다.

"마그라테아는 죽은 지 오백만 년이 됐어. 당연히 안전하지. 유령들조차 지금쯤은 어딘가에 자리를 잡고 가정을 이뤘을걸." 자포드가 말했다.

바로 그때 갑자기 이상하고도 설명할 수 없는 소리가 브리지 내에 울려 퍼졌다. 멀리서 들려오는 팡파르 소리 같기도 한, 텅 빈 피리 소리 같은 비현실적인 느낌의 소리였다. 그 뒤를 이어 마찬가지로 텅 빈 피리 소리 같은 비현실적인 느낌의 목소리가 들려왔다.

"인사드립니다……."

죽은 행성에서 누군가가 그들에게 말을 걸고 있었다.

"컴퓨터!" 자포드가 소리쳤다.

"안녕하세요, 여러분!"

"저게 도대체 뭐지?"

"아, 그냥 오백만 년 묵은 녹음 테이프가 우리에게 방송되는 겁니다."

"뭐? 녹음 테이프?"

"쉿! 얘기가 계속되고 있어." 포드가 말했다.

그 목소리는 연륜이 있고, 정중했으며, 매혹적이기까지 했다. 하지만 그 아래서는 의심의 여지 없이 위협적인 어조가 느껴졌다.

"이것은 녹음된 공지입니다. 죄송하지만, 저희는 지금 모두 외출 중입니다. 마그라테아의 상업 위원회는 여러분이 방문하신 것으로 간주하고 일단 감사드립니다……."

("고대 마그라테아의 목소리야!" 자포드가 외쳤다. "알았어, 알았다고." 포드가 말했다.)

"……하지만 안타깝게도, 전 행성은 일시적으로 업무를 중단했습니다. 고맙습니다. 이름과 연락 가능한 행성의 주소를 남기고 싶으시면, 삐 소리가 난 뒤에 말씀해주시기 바랍니다." 목소리가 말을 이었다.

뒤 이어 짧게 버저가 울린 뒤 잠잠해졌다.

"우리가 떠나길 바라는데." 트릴리언이 초조하게 말했다. "어떻게 하지?"

"그냥 녹음 내용일 뿐이야. 우린 계속 가는 거야. 알았나, 컴퓨터?" 자포드가 말했다.

"알겠습니다." 컴퓨터가 대답한 뒤 우주선의 속력을 더 높였다.

그들은 기다렸다.

일 초쯤 지난 후 다시 한번 팡파르가 울리더니 목소리가 흘러나왔다.

"우리가 다시 사업을 재개하게 되면, 모든 유명 잡지 광고와 총천연색 부록들에 공고가 실릴 것입니다. 그러면 고객들께서는 현존하는 지형들 중에서 최고의 것들을 얼마든지 선택하실 수 있게 됩니다." 목소리에서 위협조가 더욱 두드러졌다. "그날까지, 고객 여러분의 친절하신 관심에 사의를 표하며 이만 떠나주실 것을 요구합니다. 당장!"

아서는 동료들의 불안한 얼굴들을 둘러보았다.

"자, 그럼 이제 돌아갈 수밖에 없겠지?" 그가 제안했다.

"쉿! 걱정할 건 조금도 없어." 자포드가 말했다.

"그럼 왜 모두들 이렇게 긴장해 있는 건데?"

"모두들 재미있어하는 거야! 컴퓨터, 대기권으로 진입하고 착륙할 준비를 해." 자포드가 소리쳤다.

이번 팡파르는 꽤나 형식적인 느낌이었고, 예의 목소리는 이제 냉랭하기 그지없었다.

"이거 정말 대단히 감사합니다. 우리 행성에 그렇게나 열성을 보여주시니 말입니다. 그래서 드리는 말씀인데, 가장 열성적인 고객 모두에게 드리는 특별 서비스의 일환으로 현재 유도 미사일들이 여러분의 우주선을 겨냥하고 있다는 사실을 알려드립니다. 선발대로 나가는 완전 무장 핵탄두들은 물론 특별 우대 품목입니다. 그럼 다음 생에서 뵙게 되기를 고대하며……감사합니다."

목소리가 뚝 끊겼다.

"아." 트릴리언이 말했다.

"음……." 아서가 말했다.

"어쩐다?" 포드가 말했다.

"이봐, 정말 그렇게 못 알아듣겠어? 저건 그저 녹음된 음성이라고. 몇백만 년 전의 목소리야. 우리한테 하는 소리가 아니라고, 알겠어?" 자포드가 말했다.

"그럼 미사일은 뭐고?" 트릴리언이 조용히 말했다.

"미사일? 웃기지 좀 마."

포드가 자포드의 어깨를 톡톡 두드리며 후방 스크린을 가리켰다. 은색 다트 두 개가 대기권을 뚫고 우주선을 향해 올라오는 것이 저 멀리 뒤에서 분명하게 보였다. 그것들을 재빨리 확대해 가까이 잡아봤더니, 거대한 진짜 로켓 두 개가 하늘을 가로질러 우레처럼 돌진해 오고 있었다. 그 갑작스러움은 충격적이었다.

"저 사람들, 우리한테 하는 말이라는 걸 확실히 해두려는 것 같은데." 포드가 말했다.

자포드는 넋을 놓고 그것들을 바라보았다.

"이거 정말 굉장한걸! 저 아래 있는 누군가가 우릴 죽이려고 해." 그가 말했다.

"꽤나 굉장하군." 아서가 말했다.

"저게 뭘 말하는지 모르겠어?"

"알아. 우리가 죽게 될 거라는 거지."

"그래, 하지만 그거 말고."

"그거 말고?"

"우리가 뭔가를 제대로 짚었다는 거지!"

"그 뭔가에서 얼마나 빨리 도망갈 수 있을까?"

일 초 일 초가 지날수록 스크린에 나타나는 미사일은 자꾸만 커져갔다. 그것들이 표적을 향해 똑바로 방향을 바꾸자 이제는 머리를 들이밀며 달려드는 그 탄두밖에 보이지 않았다.

"궁금해서 하는 말인데, 이제 어떻게 하지?" 트릴리언이 말했다.

"그냥 진정하고 있어." 자포드가 말했다.

"그게 전부야?" 아서가 고함을 질렀다.

"아니, 그리고 또 우리는……음……회피 기동을 하는 거지." 자포드가 갑자기 공포에 질리며 말했다. "컴퓨터, 우리가 할 수 있는 회피 기동이 뭐지?"

"안됐지만, 없습니다, 여러분." 컴퓨터가 말했다.

"아니면 뭔가 다른 걸 하는 거야." 자포드가 말했다. "……에에, 그러니까……."

"뭔가 제 항법 장치를 방해하고 있는 것 같습니다. 충돌 사십오 초 전. 긴장을 푸시는 데 도움이 된다면 저를 에디라고 불러주세요." 컴퓨터가 경쾌하게 설명했다.

자포드는 똑같이 결정적인 여러 개의 방향으로 동시에 달려가고자 했다.

"그거야! 음……우리가 수동 조작으로 우주선을 움직여야겠어." 그가 말했다.

"네가 조종할 수 있어?" 포드가 기뻐하며 말했다.

"아니, 너는?"

"아니."

"트릴리언, 너는?"

"아니."

"좋아. 다 같이 하는 거야." 자포드가 안심한 듯 말했다.

"나도 못해." 이제 자기도 슬슬 나설 때가 됐다고 느낀 아서가 말했다.

"그럴 줄 알았어. 좋아, 컴퓨터, 당장 전면 수동 조종으로 바꿀 것." 자포드가 말했다.

"알았습니다." 컴퓨터가 말했다.

데스크 제어판 몇 개가 미끄러지며 열리더니 한 줄로 늘어선 조종간들이 그 안에서 튀어나왔다. 폴리스티렌 포장 조각들과 셀로판 껍질도 아직 다 떼지 않은 모습이었다. 이 조종 장치들은 한 번도 사용된 적이 없는 모양이었다.

자포드는 이것들을 사납게 노려보았다.

"좋아, 포드, 우현 십 도 방향으로 최고 출력으로 후진할 것. 아니면 말고……." 그가 말했다.

"행운을 빕니다, 여러분. 충돌 삼십 초 전……." 컴퓨터가 재잘거렸다.

포드가 조종 장치에 달려들었다. 얼핏 봐서 그중 몇 개 외에는 뭐가 뭔지 알 수 없었기 때문에 그는 알 것 같은 조종간들만 잡아당겼다. 유도 로켓 추진기가 동시에 사방으로 우주선을 몰고 가려하자 우주선은 요동치며 비명을 질렀다. 그가 추진력을 반으로 줄이자, 우주선은 미친 듯이 선회하더니 미사일들이 달려드는 방향으로 거꾸로 돌아섰다.

눈 깜짝할 사이에 벽에서 에어백들이 터져 나왔고 모두들 거기에 내팽개쳐졌다. 몇 초 동안 그들은 관성에 의해 꼼짝도 못하고 납작하게 처박혀서 숨을 헐떡이며 꿈틀거렸다. 자포드는 미친 듯이 버둥거리며 팔을 뻗어보려 애쓰다가 마침내 항법 장치의 일부를 이루고 있는 작은 레버 하나를 모질게 걷어찼다.

레버는 뚝 부러져버렸다. 우주선은 선체를 홱 틀더니 위로 쏜살같이 솟구쳐 올랐다. 승무원들은 선실을 가로질러 반대편으로 나동그라졌다. 포드의 《은하수를 여행하는 히치하이커를 위한 안내서》는 다른 쪽 조종 계기판을 강타했고, 그 여파로 《안내서》는 경청하는 사람도 없는 상황에서 안타리아 잉꼬새의 땀샘선을 안타레스 행성에서 밀반출해내는 최선의 방법에 대해 설명하기 시작했다(작은 막대에 붙인 안타리아 잉꼬의 땀샘선은 보기에는 역겹지만 대단히 인기 있는 칵테일 안주다. 몇몇 바보 부자들은 다른 바보 부자들을 탄복하게 만들려고 종종 거기에 엄청난 돈을 지불한다). 그리고 우주선이 갑자기 돌덩이처럼 하늘에서 뚝 떨어지기 시작했다.

승무원 중 하나가 팔뚝에 심한 찰과상을 입은 것은 물론 바로 이때쯤이었다. 이 사실은 당연히 강조해야 하는데, 왜냐하면 이미 앞에서 밝힌 바와 같이 그 찰과상을 제외하면 그들은 결과적으로 어떤 해도 입지 않고 그 자리를 모면한 셈이며, 그 치명적인 핵탄두 미사일들은 결국 우주선을 명중시키지 못하기 때문이다. 승무원의 안전은 절대적으로 보장되어 있다.

"충돌 이십 초 전입니다. 여러분……." 컴퓨터가 말했다.

"그러면 저 빌어먹을 엔진을 좀 다시 켜봐!" 자포드가 외쳤다.

"아, 당연히 그래야지요, 여러분." 컴퓨터가 말했다.

미세하게 으르렁거리는 소리와 더불어 엔진이 다시 들어오자, 우주선은 다이빙 자세에서 부드럽게 수평 비행으로 전환하여 다시 미사일을 향해 머리를 돌렸다.

컴퓨터는 노래를 부르기 시작했다.

"폭풍 속을 걸어갈 때는……머리를 높이 쳐들고 가세요……." 컴퓨터가 콧소리를 내며 징징거렸다.

자포드가 닥치라고 소리를 질렀지만, 목전에 닥친 파괴의 소음이라고밖에 생각할 수 없는 굉장한 소리가 나는 바람에 그의 고함 소리는 아무에게도 들리지 않았다.

"그리고……어둠을……두려워하지……마세요!" 에디가 울부짖었다.

우주선이 수평 비행으로 전환할 때 실은 거꾸로 뒤집힌 채 그렇게 돼버린 것이었다. 이제 승무원들은 모두 천장에 눕게 된 형편이라 누구도 항법 장치에 도달할 방법이 없었다.

"폭풍이 지나가고 나면……." 에디는 계속 주절주절 노래를 불렀다.

두 기의 미사일이 스크린에 으스스한 거대한 몸집을 보이며 배를 향해 돌진해 왔다.

"황금빛 하늘이……."

하지만 기이한 행운에 의해 그 미사일들은 미친 듯이 지그재그로 비행하고 있는 우주선의 궤도에 자신의 비행 궤도를 아직 맞추지 못했고, 덕분에 미사일들은 우주선 바로 아래를 통과해 지나가버렸다.

"종달새는 은빛 목소리로 노래하리니……충돌 시간 변경, 십오 초 전입니다, 여러분……바람 속을 계속 걸어라……."

미사일들은 급브레이크를 밟듯이 끼이익 하고 아치를 그리며 선회하더니 다시 추적에 돌입했다.

"이제 끝장이야. 이제 정말 죽게 되는 거야, 그렇지?" 아서가 그것들을 바라보며 말했다.

"너, 그 말 좀 그만 했으면 좋겠다." 포드가 고함을 질렀다.

"글쎄, 사실이 그렇잖아. 아니야?"

"맞아."

"빗속을 계속 걸어라……."

아서에게 어떤 생각이 퍼뜩 떠올랐다. 그는 간신히 자리에서 일어섰다.

"왜 아무도 그 불가능 확률 추진긴지 뭔지를 켜지 않는 거야?" 그가 말했다. "거기에 손이 닿을 수 있을 텐데."

"미쳤어? 제대로 프로그램하지 않으면 무슨 일이 벌어질지 모른다고." 자포드가 말했다.

"이런 판국에 그게 문제야?" 아서가 소리쳤다.

"너의 꿈들이 버려져 날아가버려도……." 에디가 노래를 불렀다.

아서는 천장을 기어 올라가더니, 벽의 커브와 천장이 만나는 곳에 있는 몰딩 중 특히 큼지막한 조각 하나를 잡았다.

"걸어라, 계속 걸어라. 가슴엔 희망을 품고……."

"대체 왜 불가능 확률 추진기를 켜면 안 된다는 거야?" 트릴리언이 외쳤다.

"너는 혼자 걷지 않을 거야……충돌 오 초 전, 여러분을 만나서 즐거웠습니다. 신이여 보호하소서……넌……혼자……걷지……않을 거야!"

"대체 왜 안 된다는……." 트릴리언이 소리쳤다.

다음에 일어난 일은 머릿속을 온통 난도질해버릴 정도의 소음과 섬광의 폭발이었다.

18

그리고 그 다음에 일어난 일은 순수한 마음 호가 완전히 정상적으로 운항을 계속하고 있었다는 것이다. 다만 실내 장식이 다소 매력적으로 바뀌었을 뿐이다. 조종실은 조금 더 커졌고 세련된 파스텔 톤의 녹색과 파란색으로 꾸며져 있었다. 중앙에는 올라가 봤자 별 볼일 없는 나선 계단이 양치류 식물들과 노란색 꽃들 사이에 놓여 있었다. 그 옆에는 석제 해시계 받침이 주 컴퓨터 터미널을 떠받치고 있었다. 교묘하게 배치된 조명과 거울들은 온실 안에서 고상하게 잘 정돈된 넓은 정원을 내려다보고 있는 듯한 환상을 불러일으켰다. 온실 외곽에는 복잡하고 아름답게 세공된 철제 다리를 가진 대리석 탁자들이 줄지어 서 있었다. 윤이 나는 그 대리석 표면들을 들여다보면 여러 가지 조종 장치들이 흐릿하게 나타났고, 거기에 손을 가져가면 그 장치들은 즉각 실물이 되어 손 아래에 나타났다. 제대로 된 각도에서 봤을 때 거울들은 모든 필요한 정보들을 비춰 보여주고 있는 것 같았다. 하지만 그게 어디서 반사되고 있는지는 도무지 알 수 없었다. 사실, 선실은 선정적일 정도로 아름다웠다.

고리버들 일광욕 의자에 느긋하게 앉아서 자포드 비블브락스가 말했다. "도대체 무슨 일이 일어난 거지?"

"나는 그저, 여기 불가능 확률 추진기 스위치가 있다고 말하고 있었는데……." 아서가 작은 연못가를 서성이며 말했다. 그는 그것이 있던 장소를 향해 손을 흔들었다. 그 자리에는 이제 화분이 하나 놓여 있었다.

"한데 지금 우리가 있는 곳이 어디야?" 포드가 차가운 팬 갈랙틱 가글 블래스터를 한 잔 손에 든 채 나선 계단 위에 앉아서 말했다.

"내 생각에는, 우리가 있던 바로 그 자리야……." 트릴리언이 말했다.

주위의 거울들이 갑자기 마그라테아의 황량한 풍경을 비춰 보였다. 그 풍경은 아직도 저 아래서 우주선과 더불어 휙휙 줄달음질치고 있었다.

자포드가 자리에서 벌떡 일어섰다.

"그 미사일들은 어떻게 된 걸까?"

새롭고 놀라운 영상이 거울에 나타났다.

"보아하니 그것들은……피튜니아 화분과 대단히 놀란 표정을 한 고래로 변한 것 같은데……." 포드가 믿을 수 없다는 듯이 말했다.

"불가능 확률 수치 팔백칠십육만 칠천백이십팔 대 일의 시점에서 그런 일이 벌어졌죠." 조금도 변하지 않은 에디가 끼어들었다.

자포드가 아서를 바라보았다.

"저런 생각을 했던 거야, 지구인?" 그가 물었다.

"글쎄, 내가 한 거라곤……." 아서가 대답했다.

"그거 대단히 괜찮은 아이디어였어. 보호막을 가동하지도 않고 몇 초 동안 그걸 작동시킨 거 말이야. 이봐, 친구, 네가 방금 우리 생명을 구한 거야. 알고 있어?"

"사실 그건 아무것도 아니었는데……." 아서가 말했다.

"그랬어? 그렇다면 잊어버리자고. 좋아, 컴퓨터, 착륙하자."

"하지만……."

"잊어버리자고 했잖아."

또 하나의 잊혀진 사실은, 정말 말도 안 되게도 갑자기 향유고래 한 마리가 어떤 외계 행성의 지표로부터 몇 마일 떨어진 지점에 나타났다는 것이었다.

그리고 그것이 고래가 별 무리 없이 견딜 수 있는 지점이 아니기 때문에, 이 불쌍하고 죄 없는 동물은 고래로서의 자신의 정체성을 파악할 시간과 또 더 이상 고래가 아닌 상황을 받아들일 시간이 거의 없었다.

다음은 그 고래가 삶을 시작하고 또 삶을 마칠 때까지 했던 모든 생각의 기록이다.

아⋯⋯! 무슨 일이지? 그것은 생각했다.

어, 죄송하지만, 제가 누구죠?

여보세요?

제가 왜 여기 있죠? 제 삶의 의미는 무엇인가요?

진정하자, 마음을 다잡고⋯⋯아! 이건 정말 재미있는 감각이군. 이게 뭘까? 음, 이건 일종의⋯⋯하품, 간지러운 느낌이 나의⋯⋯ 나의⋯⋯음, 나는 이제 음, 논증이라고 부를 것을 위해 내가 세상이라 부를 것 속에서 어떤 진척을 보이려면 물건들에 이름을 붙이는 일부터 시작하는 게 좋겠어. 그러니 이걸 내 배[腹]라고 불러야지.

좋아. 아아아아, 느낌이 점점 강해지는데. 그리고 이봐, 내가 문득 머리라 부르고 싶은 이것에 으르렁거리는 소리를 내면서 스쳐 지나가는 이것은 뭐라고 부를까? 으음, 이것을⋯⋯바람이라고 부르자! 이게 좋은 이름일까? 일단은 됐어⋯⋯나중에라도 이 바람이란 게 뭐에 쓰이는 물건인지 알게 되면 더 좋은 이름을 지어줄 수도 있겠지. 분명 이렇게나 지천으로 있는 걸 보니 이게 아주 중요한 물건인 것만큼은 틀림없어. 야! 이건 또 뭐야? 이건⋯⋯꼬리라고 부르자. 그래 맞아, 꼬리. 야! 이걸 이리저리 휘둘러낼 수가 있잖아, 그렇지? 와! 와! 기분 끝내주는데! 지금으로선 대단한 일을 한 것 같지는 않지만 나중에는 뭐에 쓰이는 물건인지 알게 되겠지. 자, 이제 대충 물건들의 이름을 정리한 건가?

아닌 것 같아.

신경 쓰지 말자. 야, 이거 정말 신나는군. 이렇게 알아야 할 것이 많다니. 기대할 것도 많고. 너무 기대가 커서 머리가 어지러울 지경이야…….

아니면 바람 때문인가?

이젠 정말 많군. 안 그래?

와! 야! 나한테 갑자기 달려 들어오는 이건 뭐지? 아주 아주 빠르게. 너무나 크고, 납작하고, 둥글고, 이런 것에는 큼지막하고 넓은 느낌을 주는 이름이 필요할 텐데……음……ㄸ……따…… 땅! 바로 그거야! 그거 좋은 이름인걸. 땅!

이게 내 친구가 되어주려 할까?

그러고는 갑작스럽게 축축한 쿵 소리가 들렸고 모든 것이 조용해졌다.

대단히 흥미롭게도, 피튜니아 화분이 떨어질 때 그 화분의 마음속에 떠올랐던 단 한 가지 생각은 '아, 안 돼, 또 이런 일이 벌어지다니'였다. 피튜니아 화분이 왜 그런 생각을 품게 되었는지 정확히 알게 된다면, 우리는 지금 알고 있는 것보다 우주의 본질에 대해 훨씬 더 많이 알게 될 것이라는 주장을 하는 사람들이 많이 있다.

19

"저 로봇도 데려갈 거야?" 포드가 지긋지긋하다는 듯이 마빈을 바라보며 말했다.

마빈은 작은 야자나무 아래에 엉거주춤하게 서 있었다.

자포드는 순수한 마음 호가 착륙한 곳의 황량한 경치를 파노라마로 보여주는 거울 스크린에서 눈을 뗐다.

"아, 그 과대망상 인조 인간. 그래, 데려갈 거야." 그가 말했다.

"하지만 우울증에 시달리는 로봇을 데리고 뭘 할 수 있겠어?"

"선생님만 문제가 있는 줄 아세요? 만일 선생님 '본인'이 우울증에 시달리는 로봇이라면 뭘 하시겠어요? 아뇨, 굳이 대답하실 필요 없어요. 전 선생님보다 오만 배는 지능이 높지만 저도 그 답을 모르니까요. 선생님 수준에 맞춰서 생각하는 것만으로도 충분히 골치가 아파요." 마빈이 말했다. 마치 새로 주인을 맞이한 관에다 조문이라도 하는 듯한 말투였다.

트릴리언이 자기 선실에서 나와 허겁지겁 뛰어 들어왔다.

"내 흰쥐들이 도망갔어!"

깊은 우려와 관심의 표정 따위는 자포드의 어느 쪽 얼굴에도 스쳐 지나가지 않았다.

"네 흰쥐들은 엿이나 먹으라고 해." 그가 말했다.

트릴리언은 그에게 화난 눈초리를 번득이고 다시 사라졌다.

만일 인간이 지구상에 존재하는 생명체들 중에서 (대단히 독립적인 관찰자들이 일반적으로 생각하듯이) 두 번째로 똑똑한 존재가 아니라 세 번째로 똑똑한 존재에 불과하다는 사실이 일반적으로 인식되었다면, 그녀의 말은 더 많은 관심을 끌었을 수도 있다.

"기분 좋은 오후입니다, 여러분!"

그 목소리는 묘하게 귀에 익은 것 같으면서도 또 묘하게 달랐다. 거기에는 엄마 같은 콧소리가 섞여 있었다. 그 목소리는 승무원들이 행성 표면으로 나갈 수 있는 에어락 승강구에 도달했을 때 들려왔다.

그들은 어리둥절해서 서로를 바라보았다.

"컴퓨터 소리야. 컴퓨터에 비상시용 백업 성격이 있다는 걸 발견했거든. 그쪽이 더 나을 것 같아서." 자포드가 설명했다.

"이것이 이 이상한 새 행성에서 보내는 첫날이 될 거예요. 그러니 모두 따뜻하고 포근하게 차려입고 나가세요. 그리고 곤충 눈을 한 못된 괴물들하고 놀아서는 안 돼요." 에디의 새 목소리가 말을 이었다.

자포드가 조급하게 해치를 두드렸다.

"미안해. 차라리 주판을 가지고 다니는 게 낫겠어."

"좋아요! 그 말 누가 했죠?" 컴퓨터가 외쳤다.

"이 출구나 빨리 열어주지 않겠어, 컴퓨터?" 자포드가 화를 내지 않으려 애쓰며 말했다.

"그 말을 한 사람이 자백할 때까지는 못 열어요." 컴퓨터는 신경 자극 전달부 몇 개를 짓밟아 폐쇄하면서 재촉했다.

"아이고, 맙소사." 포드가 방화벽에 엉거주춤 기대어 서며 투덜거렸다.

그는 열까지 세기 시작했다. 언젠가는 지각 있는 생명체들이 이 것마저 영영 잊어버리지 않을까 진심으로 걱정됐다. 숫자를 세는 것만이 인간이 컴퓨터로부터 독립해 있다는 사실을 증명할 수 있는 유일한 길이었다.

"어서 말하세요." 에디가 엄하게 말했다.

"컴퓨터⋯⋯." 자포드가 입을 열었다.

"저는 기다리고 있어요." 에디가 말을 가로챘다. "필요하다면 하루 종일 기다릴 수도 있어요⋯⋯."

"컴퓨터⋯⋯." 자포드가 다시 말했다. 그는 그 컴퓨터를 무찌를 수 있는 교묘한 논리를 생각해내려고 정신을 집중했다. 그러고는 굳이 컴퓨터식으로 싸울 필요가 없다는 결론을 내렸다. "네가 당장 이 출구 해치를 열지 않으면 난 네 주 데이터뱅크를 몽땅 지워버리고 아주 커다란 도끼로 너를 다시 프로그래밍해버릴 거야, 알겠어?"

에디는 깜짝 놀라 말없이 이 점에 대해 숙고해보았다.

포드는 계속해서 조용히 숫자를 세고 있었다. 이것은 컴퓨터에게 할 수 있는 가장 공격적인 일이었다. 사람에게 다가가 계속해서 '피[血]……피……피……피……' 하고 말하는 것과도 같은 짓이었다.

마침내 에디가 조용히 말했다. "우리 모두가 관계 개선을 위해 더 노력해야겠다는 걸 알겠어요." 그리고 해치가 열렸다.

얼음장 같은 바람이 그들을 파고들었다. 그들은 팔을 둘러 몸을 감싼 채 트랩을 내려와 마그라테아의 황량한 먼지 더미 위에 내려섰다.

"모두 결국 눈물을 흘리게 될 거예요. 난 알 수 있어요." 에디는 그들의 등 뒤에다 이렇게 소리를 지르고는 다시 해치를 닫았다.

몇 분 뒤 에디는 전혀 예상치 못했던 갑작스러운 명령을 받고 해치를 또 한 번 열었다가 닫았다.

20

이들 다섯은 그 황량한 땅을 천천히 배회했다. 그 땅의 일부는 흐릿한 회색이었고, 또 다른 일부는 흐릿한 갈색이었으며, 그 외의 것들은 더 볼 것 없었다. 그곳은 물이 마른 늪지대 같았다. 식물이라곤 씨도 찾아볼 수 없었고, 일 인치 두께는 돼 보이는 먼지로 뒤덮여 있었다. 그리고 대단히 추웠다.

자포드는 이런 상황에 다소 침울해진 모양이었다. 그는 혼자 터덜터덜 걸어가 약간의 경사를 이룬 둔덕 위로 금세 사라져버렸다.

바람이 아서의 눈과 귀를 찔러댔고, 퀴퀴한 옅은 공기는 그의 목을 죄어왔다. 하지만 가장 아픈 것은 그의 마음이었다.

"환상적이군······." 그가 말했다.

자기 목소리가 자신의 귀에 덜그럭거리며 들렸다. 이런 옅은 대기 속에서는 소리가 잘 전달되지 않았다.

"황폐한 쓰레기통이군. 내 의견이 듣고 싶다면 말이야. 고양이

똥통 속에서라도 이거보다는 재밌겠다." 포드가 말했다.

그는 주체할 수 없을 정도로 짜증이 났다. 은하계의 그 모든 성단의 그 모든 행성들 중에서, 재미있고 이국적이고 생기가 펄펄 끓는 그 많고 많은 장소들 중에서, 더구나 십오 년간의 난파 생활 끝에, 하필이면 왜 이런 초라한 곳에 와야만 했을까? 하다못해 핫도그 가두 판매대 하나도 눈에 띄지 않았다. 그는 허리를 구부리고 차가운 흙 한 줌을 쥐어보았지만, 그 아래에는 몇천 광년을 여행해 와 구경할 만한 것이라고는 아무것도 없었다.

"아니, 너는 이해 못해." 아서가 단언했다. "난 다른 행성 표면에 실제로 서본 게 이번이 처음이야……외계의 세상이라니……! 그런데 그곳이 이렇게 쓰레기장 같다니 정말 한심하군."

트릴리언은 팔짱을 낀 채 몸을 떨다가 눈살을 찌푸렸다. 예기치 않게 뭔가 살짝 움직이는 걸 곁눈으로 분명히 본 듯했는데, 그 방향을 따라 시선을 돌리니 거기에는 백 야드 정도 뒤에서 꼼짝 않고 조용히 기다리고 있는 자신들의 우주선 외에는 아무것도 없었다.

일 초도 지나지 않아 자포드가 나타나자 그녀는 마음이 놓였다. 그는 능선 위에 서서 그들에게 어서 오라고 손짓하고 있었다.

그는 흥분해 있는 것 같았다. 하지만 옅은 대기와 바람 때문에 자포드가 뭐라고 하는지는 잘 들리지 않았다.

구릉의 능선에 올라가면서 보니, 그것은 지름이 백오십 야드쯤 되는 원형 분화구 같았다. 분화구의 외곽을 둘러싸고 있는 경사진 땅에는 검고 붉은 덩어리들이 여기저기 흩어져 있었다. 그들은 멈춰 서서 그 덩어리 한 조각을 바라봤다. 그것은 축축했다. 그리고 고무 같았다.

그것이 신선한 고래 고기라는 사실을 갑자기 깨닫고 그들은 경악했다.

그들은 분화구 꼭대기에서 자포드를 만났다.

"이걸 봐." 그가 분화구 안을 가리키며 말했다.

분화구 중앙에는 외로운 향유고래 한 마리가 폭발한 시체가 있었다. 그 고래는 자신의 운명을 한탄하지도 못할 정도로 짧은 인생을 살았다. 모두들 말이 없었고, 들리는 소리라곤 트릴리언이 자기도 모르게 구역질하는 소리뿐이었다.

"저걸 묻어주려고 애쓸 필요는 없을 것 같은데?" 아서는 중얼거렸지만, 곧 이렇게 말한 것을 후회했다.

"가자." 자포드가 말하고는 분화구 안으로 다시 걸어 들어갔다.

"뭐, 저 아래로?" 트릴리언이 심한 혐오감을 드러내며 말했다.

"그래, 와봐. 보여줄 게 있어서 그래." 자포드가 말했다.

"여기서도 볼 수 있어." 트릴리언이 말했다.

"저거 말고. 다른 게 있어. 빨리 오라니까." 자포드가 말했다.

그들은 모두 망설였다.

"빨리 와. 안으로 들어가는 길을 발견했어." 자포드가 고집을 부렸다.

"안으로?" 아서가 겁먹은 목소리로 말했다.

"행성 내부로! 지하 통로가 있어. 고래가 떨어지는 충격으로 그게 열렸어. 거기로 가야 해. 오백만 년 동안 아무도 들어가 보지 못한 곳으로. 시간의 심장부로……."

마빈은 다시 비꼬는 듯이 콧노래를 불렀다.

자포드가 한 대 때리자 그는 입을 다물었다.

그들은 구역질로 몸을 떨면서 자포드를 쫓아 비탈길을 내려가 분화구 안으로 걸어 들어갔다. 운 나쁘게 그 분화구를 만들어낸 창조자를 보지 않으려 애써 피하면서.

"인생이란, 싫어하거나 무시할 수는 있어도 좋아하기는 어려운 거죠." 마빈이 쓸쓸하게 말했다.

고래가 부딪친 바닥은 안으로 움푹 들어가 있었고, 거미줄처럼 얽힌 회랑과 통로들이 모습을 드러냈다. 그 입구는 폭발 때문에 고깃덩이들과 창자로 가로막혀 있었다. 자포드가 먼저 그것들을 치우며 들어가기 시작했지만, 마빈의 솜씨가 더 빨랐다. 어두침침한 구석에서 축축한 공기가 흘러나왔지만, 자포드가 손전등을 비춰도 그 어두컴컴한 곳에서는 아무것도 보이지 않았다.

"전설에 따르면……마그라테아 사람들은 대부분의 생애를 지하에서 살았다고 하더군." 그가 말했다.

"왜 그랬을까? 지표의 공해가 너무 심했거나 인구가 너무 많았나?" 아서가 말했다.

"아니, 그건 아닌 것 같아. 그냥 그렇게 사는 게 더 좋았던 거겠지." 자포드가 말했다.

"지금 우리가 뭘 하는지 제대로 알고 있는 거야? 우리는 벌써 한

번 공격을 받았다고." 트릴리언이 어둠 속을 불안하게 바라보며 말했다.

"이봐, 애송이. 이 행성에 살아 있는 인구라곤 우리 넷 더하기 영이라는 걸 장담하지. 그러니 이제 들어가자. 여어, 지구인……."

"아서야." 아서가 말했다.

"그래. 너는 이 로봇하고 있으면서 이 통로 입구를 지켜줄래?"

"지켜? 무엇으로부터? 네가 방금 여긴 아무도 없다고 했잖아." 아서가 말했다.

"맞아. 음, 그냥 안전을 위해서라고 하지. 알겠어?" 자포드가 말했다.

"누구의 안전? 너의? 아니면 나의?"

"착한 친구로군. 좋아. 우린 출발하자."

자포드가 서둘러 통로 안으로 내려가기 시작했다. 트릴리언과 포드가 그 뒤를 따랐다.

"난 너희가 아주 형편없는 시간을 보냈으면 좋겠다." 아서가 그들에게 불평했다.

"걱정 마세요. 그럴 거니까." 마빈이 그를 안심시켰다.

몇 초 후 그들은 시야에서 사라졌다.

아서는 분을 못 이겨 쿵쿵거리며 돌아다니다가, 고래의 무덤이 쿵쿵거리며 돌아다니기에 좋은 장소는 아니라고 결론 내렸다.

마빈은 잠시 동안 그를 가엾다는 듯이 쳐다보다가 스스로 전원을 껐다.

자포드는 통로 아래로 바쁘게 행진해 들어갔다. 속은 불안하기 그지없었지만, 그것을 감추느라 그는 더 씩씩하게 발걸음을 옮겼다. 그는 손전등을 이리저리 휘둘러보았다. 내벽은 어두운 타일로 덮여 있었고, 만져보니 차가웠다. 공기는 썩는 냄새로 가득했다.

"이것 봐. 내가 뭐랬어? 사람이 살았던 행성이라니까, 마그라테아는." 자포드가 말했다.

그는 바닥에 굴러다니는 먼지와 파편들을 헤치고 씩씩하게 걸어갔다.

트릴리언은 어쩔 수 없이 런던의 지하철을 떠올렸다. 물론 이곳은 그만큼 철저하게 지저분하지는 않았지만 말이다.

일정한 사이를 두고 벽의 타일은 커다란 모자이크로 바뀌었다. 밝은 색상에다 단순한 각진 패턴이었다. 트릴리언은 멈춰 서서 그중 하나를 유심히 관찰했지만, 거기서 어떤 의미도 찾을 수 없었다. 그녀는 자포드를 불렀다.

"이봐, 이 이상한 기호들이 무슨 뜻인지 알겠어?"

"내 생각엔, 그냥 모종의 이상한 기호들인 것 같은데?" 자포드가 뒤도 돌아보지 않고 말했다.

트릴리언은 어깨를 으쓱하고 부지런히 그를 쫓아갔다.

때때로 길은 왼쪽 또는 오른쪽으로 이어졌고 작은 방들이 나타났다. 포드가 보니 그 안은 버려진 컴퓨터 장비로 가득 차 있었다. 그는 자포드를 방 하나로 끌고 가서 그걸 보여줬다. 트릴리언이 따라 들어왔다.

"그러니까 넌 이게 마그라테아라는 거지……." 포드가 말했다.

"그렇지. 우리가 그 목소리를 들었잖아, 안 그래?" 자포드가 말했다.

"좋아. 그래서 나도 이게 마그라테아라는 걸 받아들이기로 했지……잠정적으로. 아직까지 넌 이 넓은 은하계에서 어떻게 이걸 찾아냈는지에 관해서 한 마디도 하지 않았어. 별 지도에서 쓱 찾아본 것은 물론 아닐 테고 말이야."

"연구의 결과지. 정부 문서 보관소에서. 탐정 일도 했고. 몇 가지 짐작이 운 좋게 맞아떨어졌지. 쉬웠어."

"그러고 나서 여기 와보려고 순수한 마음 호를 훔쳤고?"

"많은 것들을 보기 위해서 훔쳤지."

"많은 것? 예를 들면 어떤 것?" 포드가 놀라며 말했다.

"나도 몰라."

"뭐?"

"나도 내가 찾는 게 뭔지 모른다고."

"왜 몰라?"

"왜냐하면……왜냐하면……내가 그걸 알면 찾을 수 없기 때문인지도 몰라."

"뭐? 너 미쳤어?"

"그 가능성도 배제하진 않았어. 나는 내 정신이 현재 상태에서 작동할 수 있는 만큼만 나 자신에 대해서 알고 있어. 그 현재 상태가 별로 좋은 편은 아니지." 자포드가 조용히 말했다.

갑자기 걱정으로 가슴이 답답해진 포드가 자포드를 오랫동안 응시하고 있는 동안 아무도 입을 열지 않았다.

"이봐, 친구. 네가 만일……." 마침내 포드가 말을 꺼냈다.

"아니, 잠깐만……내가 말할 게 있어." 자포드가 말했다. "난 제 멋대로야. 뭔가를 해야겠다는 생각이 떠오르면, 여어, 못할 거 뭐 있어, 하고는 해버리지. 은하계의 대통령이 되어야지 생각하면 그대로 돼버리는 거야. 쉽다고. 이 배를 훔치자, 마그라테아를 구경하자, 하고 결심하면, 모두 그대로 되는 거야. 물론 어떻게 하면 가장 잘할 수 있을까 하고 계획을 꾸미는 것은 사실이야. 그래, 하지만 언제나 쉽게 잘 된다고. 마치 은하 신용 카드를 가지고 있는데, 내가 한 번도 지불 수표를 보내지 않았는데도 계속 사용이 가능한 거나 마찬가지야. 그러고는 '내가 왜 이 일을 하고 싶어했지?', '그 방법을 어떻게 생각해냈지?' 이런 질문들에 대해 곰곰이 생각해보려 할 때마다 그 생각을 더 이상 하고 싶지 않은 강한 충동을 느끼게 되지. 지금처럼 말이야. 이런 이야기를 하는 것만 해도 너무 힘이 들지."

자포드는 잠시 말을 멈췄다. 잠시 침묵이 찾아왔다. 그러더니 그가 얼굴을 찌푸리며 말했다. "어젯밤에도 다시 이런 걱정이 들기 시작했어. 그러니까 내 마음의 일부가 도무지 제대로 작동하고 있지 않은 것 같다는 생각 말이야. 그러다가, 마치 다른 누군가가 내게 허락도 안 받고 내 마음을 이용해 좋은 아이디어를 얻어내려고 하는 것 같다는 생각이 불현듯 들었어. 그 두 가지 생각을 연결해

보니, 어쩌면 누군가가 그런 목적으로 내 머리의 일부분을 자물쇠로 채워놨을지도 모른다는 결론에 이르더군. 그래서 내가 그 부분을 사용할 수 없는 거지. 이걸 확인해볼 방법이 없을까 하는 생각이 들더라고.

나는 우주선 의무실에 가서 내 머리에 전극을 꽂고 뇌 엑스레이를 찍어봤어. 내 양쪽 머리에 가능한 모든 촬영을 다 해봤지. 내가 대통령으로 지명되기 전에 정부 의료진에게 받았던 검사들이 모두 제대로 맞더군. 아무것도 없었어. 적어도 내가 모르는 사항이 새로 나타나진 않더라고. 그 결과들은 내가 영리하고, 상상력이 풍부하고, 무책임하고, 믿을 수 없고, 외향적이라는 걸 보여주더군. 모두 짐작 가능한 사실들이지. 다른 비정상적인 건 없었어. 그래서 이번엔 완전히 멋대로 검사들을 만들어내기 시작했어. 역시 마찬가지였어. 그래서 다음엔 한쪽 머리에서 나온 결과를 다른 쪽 머리에서 나온 결과와 겹쳐보았어. 여전히 아무것도 없었지. 결국 나는 바보가 된 것 같은 심정으로 모든 게 망상에 불과하다고 생각하고 포기하려 했지. 하지만 모든 걸 끝내기 전에 마지막으로 서로 겹친 그 엑스레이를 녹색 조명에 비춰본 거야. 너도 내가 어렸을 때부터 항상 녹색에 대해 미신 비슷한 걸 갖고 있었다는 거 기억하지? 그래서 무역선 조종사가 되고 싶어했었잖아?"

포드가 고개를 끄덕였다.

"그런데 거기서 대낮의 햇살처럼 분명하게 드러난 거야." 자포드가 말했다. "양쪽 뇌의 중심부 전체가 자기들끼리만 통하고 있더군.

그 주변에 있는 다른 것들과는 전혀 연결이 안 되어 있고. 어떤 죽일 놈이 신경 조직을 몽땅 소작(燒灼)해서, 소뇌 덩어리 두 개에 전기 충격을 준 거야."

포드가 아연실색해서 그를 쳐다보았다. 트릴리언은 하얗게 질렸다.

"누군가가 너한테 그런 짓을 했다는 거야?" 포드가 속삭였다.

"그렇다니까."

"누가 그랬는지 전혀 모르겠어? 아니면 왜 그랬는지?"

"왜냐고? 그저 짐작할 수 있을 뿐이야. 하지만 어떤 놈이 그랬는지는 알고 있지."

"안다고? 그걸 어떻게 알아?"

"그놈들이 신경 조직을 소작하면서 거기다가 이니셜을 새겨놨기 때문이지. 내가 나중에 볼 수 있도록 그걸 남겼더라고."

포드는 공포에 질려 그를 바라보았다. 살갗 위로 벌레가 기어 다니는 느낌이었다.

"이니셜? 네 뇌에다 낙인을 찍었단 말이야?"

"그래."

"도대체 그놈들이 누구야?"

자포드는 다시 잠시 침묵하며 그를 바라보았다. 그러더니 시선을 돌렸다.

"제트비Z.B." 그가 나직이 말했다.

바로 그때 그들 등 뒤에서 강철 셔터가 쾅 하고 내려지더니 가스가 실내로 뿜어져 들어오기 시작했다.

　세 사람 모두 의식을 잃는 순간 자포드가 캑캑거리며 말했다.

　"그건 나중에 얘기해줄게."

21

아서는 마그라테아의 지표 위를 우울하게 거닐고 있었다.

포드는 사려 깊게도 그가 시간을 때울 수 있도록 《은하수를 여행하는 히치하이커를 위한 안내서》를 주고 갔다. 그는 아무렇게나 버튼 몇 개를 눌러보았다.

《은하수를 여행하는 히치하이커를 위한 안내서》는 대단히 고르지 못하게 편집된 책이어서, 편집자들이 당시에 괜찮은 아이디어로 여겼다는 이유만으로 들어간 항목들이 꽤 많았다.

지금 아서가 우연히 펼친 항목도 그런 것들 중 하나로, 맥시메갈론 대학에 다니는 과묵한 젊은 학생인 비트 부저기그가 체험한 내용이었다. 그는 고대문헌학과 변형윤리학, 역사 인식의 파장 하모니 이론 등을 공부하면서 대단히 우수한 학문적 경력을 쌓고 있었는데, 어느 날 밤 자포드 비블브락스와 함께 팬 갈랙틱 가글 블래스터를 마시고 나서, 자신이 지난 몇 년 사이에 샀던 그 많은 볼펜들은 다 어디로 갔을까 하는 의문에 점점 더 집착하기 시작했다.

그는 그 후로 오랜 세월 동안 전 은하계의 주요 볼펜 분실 센터를 모두 방문하는 힘든 연구 작업을 수행한 끝에, 당시로서는 대중의 상상력을 사로잡은 바 있는 기묘한 이론을 창안해내기에 이르렀다. 그의 말인즉, 인간류와 파충류, 물고기류, 걸어 다니는 나무류와 초지능적 파란색 그림자류가 살고 있는 그 모든 행성들과 더불어 우주 어딘가에는 볼펜 생명체들만이 살고 있는 행성이 있다는 것이었다. 무관심 속에 버려진 볼펜들은 우주의 웜홀 wormhole(블랙홀과 화이트홀의 연결 통로—옮긴이주)을 통해 조용히 미끄러져 나와 바로 이 행성을 향해 나아간다는 것이다. 거기서 볼펜들은 매우 볼펜 지향적인 자극에 반응하고, 대략 볼펜식의 훌륭한 인생을 살아가면서, 볼펜 류만의 라이프스타일을 즐길 수 있는 것이다.

모든 이론이 그렇듯, 비트 부저기그가 갑자기 자신이 그 행성을 찾았다고 주장하기 전까지는 이 이론도 상당히 괜찮은 것이었다. 그는, 자신이 어떤 싸구려 녹색 똑딱 볼펜 가족의 리무진 운전기사로 잠시 일하다가, 어느 날 납치되어 감금된 상태로 책 한 권을 썼으며, 끝내는 탈세 이주(脫稅 移住)라는 형벌을 받았다고 주장했다. 그 형벌은 망신거리가 되기로 작정한 사람들 용으로 주로 남겨두는 운명이라고 한다.

그래서 어느 날 부저기그가 이 행성이 있다고 주장하는 공간 좌표에 탐험대가 파견되었지만, 거기에는 작은 소혹성 하나밖에 없었다. 그 혹성에는 외로운 노인이 한 명 살고 있었는데, 그는 어떤 내용도 진실이 아니라고 거듭 주장했다. 그러나 후에 그 노인이 거짓말을 한 것으로 밝혀졌다.

하지만 두 가지 의문점이 남아 있었다. 하나는 출처를 알 수 없는 육만 알타이리아 달러가 매년 부저기그의 브랜티스보건 은행 구좌로 입금되었다는 것이고, 다른 하나는 물론 자포드 비블브락스의 중고 볼펜 사업이 대단히 번창했다는 것이다.

아서는 이것을 읽고 책을 내려놓았다.

로봇은 미동조차 없이 그 자리에 그대로 앉아 있었다.

아서는 일어나 분화구 꼭대기까지 올라갔다. 그는 분화구를 돌며 걷기 시작했다. 그리고 두 개의 태양이 마그라테아 너머로 장엄하게 지는 것을 지켜보았다.

그는 다시 분화구 안으로 걸어 내려갔다. 그는 로봇을 깨웠다. 우울증에 시달리는 로봇하고라도 대화를 나누는 편이 아무하고도 얘기를 하지 않는 것보다는 나았기 때문이었다.

"밤이 오고 있어. 봐, 로봇아, 별이 나오잖아." 아서가 말했다.

어두운 성운 한가운데서도 별이 몇 개는 보였다. 매우 희미하긴 했지만, 그곳에 있다는 사실은 알 수 있었다.

로봇은 순종적으로 별들을 올려다보고는 그를 돌아보았다.

"알아요. 정말 초라하죠?"

"하지만 저 일몰을 봐! 난 정말 꿈에서도 저런 장관은 본 적이 없어……두 개의 태양이라니! 마치 불로 만든 산이 펄펄 끓으면서 사라지는 것 같아."

"나도 봤어요. 쓰레기죠." 마빈이 대답했다.

아서는 꾹 눌러 참았다.

"내 고향에는 해가 하나밖에 없었거든. 난 지구라는 행성에서 왔어. 너도 알지?"

"알아요. 계속 그런 말을 하시니 정말 끔찍한 곳이었던 모양이군요."

"아냐, 아냐. 아주 아름다운 곳이었다고."

"바다가 있었나요?"

"아, 물론이지." 아서가 한숨을 쉬며 말했다. "거대하고 넓고 파도가 넘실대는 푸른 바다……."

"바다는 참을 수가 없어요." 마빈이 말했다.

"어디 말 좀 해봐라. 너, 다른 로봇들하고는 잘 지내나?" 아서가 물었다.

"그 녀석들이 싫어요." 마빈이 답했다. "어디 가세요?"

아서가 더는 참을 수 없어 자리에서 일어났던 것이다.

"산책이나 한 번 더 하련다."

"그럴 만도 하죠." 마빈은 이렇게 말하더니, 오천구백칠십억 마리의 양을 세고 일 초 뒤 다시 잠이 들었다.

아서는 혈액 순환을 좋게 하기 위해서 양팔로 온 몸을 찰싹찰싹 때려댔다. 그는 다시 분화구 사면을 따라 터덜터덜 올라가기 시작했다.

대기가 너무나 희박하고 달도 없는 탓에 밤은 순식간에 깊어져서 이젠 아주 어두웠다. 이 때문에 아서는 미처 알아차리기도 전에 그 노인과 거의 부딪힐 뻔했다.

22

노인은 아서에게 등을 돌린 채, 지평선 너머 어둠
속으로 가물거리며 가라앉는 마지막 빛을 보고 있었다. 그는 키가
크고 나이가 지긋했으며 기다란 회색 망토 같은 옷을 입고 있었다.
그가 돌아섰을 때 보니, 얼굴은 말랐고 눈에 띄는 이목구비인데다
수심이 가득했지만 냉정한 얼굴은 아니었다. 기꺼이 거래하고 싶은
기분이 드는 그런 얼굴이었다. 하지만 그는 아직 돌아서지 않았다.
아서의 놀란 외마디 소리에도 전혀 반응을 보이지 않았다.

마침내 마지막 태양빛이 완전히 자취를 감추자, 그제야 그는 뒤
를 돌아보았다. 어디선가 오는 빛이 아직 그의 얼굴을 비추고 있었
다. 아서가 빛이 나오는 곳을 찾아 둘러보자 몇 야드 밖에 작은 비
행체가 서 있는 것이 보였다. 아서가 보기에는 작은 하버크래프트
(고압 공기를 분사시켜 나는 비행기의 상표명—옮긴이주) 같았다. 그것
이 주변에 흐릿한 빛을 드리웠다.

그 사람은 아서를 조금 슬픈 눈초리로 바라보았다.

"우리의 죽은 행성을 추운 날 방문하셨군." 노인이 말했다.

"누, 누구세요?" 아서는 더듬거리며 물었다.

그 사람은 먼 곳으로 시선을 돌렸다. 다시 한번 슬픈 표정이 그의 얼굴을 스쳐 지나갔다.

"내 이름은 중요하지 않소."

그는 뭔가 생각에 몰두하고 있는 듯했다. 그에게는 대화하는 것이 급하지 않은 게 분명했다. 아서는 이 상황이 거북했다.

"저는……음……선생님 때문에 놀랐거든요……." 그가 어설프게 말했다.

그 사람은 다시 아서를 돌아보고 눈을 살짝 치떴다.

"뭐?"

"선생님 때문에 놀랐다고요."

"겁먹지 마시오. 당신을 해칠 사람은 아니니까."

아서는 그를 향해 얼굴을 찌푸리며 말했다. "하지만 우리에게 사격을 했잖아요! 미사일도 쏘고……."

그 사람은 분화구 구덩이 속을 들여다보았다. 마빈의 눈에서 나오는 가느다란 빛이 고래의 거대한 시체 위에 희미한 붉은 그림자를 드리우고 있었다.

그 사람은 나지막하게 껄껄 웃었다.

"자동 반응 시스템." 그가 말하더니 작게 한숨을 쉬었다. "이 행성의 창자 속에 배치된 컴퓨터들은 수백만 년의 어두운 시간을 보냈소. 그 시간의 무게가 그 먼지 쌓인 데이터 뱅크를 무겁게 짓누르고 있지. 그래서 지루함에 못 이겨 가끔 마구잡이로 총질을 하는 것 같소."

그는 수심에 찬 표정으로 아서를 보며 말했다. "나는 과학의 신봉자요, 알겠소?"

"아아……정말요?" 아서는 그 사람의 알 수 없는 예의 바른 태도에 슬슬 불안감을 느끼기 시작했다.

"그렇다오." 노인은 이렇게 말하고는 입을 딱 다물어버렸다.

"아, 음……." 아서가 말했다. 마치, 불륜을 저지르고 있다가 여자의 남편이 방에 들어오는 바람에 혼비백산했는데 그 남편이라는 자가 바지를 갈아입더니 날씨가 어쩌고 하는 대수롭지 않은 말만 몇 마디 건네고 그냥 다시 방에서 나가버리는 일을 당한 것 같은 기이한 느낌이 들었다.

"불편해 보이는구려." 노인이 예의 바르게 관심을 보이며 말했다.

"음, 아닙니다……아니, 그렇습니다. 아시겠지만, 사실 여기서 누구를 만나게 될 줄은 몰랐거든요. 여기 있던 사람들은 모두 죽거나 뭐 어떻게 됐다고 들었거든요."

"죽었다고? 저런, 그럴 수가. 아니오. 우린 그냥 잠들어 있었소."

"잠들어 있었다고요?" 아서가 믿기지 않는다는 듯이 물었다.

"그렇소, 경제 공황기 동안 말이오." 노인은 자기가 하는 말을 아서가 알아듣든 말든 전혀 관심이 없는 것처럼 보였다.

아서는 다시 한번 그에게 말을 붙여보는 수밖에 없었다.

"음, 경제 공황이요?"

"잘 알겠지만, 오백만 년 전 은하계의 경제는 붕괴되었소. 그러다 보니 주문 제작 행성은 일종의 사치품이 되었던 거지."

그는 말을 멈추고 아서를 바라보았다.

"우리가 행성을 만들었다는 건 알고 있겠죠?" 그가 엄숙한 어조로 물었다.

"아, 예." 아서가 말했다. "그런 얘기는 들었죠."

"굉장한 장사였지." 노인이 말했다. 그의 눈은 회상에 잠겼다. "난 해안선 만드는 일이 항상 제일 좋았어. 피오르드 해안의 오밀조밀한 모양들을 만드는 건 정말 재미있었는데……하여간……." 그가 다시 말의 실마리를 찾으려 애썼다. "경제 공황이 닥치자, 우리는 그 기간 내내 잠을 잔다면 여러 가지 귀찮은 일들을 줄일 수 있겠다고 판단했소. 그래서 공황이 끝나면 우리를 깨우도록 컴퓨터들을 프로그래밍했던 거요."

그는 가벼운 하품을 참으며 말을 이었다.

"컴퓨터들은 은하계 증시(證市) 지수에 연결되어 있어서, 다른 사람들이 우리의 값비싼 서비스를 감당할 수 있을 만큼 경제를 되살려내면 우리를 깨워주게 되어 있었던 거지."

《가디언》지 정기 구독자였던 아서는 이 말을 듣고 대단한 충격을 받았다.

"그건 좀 치사한 방법이 아닐까요?"

"그런가? 미안하오. 나는 옛날 사람이라." 노인이 부드럽게 대꾸했다.

노인이 분화구 안을 가리켰다.

"저 로봇, 당신 거요?"

"아니에요. 저는 제 거예요." 분화구 안에서 가냘픈 금속성 목소리가 흘러나왔다.

"저걸 로봇이라고 부를 수 있을지 모르겠습니다. 실쭉한 전자 기계라는 게 더 맞을걸요." 아서가 투덜거렸다.

"불러오시오." 노인이 말했다.

아서는 노인의 목소리에 담긴 돌연한 단호함에 깜짝 놀랐다. 그가 마빈을 외쳐 부르자, 마빈은 마치 절름발이라도 되는 양 대단히 쇼를 해가며 언덕을 기어 올라왔다. 물론 그는 절름발이가 아니었다.

"다시 생각해봤는데, 저건 그냥 여기 두시오. 당신은 나와 같이 가야 하오. 대단한 일이 일어나고 있소." 노인이 말했다.

그가 비행체를 향해 몸을 돌리자, 어떤 신호도 보내지 않았는데 그것이 어둠 속에서 그들을 향해 조용히 다가왔다.

아서는 마빈을 내려다봤다. 마빈은 아까와 마찬가지로 아주 힘들다는 듯이 과장되게 몸을 돌려 분화구를 터벅터벅 내려가고 있었다. 그는 알 수 없는 신랄한 말들을 혼자 지껄여대고 있었다.

"따라오시오. 빨리 오지 않으면 늦게 될 거요." 노인이 외쳤다.

"늦다니요? 어디에요?" 아서가 물었다.

"인간, 당신 이름이 뭡니까?"

"덴트. 아서 덴트." 아서가 답했다.

"늦는단 말이오. '고인(故人) 덴트아서덴트 씨' (늦다는 뜻의 'late' 와 고인이라고 할 때의 'the late'가 같은 단어임을 이용해서 든 예문이다. 노인은 성과 이름으로 구성된 지구식 이름을 모르기 때문에 아서가 앞에서 말한 그대로를 통째로 그의 이름으로 생각하고 있다—옮긴이주)라고 할 때처럼 말이오. 알겠지만, 이건 일종의 위협이오." 노인이 단호하게 말했다. 그의 지친 늙은 눈동자에 다시 한번 회상의 빛이 담겼다. "난 위협하는 데 뛰어난 사람은 아니오. 하지만 위협이 효과가 있다는 말은 듣고 있지."

아서는 눈을 껌벅거리며 노인을 보았다.

"정말 이상한 노인이군." 그가 혼자서 중얼거렸다.

"뭐라고 하셨나?" 노인이 말했다.

"아, 아무것도 아닙니다. 죄송합니다. 좋습니다. 어디로 가나요?" 아서가 당황하며 말했다.

"내 비행차에 타시오." 어느새 소리도 없이 옆에 다가온 비행체를 가리키며 노인이 말했다. "우리는 이 행성의 창자 속으로 깊숙이 들어갈 거요. 지금 이 순간에도 우리 종족이 오백만 년의 잠에서 깨어나고 있는 그곳으로 말이오. 마그라테아가 깨어나고 있소."

아서는 자신도 모르게 몸을 부르르 떨면서 노인의 옆 자리에 앉았다. 소리도 없이 휙 솟구치며 밤하늘로 떠오르는 비행체의 움직임, 그 낯선 움직임이 왠지 그를 불안하게 했다.

"실례합니다만, 선생님 성함이 어떻게 되십니까?" 아서가 말했다.

"내 이름?" 노인이 말했다. 아까처럼 회상에 잠긴 슬픈 표정이 그의 얼굴에 다시 떠올랐다. 그는 잠시 말이 없었다. "내 이름은 슬라티바트패스트요."

아서는 거의 숨이 막힐 뻔했다.

"네?" 그가 허둥지둥 다시 물었다.

"슬라티바트패스트." 노인이 조용히 반복했다.

"슬라티바트패스트?"

노인이 심각한 표정으로 그를 바라봤다.

"내가 이름은 중요치 않다고 하잖았소." 그가 말했다.

비행차는 밤하늘을 가로질러 날아갔다.

23

사물들이 겉보기와 항상 같지 않다는 것은 중요하고도 널리 알려진 사실이다. 예를 들어, 지구 행성에서 인간들은 항상 자신들이 돌고래보다 지능이 높다고 생각했다. 인간들이 바퀴, 뉴욕, 전쟁 등 엄청난 일들을 성취해내는 동안 돌고래들이 한 일이라곤 물속에서 빈둥거리며 재미나 보는 것밖에 없었다는 이유에서였다. 하지만 반대로, 돌고래들은 자신들이 인간들보다 훨씬 더 지능이 높다고 항상 믿고 있었다. 그리고 그 이유도 정확히 똑같았다.

대단히 흥미롭게도 돌고래들은 지구 행성이 곧 파괴된다는 사실을 진작부터 알고 있었고, 인간들에게 그 위험을 경고하려고 여러 시도를 했다. 하지만 그들의 의사소통 노력은 대부분 재미있게 축구공을 차올리려고 한다거나 물고기 한 토막을 얻어먹어보겠다고 휘파람을 부는 것으로 잘못 해석되었다. 그래서 그들은 결국 경고

하기를 포기하고, 보고인들이 도착하기 직전에 자신들만의 수단을 통해 지구를 빠져나왔다.

돌고래들의 마지막 메시지는, 뒤로 두 번 공중제비를 돌아 고리를 통과하면서 '성조기여 영원하라'를 휘파람으로 부는, 놀라울 만큼 정교한 묘기를 보여주려는 것으로 오인되었다. 하지만 정작 그 메시지는 이런 것이었다. '안녕히 계세요. 그리고 물고기들은 고마웠어요.'

사실 그 행성에 돌고래보다 지능이 높은 생물은 단 한 종밖에 없었다. 그들은 행태 연구 실험실에서 쳇바퀴를 돌리거나 인간들을 대상으로 무서우리만치 정밀하고 교묘한 실험들을 수행하면서 대부분의 시간을 보냈다. 다시 한번 말하지만, 인간들이 그들과의 관계를 전혀 엉뚱하게 짚고 있었던 것은 전적으로 그 생물들의 계획에 의한 것이었다.

24

비행차는 깊고 깊은 마그라테아의 어둠 속에서 유일하게 부드러운 빛을 발하며 소리 없이 차가운 어둠 속으로 미끄러져 들어갔다. 차는 부드럽게 속력을 높였다. 아서의 동반자는 생각에 잠겨 있었다. 아서는 간혹 그와 대화를 재개해보려 했지만, 그는 아서가 편안한지 묻는 것으로 대답을 대신하고는 더 이상 입을 열지 않았다.

아서는 자신들이 얼마나 빨리 날고 있는지 속력을 측정해보려 했다. 그러나 바깥에는 칠흑 같은 어둠이 깔려 있어서 참조가 될 만한 것을 찾을 수 없었다. 움직임이 너무나 부드럽고 가벼워서 자신들이 정말 움직이고 있는 것인지 의심스러울 지경이었다.

멀리서 작은 불빛 하나가 깜박거리며 나타나더니 수초 만에 그 크기가 엄청나게 커졌다. 그제야 아서는 그것이 자신들을 향해 어마어마한 속도로 날아오고 있다는 사실을 깨달았다. 아서는 그게 어떤 종류의 비행체인지 알아내려고 애썼다. 그것을 자세히 봤지만, 뚜렷한 모양을 알아볼 수가 없었다. 그러다가 그는 갑자기 놀라서 숨이 탁 막혔다. 비행차가 아래로 툭 떨어지더니, 이대로 가면 충돌할 것이 뻔한 경로로 아래를 향해 돌진하기 시작했다. 그 상대적 속도는 믿기지 않을 정도였다. 모든 것이 끝장나기 전에 숨한번 들이쉴 여유조차 없었다. 다음 순간, 그는 자신이 미친 듯이 어른거리는 은빛에 둘러싸여 있는 것 같다는 사실을 깨달았다. 그가 고개를 획 비틀자, 작고 검은 점이 저 뒤 멀리서 급속히 작아지고 있는 것이 보였다. 그러고도 몇 초가 더 지나고 나서야 그는 무슨 일이 일어났는지를 깨달았다.

그들은 지하 터널 안으로 뛰어든 것이었다. 그 어마어마한 속력은 터널 입구인 지상의 고정된 구멍에서 나오는 빛을 기준으로 비교된 자신들의 속력이었다. 그 미친 듯이 어른거리는 은빛은 그들이 시속 몇백 마일은 족히 될 듯한 속도로 쏜살같이 날아 내려가고 있던 터널의 원통형 벽이었다.

그는 겁에 질려 눈을 감았다.

얼마나 되는지 알 수 없는 시간이 흐른 후, 그는 속력이 약간 줄고 있음을 감지했다. 그리고 조금 더 있으니 차가 점차 속력을 줄이면서 부드럽게 미끄러져 멈추고 있다는 게 느껴졌다.

그는 다시 눈을 떴다. 그들은 아직도 그 은빛 터널 안에 있었다. 그들은 여러 개의 터널이 한데 모여 교차하는 복잡한 미로 같은 곳을 헤치며 나아가고 있었다. 마침내 그들이 완전히 멈춰 선 곳은 곡면으로 이루어진 강철 방이었다. 몇 개의 터널들 역시 거기서 끝이 났고, 방 저편 끝에는 아서의 눈을 자극하는 커다란 원형의 흐린 빛이 있었다. 그것은 눈을 혼란스럽게 한다는 점에서 자극적이었다. 거기에 제대로 시선을 맞추기도 어려웠고, 그게 얼마나 멀리 있는지 아니면 가까이 있는지도 알 수 없었다. 아서는 그 빛이 자외선일 것이라고 (완전히 빗나간) 짐작을 했다.

슬라티바트패스트는 고개를 돌려, 그 엄숙하고도 연륜이 깃든 눈으로 아서를 보았다.

"지구인, 우리는 지금 마그라테아의 심장부에 있소."

"제가 지구인이라는 것을 어떻게 아셨죠?" 아서가 물었다.

"모두 다 밝혀질 거요." 노인이 부드럽게 말하더니 약간 의심이 깃든 목소리로 덧붙였다. "적어도 지금보다는 더 분명하게 밝혀질 거요."

그가 말을 이었다. "이제 우리가 들어가게 될 방은 우리 행성에 정말로 존재하는 방은 아니라는 사실을 미리 경고해두겠소. 이 방은 좀 너무……크지. 우리는 곧 광활한 초공간으로 들어가는 입구를 통과하게 될 거요. 좀 불편한 느낌을 받을 수도 있소."

아서는 초조하게 헛기침을 했다.

슬라티바트패스트는 버튼 하나를 누르더니, 안심이 된다고는 할 수 없는 말을 덧붙였다. "정말 혼을 쏙 빼놓지. 꼭 잡아요."

비행차는 동그란 빛 속으로 총알처럼 곧장 뛰어들었다. 갑자기 아서는 무한대라는 것이 어떻게 생긴 것인지를 확실하게 알 수 있었다.

사실 그것은 무한대가 아니었다. 무한대는 납작하고 재미없게 생겼다. 밤하늘을 올려다보는 것이 실은 무한대를 들여다보는 것이다. 거리는 측량할 수 없고, 그렇기 때문에 아무 의미가 없다. 비행차가 모습을 드러낸 방은 절대로 무한한 것이 아니었다. 그것은 단지 아주, 아주, 아주 큰, 너무 커서 진짜 무한대보다도 더 무한대같아 보이는 방이었다.

비행차가 아서가 익히 알고 있는 성능에 따른 엄청난 속도로 이동하면서 공중으로 서서히 올라가자 아서의 감각들은 요동치며 빙글빙글 돌아갔다. 그들이 통과해 나온 입구는 이미 저 뒤 가물거리는 벽에 있는 보이지도 않는 작은 점에 지나지 않았다.

벽.

그 벽은 상상을 초월했다. 아니, 상상하라고 유혹해놓고는 상상을 가차없이 짓밟아버렸다. 그 벽은 정신이 아득해질 정도로 거대하고 깎아지른 듯해서, 그 방의 천장과 바닥, 벽은 끝이 보이지도 않았다. 그 현기증의 충격만으로도 사람이 죽을 수도 있을 정도였다.

그 벽은 완전히 평평해 보였다. 그 벽은 거의 무한지경으로 솟구쳐 올라가고 현기증이 날 정도로 멀리멀리 떨어져 내려가고 양쪽으로 너무나도 넓게 펼쳐져 있으면서 또한 커브를 이루고 있었기 때문에, 그 기울기를 재려면 최고의 레이저 측정 기구가 있어야 할 것 같았다. 십삼 광초 만에 그 벽은 다시 처음 자리로 되돌아올 수 있었다. 다시 말해서, 그 벽은 텅 빈 구체의 내벽을 이루고 있었다. 직경이 삼백 마일이 넘고 상상조차 할 수 없는 빛으로 가득한 구체였다.

"환영하오." 슬라티바트패스트가 말했다. 작은 점 같은 공중차는 이제 음속의 세 배 속도로 달리고 있었다. 하지만 그 믿어지지 않는 공간 속에서 그 전진 속도는 마치 기어가기라도 하는 것처럼 별로 티도 나지 않았다. "우리 공장 작업장에 온 것을 환영하오." 그가 말했다.

아서는 경탄 섞인 공포심을 느끼며 주위를 바라보았다. 그가 판단할 수도 상상할 수도 없는 먼 곳에, 이상하게 생긴 버팀대들과 정교한 금속 창(窓) 장식들과 조명이, 공중에 매달린 환영 같은 구체 주위에 매달려서 그들 앞에 줄지어 있었다.

"여기가 우리가 우리 행성 대부분을 만드는 곳이오." 슬라티바트패스트가 말했다.

"선생님 말씀은, 선생님 말씀은, 그러니까, 그 일을 지금 다시 시작하신다는 겁니까?" 아서가 단어를 고르려 애쓰며 말했다.

"아니, 아니, 천만에. 아니오." 노인이 외쳤다. "아니오, 은하계는 아직 우리 물건을 살 만큼 부유해지지 않았소. 아니오. 우리는 단 하나의 특별한 부탁을 들어주기 위해서 깨어났소. 다른 차원에서 온 대단히⋯⋯특별한 고객의 부탁 말이오. 혹 관심이 있다면⋯⋯ 저기 저 앞을 보시오."

노인의 손가락이 지시하는 방향을 따라가던 아서는 공중에 두둥실 떠 있는 구체들 중에서 그가 가리키고 있는 게 무엇인지 골라낼 수 있었다. 사실 그것은 거기 있는 많은 구조물들 중에서 어떤 활동이 이루어지고 있다는 흔적을 보여주는 유일한 구체였다. 하지만 그 활동이라는 것은 콕 집어서 말할 수 있는 것이라기보다는 오히려 잠재의식적인 인상에 더 가까운 것이었다.

하지만 바로 그때, 그 구조물에 한 줄기 빛이 드리워지면서 그 어두운 구체 내부에 형성된 무늬들을 도드라지게 보여주었다. 그것은 아서가 잘 알고 있는 무늬들이었다. 단어들의 형태나 마음속에 있는 가구의 일부만큼이나 그가 잘 알고 있는, 제멋대로의 얼룩 모양들이었다. 몇 초 동안 그는 기절초풍해서 말도 못 하고 앉아 있었다. 그사이 그 이미지들은 그의 마음속에서 제멋대로 뛰어다니다가 이제 조용히 앉아서 생각을 좀 해볼 장소를 찾으려고 노력하고 있었다.

그의 뇌의 일부는 자신이 보고 있는 것, 그리고 그 형태들이 의미하는 바를 자기가 아주 잘 알고 있다고 말했다. 하지만 다른 일부는 꽤나 분별 있게도 그 생각을 지지하기를 거부하고, 더 이상 그 방향으로 생각을 뻗어나가면 책임지지 않겠다는 태도를 보였다.

다시 한번 조명이 들어왔다. 이번에는 의심할 여지가 없었다.

"지구⋯⋯." 아서가 속삭였다.

"음, 사실은 기호 2번 지구지. 본래의 설계 도면을 보고 복사본을 만들고 있는 거라오." 슬라티바트패스트가 명랑하게 말했다.

잠시 침묵이 흘렀다.

"선생님 말씀은, 그러니까, 선생님이 원래의 지구를……만드셨다는 겁니까?" 아서가 천천히, 자신을 억제하며 말했다.

"오, 그럼요. 혹시 거기 가본 적 있소? 노르웨이라는 이름이었던 것 같은데?" 슬라티바트패스트가 말했다.

"아뇨, 아뇨, 가보지 못했습니다." 아서가 답했다.

"저런, 애석하군. 그게 내 작품 중 하나였소. 상도 하나 탔지. 그 꾸불꾸불한 해안은 정말 아름다웠지. 그게 파괴되었다는 말을 듣고는 정말 심란했었소." 슬라티바트패스트가 말했다.

"선생님이 심란해하셨다고요!"

"그랬소. 오 분만 늦게 일어났더라도 그렇게까지 문제가 되진 않았을 텐데. 정말 충격적으로 엉망진창인 사건이었소."

"네?" 아서가 말했다.

"생쥐들은 화가 머리끝까지 났었소."

"생쥐들이 화가 머리끝까지 났었다고요?"

"오, 그럼요." 노인이 부드럽게 말했다.

"그래요, 그랬겠죠. 개들도, 고양이들도, 오리너구리들도 그랬을 거예요. 하지만……."

"아, 하지만 알다시피 그들이 돈을 낸 건 아니었잖아요?"

"보세요, 제가 그냥 포기하고 미쳐버리면 시간이 많이 절약되지 않을까요?" 아서가 말했다.

비행차는 잠시 동안 어색한 침묵 속에서 날고 있었다. 마침내 노인이 참을성 있게 설명하려고 노력했다.

"지구인, 당신이 살았던 그 행성을 주문하고 값을 지불하고 조종한 건 쥐들이었소. 그런데 그게 지어진 목적을 달성하기 오 분 전에 파괴돼버린 거라오. 그래서 우리가 다시 하나를 만들어야 하게 된 거고."

아서에게는 단 한 마디 말만이 입력됐다.

"쥐라고요?"

"사실이오, 지구인."

"죄송하지만, 우리가 지금 작고 하얗고 털로 뒤덮인 그것들에 대해서 말하고 있는 게 맞습니까? 왜 그 치즈라면 환장하고 60년대 초 시트콤에서 여자들로 하여금 테이블 위에 올라가 소리 지르게 했던 그 동물 말입니다."

슬라티바트패스트는 예의를 차려 헛기침을 했다.

"지구인, 때로는 당신이 말하는 방식을 이해하기가 어렵구려. 내가 이 마그라테아 행성 내부에서 오백만 년이나 잠들어 있었다는 걸 잊지 마시오. 그러니 당신이 말하는 60년대 초 시트콤에 대해서는 알 리가 없지. 당신이 쥐라 부르는 그 생물들은 겉으로 보이는 것과는 아주 달라요. 그건 비상하게 초지능적이고 범차원적 존재들이 우리 차원으로 튀어 들어온 형상에 불과하다오. 치즈를 좋아한다거나 찍찍대는 건 그저 가면일 뿐이지." 노인은 잠시 멈췄다가, 동정하는 표정으로 다시 말을 이었다. "그들은 당신들을 대상으로 실험을 하고 있었소."

아서는 이 말에 대해 일 초 동안 생각했다. 그러더니 그의 얼굴이 활짝 개었다.

"오, 아니에요." 그가 말했다. "이제야 왜 오해가 생겼는지 알겠군요. 아니에요. 사실은 우리가 쥐들에게 실험을 했던 거예요. 쥐들은 종종 행태 연구에 사용됐어요. 파블로프나 뭐 그런 부류 있잖아요. 그래서 쥐들을 가지고 별별 시험을 다 해봤죠. 종 치는 법이나 미로 안을 뛰어다니는 법 같은 것들을 가르쳐서 학습 과정의 본질에 대해 연구할 수 있었던 겁니다. 그것들의 행태를 관찰함으로써 여러 가지 사실들을 알아낼 수 있었어요. 우리 자신의⋯⋯."

아서는 말꼬리를 흐렸다.

"그런 교묘함이⋯⋯바로 존경하지 않을 수 없는 점이오." 슬라티바트패스트가 말했다.

"뭐라고요?" 아서가 말했다.

"그들이 자신들의 본성을 감추고 당신들의 생각을 조종하는 데 더 좋은 방법이 뭐가 있겠소? 갑자기 미로 속에서 길을 헤매고, 썩은 치즈 조각을 먹고, 다발성 점액종증으로 갑자기 죽어버리는 거지. 정교하게 계산할 경우 그 누적 효과는 엄청나다오."

그는 효과를 높이기 위해 말을 잠시 멈췄다.

"지구인, 그들은 진짜로 지극히 영리하기 짝이 없는 초지능적인 범차원적 존재들이란 말이오. 당신네 행성과 사람들은 천만 년짜리 연구 프로그램을 수행하던 유기체 컴퓨터의 모체를 구성하고 있었던 거요⋯⋯내 모든 걸 다 말해주리다. 시간은 좀 걸리겠지만."

"시간은⋯⋯." 아서가 힘없이 말했다. "지금 제겐 전혀 문제가 안 돼요."

25

물론 인생과 관련해서 많은 문제들이 존재한다. 그 중에서 가장 인기 있는 것으로는 '사람은 왜 태어나는가?', '사람은 왜 죽는가?', '사람들은 어째서 자신들에게 주어진 시간 대부분 동안 전자 시계를 차고 지내는가?' 등이 있다.

수백하고도 수백만 년 전, 초지능적인 범차원적 존재들은(자신들의 범차원적 우주 내에서 그들의 신체적 모습은 우리와 다르지 않다) 인생의 의미를 놓고 끝도 없이 논쟁하는 데 완전히 진절머리가 나버렸다. 그런 논쟁들을 하느라 제일 좋아하는 오락거리인 브로키안 울트라 크리켓 게임(갑자기 분명한 사유도 없이 사람을 때리고 달아나는 이상한 게임)을 하는 데 방해가 됐기 때문이었다. 그래서 그들은 이 문제를 단번에 영원히 해결해버리리라고 결심했다.

이런 목적에 따라 그들은 굉장한 슈퍼 컴퓨터를 만들어냈다. 그 컴퓨터는 어찌나 지능이 뛰어난지 데이터뱅크들이 완전히 연결되기도 전에 '나는 생각한다, 고로 존재한다'에서부터 시작해 라이스 푸딩과 소득세의 존재를 연역해내는 데까지 일사천리로 줄달음쳤고, 그때에야 누군가가 그 전원을 꺼버릴 수 있었다.

그것은 작은 도시만 한 크기였다.

그 컴퓨터의 주 제어판은 특별히 설계된 중역 사무실에 설치되어, 부티 나는 적외선색 가죽을 씌운 최고의 울트라 마호가니 책상 위에 놓였다. 어두운 색깔의 카펫은 고급스럽게 화려했으며, 일급 컴퓨터 프로그래머들과 그 가족들의 지문들이 멋지게 인쇄된 동판들과 이국적인 화분들이 방 안 이곳저곳에 놓여 있었다. 그리고 장중한 유리창이 가로수가 늘어선 광장 쪽으로 나 있었다.

컴퓨터를 가동시키는 위대한 날, 말쑥하게 차려입은 두 프로그래머가 서류 가방을 들고 도착해서 신중하게 사무실로 안내되었다. 그들은 이날 자신들이 역사상 가장 중요한 순간에 전 종족을 대표하고 있다는 사실을 알고 있었다. 하지만 그들은 침착하고 조용하게 처신했으며, 그 책상 앞에 공손히 앉아서 서류 가방을 열어 가죽 장정의 공책을 꺼냈다.

그들의 이름은 렁퀼과 푸크였다.

그들은 잠깐 동안 공손히 침묵을 지키고 있었다. 그러고 나서 렁퀼이 조용히 푸크와 시선을 교환하더니 몸을 앞으로 기울여 작은 검정색 패널을 건드렸다.

미묘하기 이를 데 없이 나지막한 웅 소리가 그 거대한 컴퓨터가 이제 전면적인 활동에 들어갔다는 것을 말해주었다. 잠시 후 그것은 성량이 풍부하면서 낮게 울리는 목소리로 말을 시작했다.

"어떤 위대한 임무를 위해 시공간의 우주 안에서 두 번째로 위대한 컴퓨터인 제가, 즉 '깊은 생각'이 존재하게 된 겁니까?"

렁퀼과 푸크는 깜짝 놀라 서로 마주 봤다.

"컴퓨터여, 너의 임무는……." 푸크가 말을 시작했다.

"아니, 잠깐 기다려. 이건 틀렸잖아." 렁퀼이 염려스러운 듯 말했다. "우린 이 컴퓨터를 우주에 존재하는 가장 위대한 컴퓨터로 디자인했어. 두 번째로 위대한 컴퓨터로 대충 넘어갈 수는 없다구." 그가 컴퓨터에게 말했다. "깊은 생각아, 너는 우리가 설계한 대로 역사상 가장 위대하고도 가장 강력한 컴퓨터가 아닌가?"

"저는 제가 두 번째로 위대한 컴퓨터라고 말했습니다. 그리고 실제로 저는 그렇습니다." 깊은 생각이 읊조렸다.

두 프로그래머 사이에 다시 한번 걱정스러운 표정이 오갔다. 렁퀼이 흠흠 하고 헛기침을 했다.

"뭔가 실수가 있는 게 틀림없어. 너는 백만분의 일 초 안에 별 하나의 원자 수를 몽땅 다 헤아릴 수 있다는 맥시메갈론의 밀리아드 가간투브레인보다 더 위대한 컴퓨터가 아닌가?"

"밀리아드 가간투브레인이요?" 깊은 생각이 경멸감을 감추지 않고 물었다. "그건 주판에 불과하죠. 그따위는 언급도 하지 마세요."

"그러면 너는, 단그라바드 베타 성에 오 주 동안 불어 닥친 모래바람 속의 모든 먼지 알갱이 하나하나의 궤도를 계산할 수 있다는, 빛과 현명함의 일곱 번째 은하의 구글플렉스 스타 씽커보다 더 유능한 분석가가 아닌가?" 푸크가 초조하게 몸을 앞으로 기울이며 말했다.

"오 주 동안 불어 닥친 모래바람이라고요?" 깊은 생각이 오만한 태도로 물었다. "이것이 빅뱅 당시 원자들의 벡터를 연구해온 제게 하시는 질문인가요? 휴대용 전자계산기 수준의 문제로 저를 괴롭히지 마세요."

두 프로그래머는 잠시 불편한 침묵 속에 앉아 있었다. 렁퀼이 다시 몸을 앞으로 기울였다.

"그렇다면 너는……마술과 불굴의 별, 키케로니쿠스 제7행성의 위대한 하이퍼로빅 옴나-코그네이트 뉴트론 랭글러보다 더 무자비한 논객이 아닌가?" 그가 말했다.

"위대한 하이퍼로빅 옴나-코그네이트 뉴트론 랭글러는……." 깊은 생각이 르 발음을 완벽하게 굴리며 말했다. "말 한마디로 아크투란의 메가 당나귀의 다리 네 개를 몽땅 잘라버릴 수도 있습니다. 그러나 그 후에 그놈이 산책을 나가도록 설득할 수 있는 건 저밖에 없지요."

"그럼 대체 무엇이 문제인가?" 푸크가 물었다.

"문제는 없습니다. 저는 그저 시공간의 우주 내에서 두 번째로 위대한 컴퓨터일 뿐입니다." 깊은 생각이 그 멋들어지게 울리는 목소리로 말했다.

"하지만 두 번째라니?" 렁퀼이 물고 늘어졌다. "왜 자꾸만 두 번째라고 하는 건가? 물론 멀티코티코이드 퍼스퍼큐트론 타이탄 멀

러를 염두에 두고 그러는 건 아니겠지? 아니면 폰더매틱? 아니면……."

컴퓨터의 제어판에 경멸의 불빛이 번쩍거렸다.

"그런 단세포 컴퓨터 따위는 조금도 염두에 두고 있지 않습니다!" 컴퓨터가 빽 소리를 질렀다. "저는 저 이후에 오게 될 컴퓨터에 대해서 이야기하고 있을 뿐입니다!"

푸크는 안내심을 잃고 있었다. 그는 공책을 치우고 투덜거렸다. "이야기가 쓸데없이 구세주류로 빠지고 있는 것 같군."

"여러분은 미래에 대해서 아는 것이 없습니다." 깊은 생각이 밝혔다. "하지만 전 저의 풍부한 회로망을 통해 미래의 가능성이라는 무한의 바다를 항해해 가서 언젠가는 그 컴퓨터가 등장하고야 만다는 것을 볼 수 있습니다. 저 같은 것은 그 컴퓨터의 일개 작동 변수조차 계산할 수 없을 정도입니다. 그 컴퓨터를 디자인해내는 것은 결국 제 운명이 될 테지만요."

푸크는 길게 한숨을 내쉬고 렁퀄을 건너다보았다.

"그냥 그 질문이나 해버리면 안 될까?" 그가 말했다.

렁퀄이 그에게 기다리라고 손짓했다.

"네가 말하는 그 컴퓨터는 그렇다면 무엇인가?" 그가 물었다.

"지금은 더 이상 거기에 대해 말하지 않겠습니다. 자, 이제 하시고 싶은 그 다른 질문을 해주십시오. 제가 임무를 시작하게요. 말씀하세요." 깊은 생각이 말했다.

두 사람은 서로에게 어깨를 으쓱해 보였다. 푸크가 자세를 가다

들었다.

"깊은 생각 컴퓨터야! 네가 수행하도록 디자인된 임무는 이것이다. 우리는 네가 우리에게 말해줬으면 한다……." 그가 말을 멈췄다가 계속했다. "그 해답을!"

"해답이라니요?" 깊은 생각이 말했다. "무엇에 대한 해답을 말씀하시는 겁니까?"

"삶!" 푸크가 소리쳤다.

"우주!" 렁퀼이 외쳤다.

"모든 것!" 그들이 입을 모아 합창했다.

깊은 생각은 잠시 멈춰 숙고했다.

"까다롭군요." 마침내 그가 말했다.

"하지만 할 수 있지?"

다시 한번 심각한 침묵이 뒤따랐다.

"네, 할 수 있습니다." 깊은 생각이 말했다.

"그렇다면 답이 있나?" 푸크가 흥분해서 숨을 죽이며 말했다.

"간단한 답이?" 렁퀼이 덧붙였다.

"그렇습니다. 삶, 우주, 그리고 모든 것. 답이 있습니다." 깊은 생각이 말하고는 이렇게 덧붙였다. "하지만 생각할 시간이 필요합니다."

돌발 사태가 일어나 그 순간이 엉망이 됐다. 문이 활짝 열리더니 빛바랜 싸구려 청색 가운을 입고 크럭스완 대학 벨트를 맨 두 남자가 화를 내며 돌진해 들어왔다. 그들은 자신들을 제지하려 하는 무능한 수위를 밀어제쳤다.

"우리의 입장(入場)을 요구한다!" 두 사람 중, 예쁘장한 여비서의 목을 팔로 조르고 있던 젊은 사람이 외쳤다.

"그렇다, 우리를 못 들어오게 막을 순 없다!" 나이 든 쪽이 소리쳤다. 그는 신참 프로그래머를 문 안으로 떠밀었다.

"우리를 막지 말 것을 요구한다!" 젊은 쪽이, 이제 방 안에 완전히 들어온 데다가 아무도 더 이상 그들을 막아서지 않는데도 그렇게 으르렁거렸다.

"당신들 뭐요? 뭘 원하는 거요?" 렁퀼이 화가 나 자리에서 일어나며 말했다.

"나는 마직티즈요!" 나이 든 쪽이 밝혔다.

"그리고 나는 내가 브룸폰델임을 요구하오!"

마직티즈가 브룸폰델에게 돌아섰다. 그가 성난 얼굴로 설명했다. "됐네. 그런 건 요구할 필요 없네."

"알겠습니다!" 브룸폰델이 근처의 책상을 두들기며 으르렁거렸다. "나는 브룸폰델이오. 그리고 그건 요구가 아니오. 그건 확고한 사실이오! 우리가 요구하는 것은 바로 확고한 사실이오!"

"아니야, 그게 아니야!" 마직티즈가 짜증스러운 목소리로 외쳤다. "그것이야말로 바로 우리가 요구하지 않는 것이네!"

숨쉴 틈도 없이 브룸폰델이 소리쳤다. "우리는 확고한 사실을 요구하지 않소! 우리가 요구하는 것은 확고한 사실이 완전히 부재하는 것이오! 나는 내가 브룸폰델일 수도 있고 아닐 수도 있음을 요구하오!"

"도대체 당신들 뭐요?" 화가 머리끝까지 치민 푸크가 외쳤다.

"우리는 철학자들이오." 마직티즈가 말했다.

"물론 아닐 수도 있지만." 브룸폰델이 프로그래머들에게 경고의 의미로 손가락을 흔들면서 말했다.

"아니, 우리는 철학자들이 맞소." 마직티즈가 주장했다. "우리는 철학자들과 현자들, 선각자들, 그리고 다른 생각하는 사람들의 합동 모임을 대표해서 이 자리에 왔소. 우리는 이 기계를 꺼줄 것을 원하오. 우리는 이 기계를 당장 꺼줄 것을 원하오!"

"문제가 뭐요?" 렁퀼이 말했다.

"문제가 무엇인지 말해드리지, 친구. 관할권, 그게 문제요!" 마직티즈가 말했다.

"우리는 관할권이 문제일 수도 있고 아닐 수도 있음을 요구하오!" 브룸폰델이 소리쳤다.

"그 기계들은 그냥 계속 계산이나 하게 하시오." 마직티즈가 경고했다. "그러면 매우 고맙게도 영원한 진리 쪽은 우리가 맡겠소. 법률적 견해를 알아보고 싶으면 그렇게 하시오, 친구. 법률에 의하면, 궁극적인 진리 탐구는 사상가들의 양도할 수 없는 특권이라고 분명히 명시되어 있소. 어떤 빌어먹을 기계가 정말 진리를 찾아내 버리면, 우리는 당장 실직자가 된단 말이오. 안 그렇소? 신이 있네 없네 하고 한밤중까지 잠도 안 자고 논쟁한들 무슨 소용이 있겠소? 그 다음 날 아침 이 기계가 빌어먹을 신의 전화번호를 내놓는다면 말이오."

"옳소. 우리는 의혹과 불확실성이라는 엄밀하게 정의된 영역을 요구하오!" 브룸폰델이 소리쳤다.

갑자기 우렁찬 목소리가 실내에 메아리쳤다.

"제가 이 문제에 대해 한 말씀 드려도 되겠습니까?" 깊은 생각이 물었다.

"우리는 파업을 할 거요!" 브룸폰델이 외쳤다.

"그렇소! 철학자들의 전국적인 파업이 임박했소!" 마직티즈가 동조했다.

방 안을 빙 둘러 놓여 있는, 참하게 조각되고 광택이 칠해진 캐비닛 스피커들에 설치된 보조 베이스 드라이버 유닛 몇 개가 끼어들어 깊은 생각의 목소리에 힘을 가하자, 실내의 웅웅거리는 소리가 갑자기 커졌다.

"제가 하고 싶은 말은 단지, 제 회로들이 삶, 우주, 그리고 모든 것에 대한 궁극적인 질문에 답하기 위한 계산에 이미 돌이킬 수 없이 돌입해버렸다는 것입니다." 컴퓨터가 우렁차게 말했다. 그는 말을 멈추고, 이제 모두의 주목을 끌게 된 것에 만족스러워했다. 그리고 목소리를 낮춰 말을 이었다. "하지만 이 프로그램을 돌리는 데는 시간이 좀 걸릴 겁니다."

푸크가 초조하게 시계를 보았다.

"얼마나 걸리는데?" 그가 말했다.

"칠백오십만 년입니다." 깊은 생각이 말했다.

렁퀼과 푸크는 서로를 쳐다보며 눈을 껌벅껌벅했다.

"칠백오십만 년!" 그들이 일제히 소리를 질렀다.

"그렇습니다." 깊은 생각이 확언했다. "제가 생각할 시간이 필요하다고 말하지 않았던가요? 그리고 이런 프로그램을 수행하게 되면 철학의 모든 분야에 대한 엄청난 대중 홍보 효과를 불러일으키지 않을 수 없다고 생각되는군요. 모두들 제가 종국적으로 어떤 해답을 내놓게 될 것인지를 놓고 저마다 자기 이론을 내세우게 될 텐데, 그렇다면 그러는 중에 미디어 시장에 편승해서 한몫 차지할 수 있는 사람이 여러분 말고 누가 있겠습니까? 여러분이 대중 매체를 통해 서로 과격하게 논쟁하고 서로에 대해 모략을 해대는 한, 거기다가 유능한 에이전트를 고용하고 있는 한, 여러분은 평생 수익이 보장된 거나 마찬가지란 말입니다. 제 의견이 어떻습니까?"

두 철학자는 입을 쩍 벌렸다.

"맙소사, 이거야말로 사고(思考)라 부를 만한 것이로군. 이봐, 브룸폰델, 우리는 왜 저런 생각을 못 할까?" 마직티즈가 말했다.

"모르겠어요." 브룸폰델이 경외심에 차서 속삭였다. "우리 두뇌는 너무 고차원적으로 훈련되었나 봐요, 마직티즈 선생님."

그들은 이렇게 말한 뒤, 뒤돌아 문을 나서서 꿈에서도 생각지 못한 황홀한 인생 속으로 걸어갔다.

26

슬 라티바트패스트가 요점들을 짚어 이 이야기를 들려주자 아서가 말했다.

"예, 대단히 유익한 이야기로군요. 하지만 이런 것들이 지구와 생쥐들, 뭐 그런 것들과 무슨 관련이 있는지 모르겠군요."

"여기까지는 이야기의 전반부일 뿐이라오, 지구인." 노인이 말했다. "칠백오십만 년 뒤, 그 위대한 해답의 날에 일어난 일에 대해 알고 싶다면 나와 함께 내 서재로 가서 내 센스-오-테이프 레코드로 직접 그 일을 경험해보길 바라오. 당신이 이 새 지구의 표면에 잠깐 내려 산책해보고 싶은 마음을 갖고 있는 게 아니라면 말이오. 안타깝게도 아직은 반밖에 완성되지 않은 상태지만……아직 지층에 인공 공룡 뼈도 다 묻지 못했소. 그 뒤에 신생대 제3기와 제4기 지층들도 깔아야 하고, 그 다음엔……."

"아니, 괜찮습니다. 똑같을 것 같지 않아요." 아서가 말했다.

"물론 그렇지 않을 거요." 슬라티바트패스트가 말하고, 비행차를 돌려 다시금 정신을 아득하게 하는 벽 쪽으로 날아갔다.

27

슬 라티바트패스트의 서재는 마치 폭탄이라도 떨어진 공공 도서관처럼 온통 어질러져 있었다. 노인은 방에 들어서며 눈살을 찌푸렸다.

"끔찍하게 불행한 일이오. 생명 유지 컴퓨터들 중 한 대에서 진공관 하나가 터져버렸소. 그래서 청소 요원들을 깨우려 했더니만 그들은 벌써 삼만 년 전에 죽어 있지 뭐요. 이제 누가 그 시체들을 치워야 할지 그게 걱정이오. 거기 앉아보시오. 내가 전원을 연결해드리리다." 그가 말했다.

그는 아서에게 마치 스테고사우루스 공룡의 갈비뼈로 만들어진 것처럼 보이는 의자 쪽으로 오라고 손짓해 보였다.

"그 의자는 스테고사우루스의 갈비뼈를 뽑아 만든 거라오." 노인이 쓰러질 듯이 위태롭게 쌓인 종이 더미와 화구들 아래에서 낚싯줄 길이 정도의 전선을 찾아 꾸물대며 설명했다. "여기 이걸 잡아요." 그가 말하며, 피복이 벗겨진 전선 두 가닥을 아서에게 내밀었다.

아서가 전선을 잡자마자 새 한 마리가 그의 몸을 통과해 날아갔다.

그는 공중에 떠 있었고 몸은 완전히 투명했다. 아래에는 가로수가 늘어선 예쁘장한 도시 광장이 있었고, 광장 주위에는 시선이 미치는 한 온통 높고 널찍널찍하게 디자인된 하얀 콘크리트 빌딩이 가득했다. 하얀 빌딩이라 낡으니 더 보기가 안 좋았다. 많은 빌딩들이 금이 가고 빗물에 얼룩져 있었다. 하지만 오늘은 햇살이 비치고 나무들 사이로 신선한 미풍이 가볍게 춤을 췄다. 모든 빌딩들이 나지막이 콧노래를 부르고 있다는 기이한 느낌이 드는 것은 아마도 광장과 거리들을 가득 메운 사람들의 환희와 흥분 때문인 것 같았다. 어디선가 밴드가 음악을 연주하고 있었고, 갖가지 색깔의 밝은 깃발들이 미풍에 펄럭이고 있었다. 축제의 기운이 사방에 완연했다.

자기 이름이 붙은 육체 하나 없이 공중에 떠 있자니 아서는 이상하게 외로웠다. 그러나 이에 대해 골똘히 생각해보기도 전에 어떤 목소리가 광장에 울려 퍼지며 모든 이들의 주목을 요구했다.

광장을 위엄 있게 내려다보는 빌딩 앞에 밝은 빛깔의 보를 씌운 연단이 있었고, 한 남자가 거기에 서서 스피커로 군중들에게 연설을 하고 있었다.

"오, 깊은 생각의 해답을 기다리고 있는 여러분! 우주에서 가장 위대하며 진실로 가장 흥미진진한 학자들인 브룸폰델과 마직티즈의 영예로운 후손들이여, 이제 기다림은 끝났습니다!"

군중 속에서 격렬한 환희의 외침이 터져 나왔다. 깃발들과 색 테이프들, 삐익 하는 휘파람 소리가 공중에 퍼졌다. 좁은 거리들은, 뒤집어진 채 허공에 미친 듯이 다리를 버둥대고 있는 지네처럼 보였다.

"우리 종족은 칠백오십만 년간 이 위대하고 희망에 찬 깨우침의 날을 기다려왔습니다! 위대한 해답의 날입니다!" 그 응원단장이 소리쳤다.

흥분한 군중이 환희에 차 만세를 불렀다.

"이제 다시는, 이제 다시는 아침에 일어나 '나는 누구지? 내 삶의 의미는 뭐지? 우주적으로 말해서, 오늘 아침 잠자리에서 일어나지 않고 일하러 가지 않으면 정말 문제가 될까?' 따위의 질문들을 하지 않게 될 것입니다. 오늘로서 우리는 마침내 삶과 우주와 모든 것에 대한 이 성가신 질문에 대한 명백하면서도 단순한 해답을 구하게 될 것입니다!" 남자가 외쳤다.

군중이 또 한번 환호성을 지르는 사이, 아서는 공중에서 미끄러져 내려와 그 사람이 군중에게 연설을 하고 있는 연단 뒤편 건물 이 층의 커다랗고 장중한 유리창 앞에 이르렀다.

창을 향해 곧바로 돌진하면서 그는 잠시 공포에 질렸다. 하지만 일이 초 뒤 자신이 그 단단한 유리창을 건드리지도 않고 곧장 통과한 것을 깨닫자 공포심은 곧 사라졌다.

방 안에 있는 누구도 그의 이 특이한 도착에 대해 아무런 언급을 하지 않았다. 물론 그가 거기에 있는 게 아니었기 때문에 사실 놀랄 일도 아니었다. 그는 그제야 이 모든 경험이 육 트랙 칠십 밀리 영상은 발뒤꿈치에도 미치지 못할 수준의 엄청난 재생 영상이라는 것을 깨달았다.

방 안은 슬라티바트패스트가 묘사한 것과 거의 비슷했다. 지난 칠백오십만 년 동안 아주 관리가 잘 되었고, 한 세기 정도마다 정기적으로 청소도 되었던 듯했다. 울트라 마호가니 책상은 모서리가 닳았고 카펫도 색이 조금 바랬지만, 책상의 가죽 상판 위에 놓여 있는 컴퓨터 터미널은 어제 만들어지기라도 한 듯 여전히 휘황찬란하게 빛이 났다.

엄청나게 차려입은 남자 두 명이 터미널 앞에 경건하게 앉아 기다리고 있었다.

"시간이 거의 다 됐어." 한 사람이 말했다.

아서는 그 사람의 목덜미 근처 허공에 갑자기 글자가 나타나는 것을 보고 깜짝 놀랐다. 그 글자는 룬퀼이었다. 그것은 두어 번 깜박거리더니 다시 사라졌다. 아서가 이를 받아들여 이해하기도 전에 다른 사람이 말을 시작했고 푸흐그라는 글자가 그의 목 근처에 나타났다.

"칠만 오천 세대 전에 우리 선조들이 이 프로그램을 작동시켰지. 그리고 그 모든 세월이 흐른 후에 우리가 처음으로 컴퓨터의 육성을 듣게 되는 거야." 두 번째 사람이 말했다.

"경외스러운 순간이지, 푸흐그." 첫 번째 사람이 동의했다. 아서는 자신이 자막 딸린 영상을 보고 있다는 것을 갑자기 깨달았다.

"우리가 그걸 처음 듣게 되는 사람들이란 말이지." 푸흐그가 말했다. "그 위대한 질문인 삶⋯⋯!"

"우주⋯⋯!" 룬퀄이 말했다.

"그리고 모든 것에 대한 해답⋯⋯!"

"쉿, 깊은 생각이 말을 하려는 것 같아." 룬퀄이 손짓을 하며 말했다.

잠시 기대 어린 침묵이 흘렀고, 그사이 제어판 앞면의 패널들이 서서히 깨어나기 시작했다. 불빛들이 시험 가동 차원에서 깜박거리더니 마침내 작업 모드로 안정됐다. 부드럽고 낮은 웅 하는 소리가 음성 채널에서 흘러나왔다.

"안녕하십니까?" 마침내 깊은 생각이 말을 시작했다.

"아⋯⋯잘 있었나, 깊은 생각." 룬퀄이 초조하게 말했다. "이제 너는⋯⋯아, 그러니까⋯⋯."

"해답을 가지고 있냐고요?" 깊은 생각이 장엄한 음성으로 그의 말을 가로챘다. "예, 그렇습니다."

두 사람은 기대감으로 전율했다. 기다림이 헛된 것이 아니었다.

"정말 한 가지 해답이 있나?" 푸흐그가 헐떡였다.

"정말 한 가지 해답이 있습니다." 깊은 생각이 확인해주었다.

"그 모든 것들에 대해서? 삶, 우주, 그리고 모든 것에 대한 그 엄청난 질문에 대해서?"

"그렇습니다."

두 사람은 이 순간을 위해 특별히 훈련된 사람들이었다. 그들의 삶은 이 순간을 위한 준비 과정이었다. 그들은 태어날 때부터 그 대답을 듣기 위한 사람들로 선택되었다. 하지만 그럼에도 불구하고 그들은 지금 흥분한 어린아이처럼 숨을 죽인 채 머뭇거리고 있었다.

"그러면 이제 그 답을 말할 준비가 됐나?" 룬퀄이 재촉했다.

"그렇습니다."

"지금?"

"지금이요." 깊은 생각이 말했다.

두 사람 모두 바싹 마른 입술을 축였다.

"하지만 제가 보기에, 여러분이 그 해답을 좋아하실 것 같지 않습니다." 깊은 생각이 덧붙였다.

"상관없어. 우리는 알아야겠어! 당장!" 푸흐그가 말했다.

"당장이요?" 컴퓨터가 물었다.

"그래! 당장……."

"좋습니다." 컴퓨터는 이렇게 말하고 다시 침묵에 빠져들었다. 두 사람은 애가 타서 죽을 지경이었다. 견디기 힘들 정도의 긴장감이 흘렀다.

"정말 좋아하지 않으실걸요." 깊은 생각이 말했다.

"말해줘!"

"그러죠." 깊은 생각이 말했다. "위대한 질문에 대한 해답은

……."

"해답은……!"

"삶, 우주, 그리고 모든 것에 대한 해답은……." 깊은 생각이 말했다.

"해답은……!"

"그 해답은……." 깊은 생각이 말을 멈췄다.

"해답은……!!!"

"42입니다." 무지무지하게 엄숙하고 침착하게 깊은 생각이 말했다.

28

누구도 입을 열지 않은 채 긴 시간이 흘렀다.

푸흐그는 곁눈으로 바깥 광장에 파도처럼 몰려든 사람들의 기대에 찬 얼굴들을 볼 수 있었다.

"우리는 린치를 당하게 될 거야, 그렇지?" 그가 속삭였다.

"정말 어려운 과제였습니다." 깊은 생각이 부드럽게 속삭였다.

"42! 칠백오십만 년의 작업 결과가 겨우 그거야?" 룬퀄이 소리쳤다.

"저는 그 질문을 철두철미하게 검토했습니다. 그것이 명확하게 그 해답입니다. 솔직히 말씀드리자면, 제 생각에 문제는 여러분이 본래의 질문을 정확히 파악하지 못한 데 있는 것 같습니다." 컴퓨터가 말했다.

"하지만 그건 위대한 질문이었어! 삶, 우주, 그리고 모든 것에 관한 궁극적인 질문." 룬퀄이 으르렁거렸다.

"그래요. 하지만 실제로 그게 뭘까요?" 바보들을 기꺼이 참아주는 듯한 분위기를 풍기며 깊은 생각이 말했다.

망연자실한 침묵이 서서히 그들을 스치고 지나갔다. 그들은 컴퓨터를 뚫어져라 쳐다보다가 서로의 얼굴을 바라봤다.

"글쎄, 그냥 모든 것……모든 것……." 룬퀄이 자신 없이 말했다.

"바로 그렇습니다! 그러므로 진짜 질문이 무엇인지 알게 되면 그해답의 의미 역시 알 수 있게 될 것입니다." 깊은 생각이 말했다.

"아아, 멋지군." 푸흐그가 자신의 공책을 내팽개치고 눈가의 눈물방울을 훔치며 중얼댔다.

"이봐, 좋아, 좋은데, 그냥 그 질문을 말해주지 않겠어?" 룬퀄이 말했다.

"궁극적인 질문이요?"

"그래!"

"삶, 우주, 그리고 모든 것에 관한 질문이요?"

"그래!"

깊은 생각은 잠시 생각에 잠겼다.

"어렵군요." 그가 말했다.

"하지만 말해줄 수 있지?" 룬퀄이 외쳤다.

깊은 생각은 다시 한번 오랫동안 이 문제에 대해 곰곰이 생각했다.

마침내 그가 단호히 말했다. "아니요."

두 사람은 절망에 빠져 의자에 털썩 주저앉았다.

"하지만 누가 말해줄 수 있는지 말씀드리죠." 깊은 생각이 말했다.

두 사람은 황급히 고개를 들었다.

"누군데? 말해줘!"

갑자기 아서는 자신이 제어판을 향해 서서히, 하지만 꼼짝없이 움직여가고 있음을 문득 깨닫고는 존재하지도 않는 자신의 머리가 죽이 싸늘해지는 느낌이 들었다. 그러나 그것은 그 영상을 촬영한 사람이 드라마틱한 효과를 주기 위해 줌을 당겼기 때문이었다.

"저는 제 다음에 올 바로 그 컴퓨터에 대해서 말하고 있는 겁니다." 깊은 생각이 예의 그 익숙한 웅변조의 말투를 되살리며 말했다. "저 같은 것은 그것의 일개 작동 변수조차 계산할 수 없는 그 컴퓨터 말입니다. 하지만 그 컴퓨터의 설계는 제가 해드리죠. 궁극적인 해답에 대한 질문을 계산할 수 있는 컴퓨터, 무한하고도 미묘하게 복잡해서 유기체 그 자체가 그 작동 행렬의 일부가 될 그런 컴퓨터를요. 그리고 여러분 스스로가 새로운 형상을 취하고 컴퓨터 안으로 들어가서 천만 년짜리 프로그램을 진행하는 겁니다! 그렇습니다! 제가 그 컴퓨터를 여러분께 설계해드리지요. 그리고 그 이름도 제가 부여하겠습니다. 그 컴퓨터는……지구라 불리게 될 것입니다."

푸흐그는 입을 딱 벌리고 깊은 생각을 바라보았다.

"뭐 그런 따분한 이름이 다 있어." 이 말과 동시에 커다란 절개

자국이 그의 몸에 일직선으로 나타났다. 룬퀼 역시 갑자기 어디서 생겼는지 알 수 없는 상처들을 온통 입고 있었다. 컴퓨터 제어판은 반점이 생기더니 깨졌고, 벽들은 깜박거리다가 무너져 내렸으며, 실내는 천장을 향해 위로 무너졌다.

슬라티바트패스트가 전선 두 가닥을 손에 쥔 채 아서 앞에 서 있었다.

"테이프가 끝났소." 그가 설명했다.

29

"자포드! 일어나!"

"으음음음음우우우우우에에?"

"이봐, 얼른 일어나."

"그냥 나 잘하는 일이나 계속 하게 해주라, 응?" 자포드는 이렇게 중얼거리더니 등을 돌리고 다시 잠을 청했다.

"내가 꼭 너를 걷어차야겠어?" 포드가 말했다.

"그러면 아주 기분이 좋겠어?" 자포드가 잠이 덜 깬 목소리로 물었다.

"아니."

"나도 아냐. 그러니 그럴 필요가 뭐 있어? 그만 좀 귀찮게 하라고." 자포드는 몸을 고치처럼 돌돌 말았다.

"그는 가스를 우리보다 두 배는 많이 마셨어. 허파 가득 두 번 마셨다고." 트릴리언이 자포드를 내려다보며 말했다.

"그만 좀 떠들어. 잠자려고 애쓰는 것만 해도 충분히 힘들단 말이야. 게다가 이 땅은 또 뭐야? 온통 차갑고 딱딱하잖아." 자포드가 말했다.

"금이야." 포드가 말했다.

자포드는 총알같이 날쌘 동작으로 일어나 지평선을 둘러보았다. 황금 대지가 모든 방향으로 지평선까지 펼쳐져 있었다. 완벽하게 매끈하고 단단한 순금이었다. 그것은 빛났다. 뭐랄까? 마치······ 하지만 비유를 찾기가 대단히 어려웠다. 우주에 순금으로 만들어진 행성처럼 빛나는 것은 아무것도 없었기 때문이었다.

"누가 이 모든 금을 여기 깔았지?" 자포드는 눈이 왕방울만 해져서 캥캥 짖어댔다.

"흥분하지 마. 카탈로그일 뿐이니까." 포드가 말했다.

"뭐?"

"카탈로그. 환상이라고." 트릴리언이 말했다.

"어떻게 그런 말을 할 수가 있어?" 자포드가 손발을 바닥에 짚고 기는 자세로 땅을 뚫어지게 내려다보면서 말했다. 그는 그것을 찔러보고 쑤셔보았다. 그것은 손끝에 묵직하게 느껴졌고 아주 약간 물렁했다. 손톱으로 자국을 낼 수 있을 정도였다. 대단히 노랗고 매우 빛났으며, 입김을 내뿜자 순금 특유의 특이하고도 특별한 방식으로 입김 자국이 금세 증발했다.

"트릴리언과 나는 조금 전에 정신이 들었어. 우린 누가 나타날 때까지 소리를 지르고 난리를 쳐댔어. 계속 소리를 지르고 난리를 쳐대니까 그 사람들은 신물이 나서 우리를 이 행성 카탈로그에 집어넣더군. 자기들이 우리 문제를 처리할 준비가 될 때까지 우리 관심을 딴 데로 좀 돌리려고 그런 거야. 이건 센스-오-테이프라고." 포드가 말했다.

자포드가 씁쓸한 표정으로 그를 바라보았다.

"아, 젠장. 내 황홀한 꿈을 깨우더니 엉뚱한 녀석 꿈을 보여주는구나." 자포드는 왈칵 성을 내며 자리에 앉았다.

"저기 저 계곡들은 뭐야?" 그가 말했다.

"품질 보증서야. 우리는 벌써 봤어." 포드가 말했다.

"일부러 일찍 안 깨웠어. 지난번 행성은 물고기들이 무릎까지 차 있었거든." 트릴리언이 말했다.

"물고기?"

"기괴한 걸 좋아하는 인간들도 있지."

"그리고 그 전 것은 백금 행성이었어. 좀 지루했지. 하지만 이건 네가 보고 싶어할 줄 알았지." 포드가 말했다.

어디를 둘러봐도 빛의 바다가 한 가지 단일한 광채로 빛나고 있었다.

"정말 예쁘네." 자포드가 툴툴거리며 말했다.

하늘에 거대한 녹색 카탈로그 숫자가 나타났다. 그것은 깜박거리다가 다른 숫자로 바뀌었다. 그들이 다시 주변을 돌아보자 땅도 달라져 있었다.

그들이 일제히 말했다. "이크."

바다는 자주색이었다. 그들이 서 있는 바닷가는 노란색과 초록색의 작은 자갈들로 덮여 있었다. 언뜻 보기에도 끔찍하게 진귀한 보석들 같았다. 멀리 보이는 산들은 물렁물렁해 보였고 그 빨간 산꼭대기들은 출렁거리고 있는 듯 보였다. 가까이에는 주름 장식이 붙은 엷은 자주색 파라솔과 은색 술을 단 순은 비치 테이블이 놓여 있었다.

하늘에 거대한 광고문이 카탈로그 숫자를 치우며 나타났다. '어떤 취향을 가지고 계시든 마그라테아가 맞춰드릴 수 있습니다. 저희는 잘난 체하는 게 아닙니다.'

그러고는 완전히 벌거벗은 여자 오백 명이 낙하산을 타고 하늘에서 내려오기 시작했다.

그 장면은 순식간에 사라졌고, 이제 그들은 암소들이 가득한 봄날의 초원 위에 서 있었다.

"아이고! 내 머리들이 터질 것 같아!" 자포드가 말했다.

"그 얘기를 좀더 해보겠어?" 포드가 말했다.

"그래, 좋아." 자포드가 말했다. 세 사람은 자리에 앉았고, 주위에서 나타났다 사라지는 장면들은 무시했다.

"내 결론은 이거야. 내 머리에 일어난 일이 뭐든지 간에 그 짓을 한 것은 나야. 그렇게 해서 정부의 정신 검색 테스트를 들키지 않고 통과하려고 했던 것 같아. 나 자신조차 그 일에 대해 기억을 못하게 만들고 말이야. 꽤나 미친 짓이지?" 자포드가 말했다.

다른 두 사람이 고개를 끄덕여 동의했다.

"그래서 말인데, 내가 알고 있다는 것을 다른 사람들이 알지 못하도록, 은하 정부는 물론이고 나 자신조차 모르도록 할 만한 대단한 비밀이 과연 뭘까? 그 대답은 나도 몰라. 정말로. 하지만 몇 가지 사실을 종합해보면 추측은 할 수 있을 것 같아. 내가 대통령 출마를 결심한 게 언제였지? 유덴 브랭크스 대통령 사망 직후였어. 유덴을 기억하지, 포드?"

"그럼. 우리가 꼬마였을 때 만난 사람이지. 아크투란의 선장. 재미있는 사람이었어. 네가 그 사람의 메가 화물선에 침입해 들어갔을 때 콩커 장난감(끈에 달린 도토리 열매를 서로 부딪쳐 깨뜨리는 사람이 이기는 놀이에 쓰이는 장난감—옮긴이주)을 줬지. 자기가 만난 아이들 중에 네가 가장 놀라운 아이라고 말했어." 포드가 말했다.

"이게 다 무슨 말이야?" 트릴리언이 말했다.

"옛날 얘기." 포드가 말했다. "우리가 베텔게우스에서 같이 놀던 꼬마였을 때 얘기야. 당시 아크투란의 메가 화물선은 은하계 중심부와 외곽 지역 사이의 주요 교역을 거의 다 맡고 있었지. 베텔게우스의 무역상들이 시장을 찾아내면 아크투란의 화물선들이 공급을 담당하는 식이었어. 도델리스 전쟁으로 일망타진되기 전까진 우주 해적들이 아주 골칫거리였기 때문에 메가 화물선에는 은하 과학 최고의 방어막이 설치되어 있었지. 정말 대단한 괴물 같은 녀석들이었어. 게다가 무지하게 컸지. 행성 궤도에 진입해 들어오면 일식을 일으킬 정도였으니까.

하루는, 여기 이 꼬마 자포드가 그 화물선을 습격하기로 결심했지. 성층권 비행용 트라이제트 스쿠터를 타고. 일개 꼬맹이가 말이야. 난 턱도 없는 짓 하지 말라고 했어. 그건 미친 원숭이보다도 더 미친 짓이었으니까. 내가 그 스쿠터를 같이 타고 간 건, 못한다에 돈을 걸었고 그 돈은 이미 내 거나 다름없었기 때문이었지. 녀석이 가짜 증거를 가져오는 게 싫었거든. 그래서 무슨 일이 일어났냐고? 우리는 여기 이 녀석이 완전히 다른 물건으로 개조한 그 트라이제트 스쿠터에 올랐고, 삼 파섹 거리를 몇 주 만에 지나 메가 화물선에 침입했어. 지금도 도대체 어떻게 된 건지 이해가 안 되는 일이야. 그러고는 장난감 권총을 휘두르며 조종실에 들이닥쳐서는 콩커 장난감을 내놓으라고 요구했지. 정말 그보다 기가 막히는 일은 없었어. 난 일 년치 용돈을 모두 잃어버렸다고. 그래서 얻은 게 뭐냐? 빌어먹을 콩커 장난감이었지."

"선장이 그 대단한 사람이었어. 유덴 브랭크스 말이야." 자포드가 말했다. "우리한테 먹을 것도 주고, 은하계에서도 가장 이상한 곳에서 가져온 술에다, 물론 콩커 장난감도 아주 많이 줬어. 정말 엄청 재미있게 놀았지. 그리고 그 사람은 우리를 텔레포트해서 돌려보내 줬는데, 그게 베텔게우스 국립 교도소에서도 가장 철통 같은 보안을 자랑하는 건물 안이었다고. 정말 멋진 사람이었어. 나중에는 은하계 대통령이 되었지."

자포드가 말을 멈추었다.

주변 경관은 어둠 속으로 빠져들고 있었다. 컴컴한 안개가 그들 주위로 피어오르고, 어둠 속에는 코끼리같이 생긴 형체들이 어른거렸다. 대기는 이따금씩 상상의 존재들이 다른 상상의 존재들을 살해하는 비명 소리로 찢겨져 나갔다. 이것도 돈 되는 상품이 되는 걸 보면 이런 걸 좋아하는 사람들이 꽤나 있는 게 틀림없었다.

"포드." 자포드가 나직이 말했다.

"왜?"

"유덴이 죽기 직전에 나를 보러 왔었어."

"뭐? 그런 말은 안 했잖아."

"안 했지."

"그 사람이 뭐라고 했어? 무슨 일로 보러 왔던 거야?"

"순수한 마음 호에 대해 말해줬어. 내가 그걸 훔쳐야 한다는 것도 그 사람 아이디어였지."

"그 사람 아이디어라고?"

"그래. 그리고 그걸 훔칠 수 있는 유일한 길은 진수식에서뿐이라는 것도." 자포드가 말했다.

포드는 놀라서 입을 딱 벌리고 자포드를 바라보다가 큰 소리로 웃음을 터뜨렸다.

"너 지금, 네가 은하계의 대통령이 된 게 겨우 그 배를 훔치기 위해서였다는 거야?"

"바로 그거야." 대부분의 다른 사람의 경우라면 부드러운 벽이 둘러쳐진 병원 방에 갇히기 딱 좋은 미소를 지어 보이며 자포드가 말했다.

."하지만 왜? 그걸 갖는 게 왜 그렇게 중요한데?" 포드가 말했다.

"나도 몰라. 내 생각엔, 그게 왜 그렇게 중요하고 내가 왜 그걸 필요로 하는지를 내가 의식적으로 알고 있었다면, 두뇌 검색 테스트에서 다 나타났을 거야. 그럼 난 절대 통과 못했겠지. 유덴이 내게 해준 말 중 많은 부분이 아직 열쇠로 채워져 있는 것 같아." 자포드가 말했다.

"그러니까, 네 생각엔 유덴이 네게 한 무슨 말 때문에 네가 자진해서 네 머릿속을 다 망쳐놓았다는 거야?"

"워낙 말을 잘하는 사람이었으니까."

"그건 그래. 하지만 자포드, 이 친구야, 자기 몸은 자기가 돌봐야 하는 거잖아."

자포드가 어깨를 으쓱했다.

"무슨 말이냐 하면, 이런 엄청난 일을 한 데는 조금이라도 어떤 이유가 있지 않겠냐는 거지." 포드가 말했다.

자포드는 이 말에 대해 열심히 생각을 해보았다. 의혹이 머릿속을 스치는 것 같았다.

"생각이 안 나." 마침내 그가 입을 열었다. "내가 나 자신의 비밀로 가는 문을 지키고 서 있는 것 같아. 하지만……." 그가 좀더 생각에 잠겼다가 말을 이었다. "이해는 할 만해. 생쥐에게 침을 뱉을 수 있다는 것 정도 빼고는 나 자신도 나를 믿지 않으니까."

잠시 후, 카탈로그의 마지막 행성이 발아래에서 사라지고 다시 견고한 세상이 모습을 드러냈다.

그들은 유리 테이블들과 디자인 상패들이 가득한 호화로운 방 안에 앉아 있었다.

키가 큰 마그라테아 사람이 그들 앞에 서 있었다.

"생쥐들이 지금 여러분을 보시겠답니다." 그가 말했다.

ƎO

"그렇게 된 거라오." 슬라티바트패스트가 그의 서재의 끔찍한 쓰레기들을 어떻게 좀 치워보려고 하며 말했다. 하지만 그의 태도에는 열의가 없었다. 그는 종이 더미 위에서 종이 한 장을 집어 들었지만, 그걸 어디에다 치워야 할지 정하지 못하고 원래의 더미 위에 다시 올려놓았다. 그러자 그 더미는 곧 쓰러져버리고 말았다. "깊은 생각이 지구를 설계하고, 우리가 만들어서, 당신들이 그 위에 살게 된 거라오."

"그리고 그 프로그램이 완료되기 오 분 전에 보고인들이 와서 파괴해버린 거고요." 아서가 무덤덤하게 말했다.

"그렇소." 노인이 방 안을 망연자실하게 둘러보기를 멈추고 말했다. "천만 년의 계획과 작업이 그런 식으로 날아가 버린 거라오. 천만 년 말이오, 지구인. 그런 엄청난 시간이 상상이나 되오? 그 시간이면 작은 벌레 한 마리로부터 은하 문명이 다섯 번은 자라날 수 있을 거요. 그게 날아가 버린 거지." 그가 말을 멈췄다가 덧붙였다. "그런 게 관료주의라오."

"이 모든 얘기를 들으니 많은 일들이 설명이 되는군요. 이제껏 저는 이 세상에 뭔가가 일어나고 있다는 설명할 수 없는 기이한 느낌을 가지고 살았어요. 뭔가 큼직하고, 불길하기까지 한 일 말이에요. 하지만 아무도 그게 뭔지 제게 말해주려 하지 않았죠."

"그건 아니오. 그건 완전히 정상적인 편집증이오. 우주의 모든 사람이 갖고 있는 병이지." 노인이 말했다.

"누구나요? 누구나 그걸 갖고 있다면 그건 분명 뭔가 의미가 있다고요! 어쩌면 우리가 알고 있는 우주 바깥 어딘가에서……." 아서가 말했다.

"그럴지도 모르지." 아서가 너무 흥분하기 전에 슬라티바트패스트가 말했다. "하지만 무슨 상관이오? 어쩌면 내가 너무 늙고 피로한 건지도 모르지. 그래도 난 항상 정말로 무슨 일이 벌어지고 있는지 알아낼 확률이란 너무도 터무니없이 낮다고 생각하오. 그러니까 우리는 그런 건 말도 안 된다고 무시해버리고 일에 몰두하는 수밖에 달리 방도가 없소. 나를 보시오. 난 해안들을 디자인하지. 노르웨이를 설계해서 상도 받았소."

그는 파편 더미 사이를 뒤져서 그의 이름이 새겨지고 노르웨이 해안의 모델이 새겨져 있는 커다란 플렉시글라스 상패 하나를 끄집어냈다.

"이게 무슨 의미가 있소?" 그가 말했다. "내가 이해할 수 있는 건 아무것도 없소. 난 평생 피오르드 해안을 만들었소. 정말 아주 잠깐 동안은 피오르드가 유행했고, 그래서 큰 상도 탔지."

그는 그것을 뒤집어 보더니 어깨를 으쓱하고는 무심하게 아무 데나 집어던졌다. 하지만 부드럽지 않은 곳에 내던질 만큼 무심하게는 아니었다.

"이번 지구 대체품 건설에선 아프리카를 맡았지. 물론 이번에도 난 피오르드 해안을 만들 거요. 그게 좋으니까. 난 구식이라 그런지, 그 해안이 대륙에 멋진 바로크풍 느낌을 줄 것만 같거든. 그런데 저들은 그게 적도 부근에는 어울리지 않는다고 말한다오. 적도라니!" 그가 공허하게 웃었다. "그게 무슨 상관이오! 물론 과학이 멋진 일들을 해내긴 했지. 하지만 난 옳은 것보다는 행복한 게 훨씬 좋소."

"그래서 행복하세요?"

"아니오. 물론 거기에 문제가 있지."

"슬픈 일이군요." 아서가 동정을 표했다. "그렇지만 않다면 꽤 괜찮은 인생처럼 보이는데요."

벽 어딘가에서 작고 하얀 빛이 번쩍였다.

"따라오시오. 당신은 생쥐들을 만나게 될 거요. 당신이 행성에 도착한 게 엄청난 흥분을 불러일으켰소. 듣자니, 우주 역사상 세 번째 불가사의라며 요란을 떨더군." 슬라티바트패스트가 말했다.

"처음 두 가지는 뭐였는데요?"

"아, 뭐 그냥 우연한 일들이었겠지." 슬라티바트패스트가 무관심하게 말했다. 그는 문을 열고 아서가 따라 나오기를 기다렸다.

아서는 다시 한번 주변을 돌아보고, 자신의 모습을 내려다봤다. 자신이 목요일 아침에 진흙 속에 입고 누워 있었던 땀에 절은 헝클어진 옷을.

"내 인생 스타일에는 뭔가 심각한 문제가 있는 것 같군." 그가 중얼거렸다.

"뭐라고 하셨소?" 노인이 부드럽게 물었다.

"아, 아닙니다. 농담이었어요." 아서가 말했다.

31

잘못 내뱉은 말 한마디로 수많은 목숨이 날아갈 수도 있다는 사실은 널리 알려져 있지만, 이러한 문제의 규모가 얼마나 큰지에 대해서는 제대로 인식되지 못하고 있다.

가령, 아서가 "내 인생 스타일에는 뭔가 심각한 문제가 있는 것 같군" 하고 말한 바로 그 순간, 시공간 연속체의 조직에 괴상한 웜홀이 하나 열렸다. 그리고 그 구멍은 거의 무한대의 공간을 넘어 머나먼 과거의 멀고 먼 은하계에 그의 말을 전했다. 그때 그곳에서는 기이하고 호전적인 존재들이 끔찍한 성간 전쟁을 목전에 두고 대치하고 있었다.

두 적장이 최후의 회담을 진행하는 중이었다.

회담장에는 무시무시한 침묵이 흐르고 있었다. 보석 박힌 검은색 전투용 반바지를 눈부시게 차려입은 브엘허르그의 사령관은 달콤한 향기가 나는 녹색 증기 속에 웅크린 채 반대편에 앉아 있는 그

구그번트의 지도자를 똑바로 응시하고 있었다. 그의 등 뒤에는 무시무시하게 중무장을 한 말쑥한 우주선 백만 대가 그의 명령 한마디면 전자 죽음의 폭풍을 일으킬 태세로 대기 중이었다. 그는 이 그구그번트의 야비한 생물이 자기 어머니에 대해 한 말을 철회할 것을 요구하고 있었다.

그 생물은 역겹게 끓어오르는 증기 속에서 몸을 뒤척였다. 바로 그 순간 '내 인생 스타일에는 뭔가 심각한 문제가 있는 것 같군'이라는 말이 회담장 안으로 흘러 들어왔다.

불행히도 이것은 브엘허르그 언어로는 상상도 못할 만큼 끔찍하게 모욕적인 말이었다. 그런 말을 들으면 수세기 동안 끔찍한 전쟁을 치르는 수밖에 도리가 없었다.

마침내 수천 년에 걸쳐 그들 은하계의 인구 십분의 일이 죽어버리고 나서야 이 모든 일이 끔찍한 실수였다는 사실이 밝혀졌다. 그래서 대치하던 양측의 전함들은 별것 없는 남은 이견을 조율하고, 이제 그 모욕적인 언사의 진원지로 확실하게 밝혀진 우리 은하계를 공격하기 위한 연합 함대를 구성했다.

그 후 수천 년에 걸쳐 그 막강한 함대는 공허한 우주 공간을 건너와 마침내 그들의 눈에 띈 첫 번째 행성에 쏟아져 내렸는데, 그것은 우연히도 지구였다. 하지만 끔찍한 각도 계산 착오로 말미암아, 그 함대 전체는 어떤 작은 개의 입 속에 삼켜져버리고 말았다.

우주의 역사에서 원인과 결과의 복잡한 상호 작용을 연구하는 사람들은 이런 종류의 일들이 항상 벌어지고 있으며 우리가 그것을 막을 수도 없다고 말한다.

"인생이란 그런 거야." 그들은 말한다.

비행차는 곧 아서와 마그라테아의 노인을 어떤 입구로 데려왔다. 그들은 차에서 내려 문을 통과했고, 유리 테이블과 플렉시글라스 상패가 가득한 대기실에 들어섰다. 거의 동시에 방의 반대편에 있는 문 위에 불이 들어왔고 그들은 그 안으로 들어갔다.

"아서! 너 무사했구나!" 어떤 목소리가 말했다.

"나 말이야?" 아서가 깜짝 놀라 말했다. "오, 괜찮아."

실내 조명이 좀 약한 상태여서 아서는 조금 지나고 나서야 포드와 트릴리언, 자포드를 알아볼 수 있었다. 그들은 이국풍의 요리들과 이상한 사탕과자들, 괴이한 모양새의 과일들이 아름답게 차려진 커다란 식탁에 둘러앉아 마구 먹어대고 있었다.

"너흰 무슨 일을 겪었는데?" 아서가 물었다.

"글쎄." 자포드가 근육 구이 뼈다귀를 물어뜯으며 말했다. "여기 계신 손님들께서 우리에게 가스를 먹이고 혼을 빼놓으면서 대단히 이상하게 굴더니만 이제는 보상하는 의미에서 제법 괜찮은 식사를 제공하셨지 뭐야. 자……." 그가 접시에서 불쾌한 냄새를 풍기는 고깃덩어리 하나를 번쩍 들면서 말했다. "이 베가 행성의 코뿔소 커틀릿 좀 먹어봐. 혹시 이런 걸 좋아한다면 맛있을 거야."

"그럼 주인은? 주인은 누군데? 내 눈엔 아무도……." 아서가 말했다.

나직한 목소리가 말했다. "점심 식사에 오신 걸 환영하오, 지구 생물."

아서는 두리번거리다가 돌연 소리를 질렀다.

"억!" 그가 말했다. "식탁 위에 생쥐가 있잖아!"

모두들 일제히 아서를 쳐다보았고 어색한 침묵이 흘렀다.

아서는 식탁 위의 위스키 잔같이 생긴 것 안에 들어 있는 생쥐 두 마리를 보느라 정신이 없었다. 그는 갑작스러운 침묵을 알아차리고 주위 사람들을 둘러보았다.

"아!" 문득 상황을 파악한 그가 말했다. "아, 미안해. 나는 아직 준비가……."

"내가 소개하지. 아서, 이분은 벤지 생쥐셔." 트릴리언이 말했다.

"안녕하시오?" 생쥐 한 마리가 말했다.

그의 수염이 위스키 잔 같은 물건 내부의 터치 센서를 건드린 것 같았다. 그것이 앞으로 살며시 미끄러져 움직였다.

"그리고 이분은 프랭키 생쥐시고."

"만나서 반갑소." 다른 생쥐가 말했다. 그러고는 먼젓번 생쥐와 같은 행동을 했다.

아서는 얼이 빠졌다.

"하지만 저것들은……."

"맞아. 내가 지구에서 가져온 그 생쥐들이지." 트릴리언이 말했다.

그녀는 그의 눈을 빤히 쳐다보았다. 아서는 그 안에서 희미한 자포자기의 기운을 읽은 것 같았다.

"거기 아크투란 메가 당나귀 다진 고기 접시 좀 주겠어?" 그녀가 말했다.

슬라티바트패스트가 예의를 차려 헛기침을 했다.

"음, 실례합니다."

"예, 고마워요, 슬라티바트패스트 씨. 가도 좋아요." 벤지 생쥐가 날카롭게 말했다.

"예? 아……예, 그렇게 하지요." 노인이 약간 당황해서 말했다. "그러면 저는 가서 피오르드 해안 일이나 계속 하겠습니다."

"아, 그런데 사실 그게 필요 없을 것 같아요." 프랭키 생쥐가 말했다. "그 새 지구가 이젠 더 이상 필요치 않은 것 같거든요." 그는 작은 분홍색 눈알을 굴리며 계속 말했다. "지구가 파괴되기 일보 직전까지 거기 있었던 원주민이 발견되었으니까."

"뭐라고요?" 슬라티바트패스트가 소스라치듯 놀라며 외쳤다. "설마 진심은 아니시겠죠! 난 벌써 아프리카로 굴려 갈 빙하를 천 개나 준비해뒀단 말입니다!"

"글쎄, 그것들을 부수기 전에 잠깐 스키 휴가나 다녀오시든지요." 프랭키가 심술궂게 말했다.

"스키 휴가요!" 노인이 소리쳤다. "그 빙하들은 예술품이란 말입니다! 우아하게 조각된 윤곽, 하늘 높이 치솟은 얼음 봉우리들, 웅장한 깊은 계곡들! 그런 예술 작품 위에서 스키를 탄다는 건 신성 모독이에요!"

"고마워요, 슬라티바트패스트 씨. 그만 가보세요." 벤지가 단호하게 말했다.

"알겠습니다. 대단히 고맙습니다." 노인이 차갑게 말했다. 그러고는 아서를 향해 말했다. "그럼 지구인, 안녕히 가시오. 당신 인생 스타일이 좀 나아지길 바라오."

그는 나머지 사람들에게 가볍게 목례를 하고 돌아서서 슬픈 표정으로 방에서 걸어 나갔다.

아서는 할 말을 잃고 그의 뒷모습을 바라봤다.

"자, 이제 일을 시작합시다." 벤지 생쥐가 말했다.

포드와 자포드는 서로 잔을 부딪쳤다.

"일을 위해서!" 그들이 말했다.

"뭐라고 했소?" 벤지가 물었다.

포드가 주변을 둘러보았다.

"미안해요. 축배를 들자는 말인 줄 알았죠." 그가 말했다.

두 마리 쥐는 그들의 유리 자동차 안에서 안절부절 부산을 떨었다. 마침내 진정이 되자 벤지가 아서에게 다가와 말을 시작했다.

"자, 지구 생물. 사실 우리가 처한 상황은 이렇소. 아시다시피, 우리는 당신네 행성을 지난 천만 년간 조종해왔소. 궁극적인 질문이라 불리는 이 지독한 것을 찾기 위해서였지."

"왜?" 아서가 날카롭게 말했다.

"아니오, 그건 우리도 이미 생각했던 거요." 프랭키가 말을 막고 나섰다. "하지만 그건 답과 안 맞잖소. '왜? 42'……그건 말이 안 되잖소."

"아니 내 말은, 왜 그런 일을 해왔느냐는 거죠." 아서가 말했다.

"아, 그랬군." 프랭키가 말했다. "글쎄, 무지막지하게 솔직히 말하자면, 결국에 가선 습관이 되었던 것 같소. 그리고 요점은 대략이렇소. 우리는 이 모든 일이 죽도록 지겨워진 거요. 게다가 그 지긋지긋한 보고인들 때문에 그 모든 작업을 다시 수행해야 한다고 생각하면 비명이 터져 나올 정도로 치가 떨리오. 무슨 말인지 알겠소? 벤지와 내가 어떤 임무 하나를 마친 뒤 잠깐 휴가를 가질까 하고 그 행성을 떠났던 것은 정말 단순한 행운이었지. 그랬다가 당신 친구들의 도움으로 손을 좀 써서 마그라테아로 돌아온 거요."

"마그라테아는 우리 차원으로 돌아가는 입구요." 벤지가 끼어들었다.

그의 동료 쥐가 말을 이었다. "그러고 나서 우린 5차원 토크쇼와 지방 순회 강연을 조건으로 어마어마한 금액의 계약을 제안받았소. 물론 우린 그 제안을 무척 받아들이고 싶소."

"나라면 당연히 받아들이겠어. 넌 안 그래, 포드?" 자포드가 무슨 선동이라도 하듯 말했다.

"아, 그럼." 포드가 말했다. "총알처럼 달려들어야지."

아서는 도대체 무슨 꿍꿍이가 있는 것인지 의아해하며 그들을 돌아보았다.

"그러나 우리에겐 우선 '물건'이 있어야 하오. 그러니까, 이상적으로 말하자면 우리에겐 어떤 식으로든 궁극적인 질문이 있어야 해요." 프랭키가 말했다.

자포드가 아서에게 고개를 기울였다.

"알겠어?" 그가 말했다. "저들이 스튜디오에 편안하게 앉아 자기들이 우연히도 삶과 우주, 그리고 모든 것에 대한 해답을 알게 됐다고 말한다면 말이야, 결국에는 그 답이 실은 42라고 말해야 되겠지. 그럼 그 쇼는 아마 굉장히 짧은 쇼가 될 거야. 뭐 더 할 말이 있어야 말이지."

"우린 뭔가 그럴듯하게 '들리는' 것을 가지고 가야 해요." 벤지가 말했다.

"그럴듯하게 들리는 거라고요?" 아서가 소리쳤다. "그럴듯하게 들리는 궁극적인 질문? 그것도 두 마리 생쥐의 입에서?"

생쥐들이 수염을 빳빳이 세웠다.

"글쎄, 이상주의도 좋고, 순수한 연구의 명예도 좋고, 각종 진리 추구도 좋다 이거요. 하지만 이 세상에 '진짜' 진리라는 것이 있다면 그건 이 모든 다차원적 무한 우주가 거의 틀림없이 미친놈 집단에 의해 지배되고 있다는 게 아닐까 하는 의혹이 들기 시작하는 날이 올 거요. 그따위 진리를 찾자고 천만 년을 더 보내야 하는 것과 그냥 돈을 들고 튀어버리는 것 사이에서 선택을 해야 한다면, 나는 튀는 쪽을 택하겠소." 프랭키가 말했다.

"하지만……." 아서가 절망적으로 말을 꺼냈다.

"여어, 지구인. 이렇게 생각해봐." 자포드가 끼어들었다. "네가 바로 그 컴퓨터 모체의 단 하나 남은 마지막 산물이야. 너희 행성이 없어지기 직전까지 넌 거기 있었잖아, 안 그래?"

"음……."

"그러니까 네 두뇌는 그 컴퓨터 프로그램이 거의 끝장나기 일보 직전 구성 상태의 유기적 일부란 말이야." 포드는 자신이 생각하기에도 명석하게 설명했다.

"그렇지?" 자포드가 말했다.

"글쎄." 아서가 미심쩍게 대답했다. 그는 자신이 무언가의 유기적 일부라고 느껴본 적이 한 번도 없었다. 그는 언제나 그게 자기 문제의 하나라고 생각하고 있었다.

벤지가 그의 이상하게 생겨먹은 작은 수송체를 움직여 아서에게 다가오며 말했다. "다시 말하면, 당신 두뇌 구조에 그 질문의 구조가 암호화되어 남아 있을 가능성이 매우 높다는 얘기요. 우리는 당신에게서 그걸 사들이고 싶소."

"뭘요, 그 질문을요?" 아서가 말했다.

"그래." 포드와 트릴리언이 함께 말했다.

"엄청난 돈을 주고." 자포드가 말했다.

"아니, 아니. 우리가 사고 싶어하는 것은 그 뇌요." 프랭키가 말했다.

"뭐!"

"누군들 그걸 갖고 싶지 않겠소?" 벤지가 말했다.

"당신들이 그 뇌를 전기적으로 읽어낼 수 있다고 말한 것 같은데요." 포드가 항의했다.

"아, 맞소. 하지만 그걸 먼저 끄집어내야 하오. 사전 준비가 필요한 거지." 프랭키가 말했다.

"화학 처리를 하고." 벤지가 말했다.

"깍둑썰기를 하고."

"그럼 이만." 아서가 공포에 질린 나머지 의자를 엎어뜨리고 식탁에서 황급히 뒷걸음치며 외쳤다.

"언제든 새것으로 갈 수 있소. 그게 중요하다고 생각한다면 말이오." 벤지가 합리적으로 설명했다.

"그렇소, 전자 두뇌로. 아주 단순한 것이라도 충분할 거요." 프랭키가 말했다.

"단순한 거라고!" 아서가 울부짖었다.

자포드가 돌연 사악한 미소를 지으며 말했다. "그럼 거기에다 '뭐?', '난 이해가 안 되는데', '홍차는 어딨어?' 이 세 마디만 프로그래밍하면 될 거야. 아무도 그 차이를 모를걸."

"뭐?" 아서가 더 뒷걸음치며 말했다.

"거봐, 내 말이 맞지." 자포드는 이렇게 말하다가, 그 순간 트릴리언이 취한 어떤 행동 때문에 고통스럽게 비명을 질렀다.

"난 그 차이를 알 거야." 아서가 말했다.

"아니, 모를 거요. 알지 못하도록 프로그래밍할 테니까." 프랭키 생쥐가 말했다.

포드가 문 쪽으로 갔다.

"이봐, 생쥐 친구들. 안됐지만 우린 협상이 안 될 것 같군." 그가

말했다

"내가 보기엔 우린 협상을 해야만 할걸." 두 마리 생쥐가 합창하듯 말했다. 그들의 조그마한 목소리에서 울리던 부드러움은 순식간에 사라졌다. 낑낑거리는 듯한 날카로운 소리가 조그맣게 들리더니 그들의 유리 수송체가 테이블 위로 떠올라 아서를 향해 흔들흔들 다가왔다. 아서는 완전히 넋이 나간 채 비틀거리며 막다른 구석으로 뒷걸음쳤다.

트릴리언이 필사적으로 아서의 팔을 잡아채서는, 포드와 자포드가 안간힘을 다해 열고 있는 문 쪽으로 끌고 가려 했다. 하지만 아서는 축 늘어져 천근만근이었다. 그는 자신을 향해 급강하하고 있는 공수(空輸) 설치류들 때문에 최면에라도 걸려 있는 것 같았다.

트릴리언이 비명을 질러도 그는 그저 입을 쩍 벌리고 있을 뿐이었다.

포드와 자포드가 다시 한번 죽어라고 힘을 써서 문을 열었다. 문밖에는 마그라테아의 깡패들이라고밖에 생각할 수 없는 일군의 못생긴 사람들이 대기하고 있었다. 사람들만 못생긴 게 아니라, 그들이 가지고 있는 의료 기구들도 결코 예쁘장하다고는 볼 수 없는 것들이었다. 그들이 몰려왔다.

아서는 이제 막 머리 뚜껑이 열리게 될 판이었다. 트릴리언도 그를 도울 수가 없었고, 포드와 자포드도 자기보다 훨씬 덩치 크고 무장이 잘 된 흉측한 놈들에게 공격당하기 일보직전이었다.

바로 그 순간, 엄청 다행스럽게도 그 행성의 모든 경보 시스템이 갑자기 고막이 터질 지경으로 시끄럽게 경보를 울려대기 시작했다.

32

마그라테아 전역에 경적이 울려 퍼졌다. "비상! 비상!
적기가 행성에 착륙했다. 8A 구역에 무장 침입자들이 있다. 방어 태세를 갖춰
라, 방어 태세를 갖춰라!"

생쥐 두 마리는 바닥의 산산조각난 유리 수송체 잔해 주위를 빙
빙 돌며 초조하게 코를 씰룩거렸다. "젠장, 이 파운드밖에 안 되는
지구놈 뇌 때문에 이게 무슨 소란이람." 프랭키 생쥐가 투덜거렸다.
그는 빨간 눈을 반짝거리며 미세한 하얀 깃털을 쫑긋 세우고는 주
변을 부산하게 돌아다녔다. 벤지가 쪼그리고 앉아 생각에 잠긴 채
수염을 쓰다듬으며 말했다. "지금 우리가 할 수 있는 일은 가짜 질
문을 만들어내는 것밖에 없어. 그럴듯하게 들리는 걸로 하나 위조
하자."

"어렵네." 프랭키가 말했다. 그가 생각에 잠겼다가 말했다. "'노
랗고 위험천만한 게 뭘까'는 어때?"

벤지가 잠시 생각해보았다.

"아냐, 좋지 않아. 답이랑 안 맞아."

몇 초간 침묵이 흘렀다.

"좋아. '육 곱하기 칠은 무엇인가?'" 벤지가 말했다.

"아냐, 아냐, 너무 문자 그대로잖아. 너무 사실적이고. 그런 거에는 어떤 바보도 넘어가지 않을 거야." 프랭키가 말했다.

그들은 다시 생각에 잠겼다.

프랭키가 말했다. "아, 생각났다. '인간은 얼마나 많은 길을 가야 하나?'"

"아! 하, 그거 제법 그럴듯한데!" 벤지가 말했다. 그는 그 문장을 잠시 음미해보더니 말했다. "그래, 훌륭해! 한 가지 의미로 딱 고정되지도 않으면서 아주 의미심장해 보여. '인간은 얼마나 많은 길을 가야 하나? 42.' 훌륭해, 훌륭해. 그거면 그들도 속을 거야. 프랭키, 우린 해낸 거야!"

그들은 흥분해서 팔짝팔짝 춤을 추었다.

그들 가까이의 바닥에는 무거운 디자인 상패로 머리를 강타당한 꽤 못생긴 남자들이 쓰러져 있었다.

반 마일쯤 떨어진 곳에서는 네 사람이 복도를 쿵쿵거리며 출구를 찾고 있었다. 그들은 넓게 탁 트인 컴퓨터실로 뛰어들어 주변을 황망히 둘러보았다.

"자포드, 어느 쪽인 것 같아?" 포드가 말했다.

"마구잡이로 짐작하면, 이쪽일 것 같아." 자포드가 오른쪽으로 돌아 컴퓨터 더미와 벽 사이에 난 길로 뛰어들며 말했다. 다른 사람들이 그의 뒤를 바싹 쫓을 때, 킬-오-잽 에너지 광선이 그의 앞을 가로막았다. 광선은 그를 몇 인치 정도 빗나가서 근처 벽을 조금 지져놓았다.

핸드 마이크로 누군가가 말했다. "좋아, 비블브락스, 꼼짝 마라. 너희는 포위됐다."

"경찰이다!" 자포드가 쭈그린 채 돌아보며 소리 죽여 말했다. "이번엔 네가 한번 추측해볼래?"

"좋아, 이쪽이다." 포드가 말했다.

그들 네 사람은 컴퓨터 더미 사이의 통로로 달려갔다.

통로 끝에서 우주복을 입고 중무장을 한 인물이 무시무시한 킬-오-잽 총을 흔들며 나타났다.

"우린 널 쏘고 싶지 않다, 비블브락스!" 그자가 소리쳤다.

"그거 반가운 소리로군!" 자포드가 되받아 소리쳤다. 그러고는 두 개의 데이터 프로세스 장비 사이의 틈으로 뛰어내렸다.

다른 사람들도 그 뒤를 따랐다.

"두 사람이야. 우린 코너에 몰렸어." 트릴리언이 말했다.

그들은 큼직한 컴퓨터 데이터뱅크와 벽 사이의 틈으로 쑤시고 들어갔다.

그들은 숨을 죽이고 기다렸다.

갑자기 두 경찰관이 양쪽에서 동시에 사격을 개시했고, 실내는 에너지 광선으로 진동했다.

"아니 저 녀석들이 우리한테 총을 쏘잖아. 저 녀석들, 쏘고 싶지 않다고 말한 줄 알았는데." 아서가 몸을 공처럼 똘똘 말고 말했다.

"그래, 나도 그렇게 들었어." 포드가 동의했다.

자포드는 위험하게도 머리 하나를 쑥 내밀었다.

"이봐, 우리를 쏘고 싶지 않다고 했었잖아!" 그가 말했다. 그리고 다시 고개를 움츠렸다.

그들은 기다렸다.

잠시 후 대답이 들렸다.

"경찰관은 쉬운 직업이 아니야."

"뭐라고 한 거야?" 포드가 놀라서 속삭였다.

"경찰관이 쉬운 직업이 아니래."

"뭐, 그건 자기 문제잖아, 안 그래?"

"나라면 그렇게 생각할 거야."

포드가 소리쳤다. "이봐, 들어봐! 너희가 총을 쏴대는 것만으로도 우리는 문제가 넘치는 판이라고. 그러니 너희 문제를 우리에게 떠넘기지 마. 그럼 양쪽 모두 살기가 훨씬 쉬워질 테니까!"

다시 한번 침묵이 흐르더니 핸드 마이크가 울려 퍼졌다.

"이번엔 내 말을 들어봐라." 목소리가 말했다. "너희는 총질이나 해대는 2비트짜리 멍텅구리를 상대하고 있는 게 아니다. 바싹 자른 머리에 돼지 같은 단추 눈을 하고는 대화라곤 할 줄 모르는 그런 바보 경찰 말이다. 우리는 너희가 사교적인 자리에서 만난다면 아마 꽤나 좋아하게 될, 지적이고 마음씨 좋은 사람들이다! 난 이유도 없이 사람들에게 총질을 해대고는 나중에 초라한 우주 기마대 술집에 가서 허풍이나 떠는 그런 사람이 아니다. 내가 아는 어떤 경찰들과는 다르단 말이다! 난 사람들에게 제멋대로 총질을 해대고 나면 나중에 여자 친구 앞에서 몇 시간씩 마음 아파한단 말이다!"

"그리고 난 소설을 써!" 또 다른 경찰관이 장단을 맞췄다. "아직 출판된 건 하나도 없지만 말이야. 그래서 경고하는데, 난 지금 기분이 아주 부우울쾌하다고!"

포드는 눈이 반쯤 튀어나올 것 같았다. "저 녀석들, 도대체 뭐야?" 그가 말했다.

"알 수 없지. 차라리 저 녀석들이 총질할 때가 더 나았던 것 같아." 자포드가 말했다.

"좋아, 순순히 나오겠나, 아니면……폭파시켜 끄집어낼까?" 경찰관 중 하나가 다시 소리를 질렀다.

"너희는 어느 쪽이 좋으냐?" 포드가 외쳤다.

백만분의 일 초도 안 돼서 그들 주변의 공기가 불길에 휩싸였다. 킬-오-잽의 광선이 연이어 그들이 숨어 있는 데이터뱅크를 가격했다.

집중 포화는 몇 초간 견딜 수 없을 정도로 지독하게 계속됐다.

포화가 멎자, 메아리가 사라지는 동안 순간적으로 잠시 정적이 흘렀다.

"아직 거기 있냐?" 경찰관 한 명이 소리쳤다.

"있다." 그들이 대답했다.

"우리도 이 짓을 하는 게 즐겁지 않았다." 또 다른 경관이 소리쳤다.

"어련하실까." 포드가 외쳤다.

"자, 비블브락스, 내 말을 들어라. 잘 듣는 게 좋을 거다!"

"왜?" 자포드가 맞받아쳤다.

"왜냐하면, 굉장히 지성적이고 꽤 재미있고 또 인간적인 이야기를 할 거니까! 자, 너희가 항복하고 나와서 우리한테 때릴 기회를 주든지……물론 우리는 쓸데없는 폭력에는 반대하기 때문에 너무 많이 때리지는 않을 거지만……아니면, 우리가 이 행성 전체를 날려버리고 가는 길에 눈에 띄는 한두 개를 더 날려버리게 하든지 선택해라!" 경찰관이 소리쳤다.

"하지만 그건 미친 짓이야! 너흰 그런 짓을 못할 거야." 트릴리언이 외쳤다.

"천만에, 우린 할 거다." 경찰관이 소리쳤다. 그리고 다른 경관에게 물었다. "할 거지?"

"아, 물론 우린 할 거다. 틀림없이." 다른 경찰관이 소리쳐 답했다.

"하지만 왜?" 트릴리언이 물었다.

"왜냐하면, 아무리 감수성이니 뭐니 하는 것들을 다 알고 있는 깨인 진보 경찰이라도 할 건 해야 하니까!"

"이 친구들, 정말 구제 불능이군." 포드가 머리를 가로저으며 투덜거렸다.

"그럼 다시 총을 잠깐 쏠까?" 한 경찰관이 다른 경찰관에게 소리쳤다.

"좋아, 왜 아니겠어?"

그들은 다시 일제 전자 사격을 날렸다.

그 열기와 소음은 꽤나 대단했다. 컴퓨터 더미가 서서히 허물어졌다. 앞쪽은 이미 거의 녹아버렸고, 녹은 쇠는 용암처럼 강을 이루어 그들이 움츠리고 있는 뒤쪽으로 흘러들었다. 그들은 몸을 뒤로 바싹 붙이고 웅크린 채 최후를 기다리고 있었다.

ㅋㅋ

ㄱ러나 최후는 오지 않았다. 적어도 그 순간에 오지는 않았다.

갑자기 일제 사격이 멈췄고, 갑작스러운 정적 속에서 목이라도 졸린 듯한 두어 번의 꼴까닥 소리와 쿵 소리가 들렸다.

네 사람은 서로를 쳐다보았다.

"무슨 일이지?" 아서가 말했다.

"저놈들이 멈췄어." 자포드가 어깨를 으쓱하며 말했다.

"왜?"

"알 게 뭐야. 네가 가서 물어볼래?"

"아니."

그들은 기다렸다.

"이봐?" 포드가 그들을 불러보았다.

아무 대답이 없었다.

"이상하네."

"함정인지도 몰라."

"저놈들은 그런 꾀도 없어."

"쿵 소리는 뭐였지?"

"알 수 없지."

그들은 몇 초를 더 기다렸다.

"좋아, 내가 가서 보고 오지." 포드가 말했다.

그는 다른 사람들을 돌아봤다.

"'아냐, 그래서는 안 돼. 내가 대신 갈게'라고 말할 사람이 아무도 없단 말야?"

모두들 고개를 저었다.

"할 수 없지." 그가 말하고는 자리에서 일어났다.

잠시 동안 아무 일도 일어나지 않았다.

그리고 한 일 초쯤 더 지나도 계속해서 아무 일도 일어나지 않았다. 포드는 불타고 있는 컴퓨터에서 솟아오르는 짙은 연기 뒤편을 응시했다.

그는 조심스럽게 밖으로 나섰다.

여전히 아무 일도 일어나지 않았다.

연기 너머로 이십 야드 저편에 우주복을 입은 경찰관 한 명이 희미하게 보였다. 그는 고철 더미 속에 누워 있었다. 그 경찰관의 반대 방향으로 이십 야드 떨어진 곳에는 두 번째 경찰관이 누워 있었다. 그 외에는 아무도 없었다.

포드가 보기에 극도로 이상한 광경이었다.

그는 불안해하면서 천천히 첫 번째 경찰에게 접근했다. 그가 다가가도 경찰은 꼼짝도 않고 누워 있었다. 옆에 가서 그의 힘 빠진 손에 대롱대롱 매달려 있는 킬-오-잽 총을 발로 건드려봐도 그는 여전히 꼼짝하지 않았다. 꽤나 안심되는 광경이었다.

포드는 허리를 구부려 총을 집어 들었다. 아무 저항이 없었다.

그 경찰은 정말 죽은 게 분명했다.

재빨리 살펴보니 그는 블라굴론 카파 행성에서 온 경찰이었다. 메탄가스를 호흡하는 생명체라 마그라테아의 희박한 산소 대기에서는 생존을 위해 우주복을 입고 있는 것이었다.

그의 배낭에 들어 있는 작은 생명 유지 컴퓨터가 돌연 파괴돼버린 것 같았다.

포드는 대단히 놀라면서 주변을 살폈다. 이 미니 우주복 컴퓨터는 주로 모선의 주 컴퓨터와 서브-에서로 연결되어 완벽하게 지원을 받게끔 설계돼 있었다. 이런 시스템은 주 컴퓨터와의 피드백에 전적으로 오작동이 생기지 않는 한 어떤 상황에서도 망가지지 않았다. 그런 사례는 들어본 적도 없었다.

엎어져 있는 두 번째 인물에게 서둘러 다가간 포드는 똑같이 믿기지 않는 일이 그에게도 일어났다는 것을 알았다. 아마도 동시에 벌어진 일 같았다.

그는 이것 좀 보라고 다른 사람들을 불렀다. 그들은 다가와서 포드와 마찬가지로 놀랐지만, 그와 같은 호기심을 보이지는 않았다.

"여기서 당장 떠나자. 내가 찾는 게 여기 있다고 하더라도 이젠 필요 없어." 자포드가 말했다.

그는 두 번째 킬-오-잽 총을 집어 들고 아무 해도 끼치지 않은 회계 컴퓨터를 쏘아 박살 내고는 복도로 뛰어나갔다. 다른 사람들도 뒤를 따랐다. 자포드는 몇 야드 밖에서 그들을 기다리고 있던 비행차 역시 거의 박살 낼 뻔했다. 비행차는 비어 있었지만 아서는 그것이 슬라티바트패스트의 것임을 알아보았다.

슬라티바트패스트가 쓴 메모가 별다른 장치 없는 계기판에 붙어 있었다. 그 메모에는 화살표가 하나 그려져 있었고, 화살표는 계기판의 버튼 하나를 가리키고 있었다.

거기에는 이렇게 쓰여 있었다. '아마 이게 제일 누르기 좋은 버튼일 거요.'

ㅋㅓ

비행차는 R17을 초과하는 속력으로 강철 터널을 총알처럼 통과해 우중충한 지표로 빠져나왔다. 다시 한번 황량한 여명이 찾아들고 있었다. 소름끼치는 회색빛이 땅 위에 엉겨 붙고 있었다.

R은 육체와 정신 건강에 지장을 주지 않고, 약속 시간에 오 분 이상 늦지 않게 해주는 적당한 여행 속도라고 정의된 속도 단위다. 따라서 그것은 상황에 따라 얼마든지 변할 수 있는 속도다. 처음 두 요소는 절대적으로 측정된 속도에 의해서뿐만 아니라 세 번째 요소를 어떻게 인식하느냐에 따라 달라지기 때문이다. 마음의 평정을 잃은 상태에서 이러한 공식은 상당한 스트레스를 초래할 수 있으며, 위궤양, 심지어 죽음까지도 초래할 수 있다.

R17은 고정된 속도는 아니었지만 너무 빠른 것만은 사실이었다.

비행차는 R17을 넘는 속도로 공중으로 날아올라, 표백된 뼈다귀처럼 서리 맞은 땅 위에 황량하게 서 있는 순수한 마음 호 옆에 그들을 내려놓았다. 그러더니 무슨 중요한 일이라도 있는 양 왔던 방향으로 곧장 바쁘게 돌아가버렸다.

네 사람은 우주선 앞에 서서 벌벌 떨면서 그것을 바라보았다.

그 옆에는 다른 우주선이 하나 더 착륙해 있었다.

그것은 블라굴론 카파 행성의 경찰 우주선이었다. 그것은 배가 불룩한 상어 같은 형체에, 푸르스름한 녹색을 띠고 있었으며, 정이라곤 안 가는 온갖 크기의 검정 등사 글씨들로 덕지덕지 뒤덮여 있었다. 그 글씨들은 혹시라도 그걸 읽는 사람에게 그 우주선이 어디서 왔으며, 경찰의 어느 부서에 배속돼 있는지, 그리고 에너지 주입구는 어디에 붙어 있는지 따위를 알려주고 있었다.

그 순간, 그 우주선의 승무원 두 명이 지하 몇 마일 아래의 연기로 가득 찬 방 안에 질식해 뻗어 있다는 점을 고려하더라도, 그 우주선은 어딘지 부자연스럽게 어둡고 조용해 보였다. 물론 죽음이란 설명하거나 정의하기 까다로운 것 중 하나지만, 이 우주선이 완전히 죽었다는 것은 누구라도 충분히 감지할 수가 있었다.

포드는 그것을 느낄 수 있었고, 참으로 기이한 일이라고 생각했다. 우주선과 두 경찰관이 동시에 죽어버리다니. 그의 경험상, 우주는 단순히 그런 식으로는 작동하지 않았다.

다른 세 사람도 그것을 느낄 수 있었다. 하지만 그들은 살을 에는 추위를 더 많이 느꼈으므로 서둘러 순수한 마음 호로 들어갔다. 호기심이라곤 눈곱만치도 생기지 않았다.

포드는 남아서 계속 블라굴론 우주선을 조사했다. 그는 걸어가다가, 차가운 먼지 속에 고개를 처박고 누워 있는 맥 빠진 강철 물체에 걸려 넘어질 뻔했다.

"마빈! 뭐 하는 거야?" 그가 소리쳤다.

"절 아는 척해야 한다고 생각하지 마세요." 목이 막힌 듯한 목소리로 마빈이 청승맞게 말했다.

"괜찮아, 강철 인간?" 포드가 말했다.

"매우 우울해요."

"무슨 일 있었어?"

"모르겠어요. 전 저 우주선에 들어가보지도 않았는걸요."

"왜 먼지 속에 얼굴을 묻고 누워 있는 거지?" 포드가 몸을 떨며 그의 곁에 쭈그려 앉아 말했다.

"비참해지기에 가장 효과적이니까요. 저하고 얘기하고 싶은 척하지 마세요. 절 미워한다는 거 알아요." 마빈이 말했다.

"아니야, 그렇지 않아."

"아니에요, 맞아요. 모두들 그렇죠. 그게 이 우주가 생겨먹은 모습이에요. 제가 누구하고 말만 하면 그 사람은 저를 미워하기 시작해요. 로봇들도 다 저를 싫어하죠. 그냥 절 못 본 체해주신다면 멀리 사라져드릴게요."

마빈은 몸을 획 일으키더니 단호하게 반대 방향을 바라보고 섰다.

"저 우주선이 날 미워해요." 그가 경찰 우주선을 가리키며 풀 죽어 말했다.

"저 우주선?" 포드가 갑자기 흥분하며 말했다. "저 우주선에 무슨 일이 있었는데? 너 알아?"

"말을 걸었더니 절 미워했어요."

"네가 말을 걸었다고? 말을 걸었다니 무슨 소리야?" 포드가 외쳤다.

"간단해요. 전 너무 지루하고 우울했어요. 그래서 이곳에 와서 외부 컴퓨터 플러그에 저를 연결했죠. 전 컴퓨터에게 오랜 시간 동안 우주에 대한 제 견해를 설명했어요." 마빈이 대답했다.

"그래서 어떻게 됐는데?"

"컴퓨터가 자살해버렸어요."

마빈은 이렇게 말하더니 순수한 마음 호를 향해 터덜터덜 걸어갔다.

35

그날 밤, 순수한 마음 호는 자신과 말머리 성운 사이의 거리를 몇 광년이나마 더 늘여보겠다고 부지런히 날아가고 있었다. 자포드는 브리지 안의 작은 야자나무 아래에서 서성거리며 연거푸 팬 갤럭틱 가글 블래스터를 들이키며 정신을 차리려고 애쓰고 있었다. 포드와 트릴리언은 한쪽 구석에 앉아 인생과 그로 인해 파생되는 문제들에 대해 토론하고 있었다. 그리고 아서는 침대에 누워 포드의 《은하수를 여행하는 히치하이커를 위한 안내서》를 이리저리 넘겨보고 있었다. 그는 은하계에 살게 된 이상 거기에 대해 좀 알아보기 시작하는 게 낫겠다고 생각하고 있었다.

다음과 같은 항목이 나왔다.

은하계의 모든 주요 문명은 다음과 같이 뚜렷하고 확연한 세 단계를 거친다. 즉 생존, 의문, 그리고 세련의 단계다. 다른 말로 하면 어떻게, 왜, 그리고 어디의 단계라고 할 수 있다.

예를 들어, 첫 번째 단계를 특징짓는 질문은 '어떻게 먹을까'이고, 두 번째 단계는 '우리는 왜 먹는가', 마지막 단계는 '어디서 점심을 먹을까'이다.

그가 여기까지 읽었을 때 우주선 인터콤이 울렸다.

"이봐, 지구인, 배고프냐?" 자포드의 목소리였다.

"음, 글쎄, 좀 그런 것 같은데." 아서가 답했다.

"좋았어, 잘 잡아. 우주의 끝에 있는 레스토랑에 가서 잠깐 뭘 좀 먹자고." 자포드가 말했다.